월반하세요

박정란 수필2집

월반하세요

박 정 란

지혜

작가의 말

참 좋은 세상이다.

이 시대의 문학인에 선정되어 두 번째 수필집을 발간하며 기쁨보다는 부끄러움이 크다. 그간 나의 문학적 발전이 별로 없는 까닭이다. 감사한 마음으로 글을 엮는다.

표제가 된 '월반하세요'라는 말은 故 김성분 선생님(전 공주문화대학 진기정 학장님 부인)께서 젊은 날 내게 해주신 말씀이다. 제일 힘들 때 곁에서 많은 위로를 해주시던 큰 스승이시다. 내가 삶에서 조금이나마 월반했다면 그분의 격려 덕분이다. 지금은 고인이 되셨지만 내 마음 속에 늘 함께하신다.

나태주 시인님과 양애경 교수님께도 늘 감사한 마음이다. 두 분 덕택에 문학을 가까이 하며 수필집이 두 권이나 탄생하도록 잘 살았으니 은혜로움이 크다.

또한, 곁에서 응원해 주며 긴 세월 동행해준 남편과, 장수하셔서 형제자매들이 자주 만날 수 있게 해주시는 101세의 친정아버님께 감사드린다.

　이 시대의 문학인에 선정해 주신 심사위원 분들과 공주관광문화재단, 지혜출판사 반경환 대표님, 그리고 나를 격려해주시는 주위의 모든 분들께 감사드린다.

2023년 가을

박 정 란

차례

1부 뭐해 뭐해

2부 자꾸 불러

3부　참 좋은 세상

4부 아름다운 초대

5부 월반하세요

뭐해 뭐해

우리 자매들의 카카오톡 단톡 채팅방 알림음이 '뭐해 뭐해'이다. 자매들이 톡방에서 대화를 시작하면 한참을 가야 끝이 난다. 외출 시에나 혹은 누굴 만나는 자리에 이 알림음이 켜져 있으면 시끄러워서 당황하게 된다. 그래서 나는 급한 연락을 서로 해야 할 때를 제외하고는 알림음을 무음으로 해놓고 가끔씩 열어보고는 한다.

어느 날은 한두 시간 후에 카톡을 살펴보면 40여 개가 와 있거나 60여 개가 와 있어서 친절한 안내, '여기까지 읽으셨습니다'부터 천천히 읽어 내려가야 한다. 오늘은 또 뭔 일이 있었지?

화제는 매번 바뀐다. 가끔은 큰언니가 형부 때문에 속 터진다는 이야기가 시작되면 작은언니의 자기 남편 불평이 덧붙여지기도 하고, 맘 좋은 막내 여동생의

"남자들은 다 그래, 그래도 우리 형부가 훨씬 나아"

라는 위로의 답글이 있기도 하다. 혹은

"아버지랑 통화했는데 오늘은 잘 알아들으시고 컨디션이 괜찮으시더라, 아이고 언젠가 아버지가~"

라면서 옛날이야기가 시작되면 그 또한 기억나는 즐거운 화제가

이어진다.

우리 자매들은 두세 살 터울로 내리 다섯이다. 그 후에 남동생 둘을 두었다. 힘들게 어린 시절을 보냈기 때문인지 자매애가 두텁다. 무슨 일이 생기면 우리는 모두 내 일처럼 아파하고, 기뻐하고, 걱정한다.

대전, 강경, 공주 등 각자 따로 살고 있지만 우리는 같이 살고 있는 것처럼 서로를 훤히 꿰고 있다. 오늘 큰언니는 치과에 다녀왔고 막내는 카페에서 뜨개 친구들과 수다를 떨었고 작은언니는 시골 텃밭에 다녀왔다고.

무음으로 해 놓아서 손해 보는 일도 더러 있다. 텔레비전을 가까이하고 사는 작은언니가 몇 번 채널에서 '불후의 명곡'에 오늘은 누가 나오고 있고, 어느 채널에서 트롯 가수 누가 나오니 빨리 틀어 보라는 메시지를 곧잘 보내는데 집에 있으면서도 좋은 프로를 놓치고는 한다. 그래서 집에 있을 때는 무음을 해제시켜 놔야 소식을 빨리 공유할 수 있어 좋다.

원로원에 기거하시는 100세 아버지께 종종 필요한 물품을 조달하는 일은 대부분 가까이 사는 내가 한다. 하지만 손품이 들어가는 해파리냉채나 육회 같은 요리는 막냇동생 몫이다. '언니는 바쁘니까'라면서 주말에 아버지를 뵈러 올 때 자주 해온다. 내가 해도 되지만 가능한 한 동생에게 미룬다. 효도하는 기쁨을 착한 동생에게 주기 위해서다. 그리고 솜씨가 좋아 맛도 내가 하는 것보다 낫다.

요즘 아버님은 이가 모두 빠져서 잇몸으로 식사를 하셔야 한다. 한동안은 깍두기 국물을 좋아하셔서 부지런히 깍두기를 담가야만 했다. 맛도 그렇지만 되도록 영양이 있게 담그느라 노력한다. 명태포를 삶은 물에 다시마를 넣어 국물을 우려내고 그 국물로 풀국을 쑤어 소금은 쓰지 않고 새우젓과 멸치 액젓으로 간을 한다. 단맛을 좋아하시니 설탕 대신 사과를 갈아 넣으면 훨씬 맛있다. 그렇게 담근 깍두기를 적당히 익힌 다음 믹서기로 갈아서 수시로 갖다 드리면 김치 대용으로 드신다.

요즘은 해파리냉채를 더 좋아하신다. 다른 나물 반찬들은 물렁하게 나와도 거들떠도 안 보시면서 다행히 당신께서 좋아하는 것들은 잘 넘기신다. 귤이나 오렌지, 키위가 기호식품이다. 일 년 내내 이어 드시는 것이 귤이다. 하우스 귤이 부드럽고 달콤하지만 아버지는 가을에 나오는 새콤달콤 귤을 더 좋아하신다. 내가 먹으려고 샀을 때 너무 시어서 못 먹겠는 것도 갖다 드리면

"역시 귤은 이처럼 새콤달콤해야 제맛이지. 달콤만 하면 별로 맛이 없어"

라며 좋아라 드신다. 신 것을 좋아하셔서 장수하는 것일까 하는 생각을 하며 따라 하기를 해보지만 나는 신 것은 영 못 먹겠다.

"뭐해뭐해, 뭐해뭐해"

주말 아침은 카톡이 더 바쁘게 울린다.

"오늘 아버지랑 내가 통화해 봤더니 오늘은 자장면 드시고 싶다네."

"월곡리 농장서 밥해드리려고 했더니. 그럼 오늘은 자장면으로 해야겠네"

"오늘은 남동생들 둘 다 온다니 같이 만나요."

"그래! 다들 만나 자장면 사 먹고 차는 월곡리에서 마시자. 왕찔레가 얼마나 멋지게 피었는지 다들 봐야 해"

"오늘은 나도 갈 거야. 팥 필요한 사람 손들어. 가는 길에 갖다 줄게. 좀 남았거든"

"나 좀 줘. 강경 팥이 맛있더라"

"나도 남으면 주고"

아버지 끈으로 이어진 우리 자매들. 카카오톡 채팅 덕분에 더 돈독하고 형제애가 끈끈하다.

참 좋은 세상!

가화만사성

추사 김정희 선생 고택을 방문했을 때 주련에 이런 글귀가 있었다.

大烹豆腐瓜薑菜 대팽두부과강채　高會夫妻兒女孫 고회부처아여손

'두부, 오이, 생강, 나물만 있으면 최고의 성찬이요, 부부와 아들딸, 손자와 함께 있으면 최고의 모임이라'

기둥에 붙은 추사의 예서체 시구를 거듭 마음에 새기며 돌아왔던 기억이 떠오른다. 추사께서 일흔 넷의 나이에 지은 말씀이라니 인생을 많이 살아보고 쓰신 진리의 말씀이리라.

몇 해 전 여름, 친정어머니 생신에 즈음해서 어떻게 어른들을 기쁘게 해드릴까 형제들이 상의하다가 관광버스 한 대를 대절해서 하루 친정아버지의 직계 가족여행을 하기로 했다. 외국에 나가 있거나 한 경우를 제외하고 손자, 사위들까지 모두 참석했다.

아침 일찍 출발하여 몇 군데를 관광하고 맛있는 음식도 같이 먹으며 종일 함께 하는 시간을 가졌다. 거동이 불편한 할머니를 휠체어에 모시고 손자들이 교대로 밀고 다니며 성심껏 설명도 해드리

는 의젓한 모습들을 보니 흐뭇했다. 또한, 할아버지가 더우실까 봐 손녀들이 양산을 씌워드리며 걷는 모습들은 정말 아름다운 그림이었다.

여름이어서 사람들이 시원한 계곡과 바다로 떠난 탓에 대부분의 관광지는 한산했고, 덕분에 우리 가족들은 호젓하게 만족스러운 여행을 했다. 모처럼 만나는 증손자들까지 한자리에 둘러앉아 홀쩍 커버린 모습에 흐뭇해하시는 아버지를 뵈며 우리 자식들은 모처럼 효도를 한 것 같아 덩달아 즐거웠다.

얼마 전, 우리 가족들도 두 며느리들과 함께하는 첫 번째 가족나들이를 했다. 작은아이 생일 축하 자리였다. 돈을 쓰게 되면 서로 내려 하고 일거리가 있으면 서로 하려 하는 어여쁜 며느리들 모습이었다.

그저 바라보기만도 예쁜 자식과 며느리들… 무얼 주어도 아깝지 않은 내 새끼들이었다. 그러나 내가 어른 노릇을 조금만 잘못해도 이런 예쁜 마음의 애들도 우애에 금이 갈 수 있겠지 싶어 조심스럽다.

지난번, 어떤 모임에서 지인 한 분이 시어머니가 된 나에게 좋은 말씀을 해주셨다.

"우리 시어머님께서는 며느리가 그리 많았는데도 한 번도 '이거 누가 사 온 거다'라던가 주고받은 말을 전해서 며느리들을 불편하게 하신 적이 없었어요. 못 보던 옷을 입고 계셔서 '어머니 이거 참 예쁘네요. 누가 사드렸어요?'하고 여쭈면, '이거 네가 사 왔잖니?' 하고 받아넘기셔서 오히려 민망했답니다. 참 훌륭하신 시어머님이셨어요."

며느리에게 훌륭한 어머님 소리를 듣기가 얼마나 힘든 일인가. 너무나도 듣기 좋은 말이었다.

그럴 것이다. 어른들이 자칫 잘못 전한 말로 좋은 형제 사이, 동서 사이에 서로 경쟁하고 시기하고 질투하다 보면 묘한 감정들로 예쁜 마음들이 변하기도 할 것이다.

위에 말씀하셨다는 그 어르신은 여러 자녀를 두셨는데 그처럼 어진 어머니로 교육을 하신 탓인지 자녀분들이 훌륭하게 성장한 걸 보았다.

너무 바쁘게 돌아가는 세상이다. 그래서인지 이기주의, 개인주의로 인해 친척들 사이에도 예전 같은 끈끈한 정이 사라지는 듯해 아쉬움이 크다. '가화만사성家和萬事成'을 우린 종종 생각하고 자녀들에게도 일깨워줘야겠다. 아니, 어른들부터 실천해야 한다는 생각이다.

자녀들과 가족모임이 있는 날 동창회나 친목 모임이 겹쳐 있어 망설일 때도 추사 선생의 시구 高會夫妻兒女孫 고회부처아여손 를 한 번 떠올려 보면 어떨까 싶다.

일요일의 외출

매주 일요일, 우리 형제자매들은 아버지 교회에 간다. 누가 들으면 아버지가 목사인 줄 알겠지만 우린 모두 종교를 갖고 있지 않다. 아버님 뵈러 오는 걸 귀찮아하지 말고, 교회에 가듯 꼭 참석하자는 뜻에서 붙인 말이다. 교인들은 일요일마다 교회 가는 걸 잘 지키기 때문이다. 하지만 교회에도 자주 빠지는 신도가 있듯이 우리 형제들 중에도 자주 빠지는 동생이 있다. 그도 효심이 없는 것은 아니지만 아직은 젊어 할 일이 많기 때문에 어쩔 수 없겠거니 이해들을 한다.

어머니가 돌아가시고 혼자되신 아버님을 돌봐드리는 것이 우리 자식들 모두에게 큰 걱정거리였다. 자식들 집으로는 절대 안 가겠다고 고집하시니 순번을 정해 아버지께 다니자 커니 상의를 하며 며칠을 보냈다. 멀리 사는 자식들보다 가까이 살며 전업주부인 내가 제일 걱정이 많았다.

가스불 대신 전자레인지를 사용하시라고 말씀드려도 종종 냄비를 시커멓게 태워 놓고 그걸 또 닦는다고 애쓰신 흔적이 역력했다.

하루 세 끼를 해결하시게 하는 일은 큰 걱정이었다. 아버지께서는

"식당도 아파트 주변에 많고 너희들은 걱정 말고 각자들 일 봐라. 자주 올 것 없다"

라고 말씀하시지만 혼자서 식당을 드나드는 것 또한 쉬운 일은 아니니 어찌 걱정이 안 되겠는가. 세 끼는 아니어도 매일 들러 살펴드리는 일조차 어려워 아버지께 말씀드려 가까운 원로원 실버타운으로 가시길 말씀드려 보았다. 처음에는 아픈 분들이 가는 노인병원을 생각하셨나 보다.

"난 안 갈란다. 그런 데는 죽기 전 마지막 가는 데야."

하시는 아버님을 모시고 구경이라도 하시자며 모시고 갔다. 식사도 입에 맞으실지 한번 드셔보실 겸 점심시간에 갔다. 비교적 건강해 보이는 멋쟁이 할머니들이 원피스에 진주목걸이를 하고 식당에 들어서시기도 하고 깨끗하고 편안해 보이는 남자 노인들도 많이 계셨다.

시설을 둘러보니 당구장도 있고 물리치료실도 있었다. 층마다 바둑을 두거나 담소하고 지내실 수 있도록 커다란 텔레비전을 갖춘 넓은 휴게실이 있어 마음에 들었다. 기거하시면서 병원도 자주 가실 수 있도록 매일 미니버스가 운행을 하고 있다했고, 더 좋은 것은 자유롭게 독방에 기거하시면서 식사만 1층 식당으로 내려가 함께 하는 거였다.

시설이랑 둘러보시고는

"괜찮구나. 더 생각할 것 없다. 이 정도면 괜찮아. 결정하자"
며 흔쾌히 허락하셨다. 쓰시던 침대는 너무 크니 1인용으로 다시
사고 에어컨과 작은 냉장고, 미니세탁기를 사서 며칠 만에 입주하
셨다.

아버지께서 입주하실 때에는 95세였다. 그 연세에도 혼자서 버
스 타고 외출하실 만큼 건강하셨다. 식사도 잘 하시고 원로원에서
도 환영받는 어른이셨다. 가까이 사는 자식들이 종종 드나들며 아
버지 간식을 나르며 건강을 살폈고 함께 산책도 하며 지낸 것이 벌
써 6년이다. 이제는 101세로 제일 고참이시다.

요즘은 혼자 병원 가시는 것이 불안해 모시고 갈 테니 꼭 전화를
하시라고 말씀을 드려도 어느 날은 병원 직원들의 전화를 받는다.

"어르신이 또 혼자 오셨어요. 모시러 오실래요? 걱정되어서요."

당신께서는 자식들을 귀찮게 하고 싶지 않으셔서 그러시겠지만
그럴 때마다 걱정되고 섭섭하다.

그처럼 매사에 상대방을 먼저 배려하시는 아버지시다. 이제는 7
남매 모두 결혼시켜 밥 먹고 살만하건만 아버지를 뵐 때마다 이런
저런 걱정을 사서 하신다. 다 쓸데없는 걱정이라고 말씀을 드려도
손주들 중에 결혼이 늦어진 아이를 걱정하거나, 부자가 못된 자식
들을 잘된 자식들과 비교하며 또 걱정이시다. 그게 어찌 똑 고르

게 살아지겠는가. 그 정도에 감사하는 마음을 가지면 더 행복하시련만 늘 걱정이 떠나질 않는다.

"아버지! 이제는 뭐 잡숫고 싶은지, 어디 가고 싶으신지 그것만 생각하세요. 다른 걱정은 마시고요. 자식들 그만하면 다 잘 사는 거예요."

"밤이면 자꾸만 그놈들 걱정돼서 잠이 안 와."

사서 하시는 걱정이지만 말려도 소용없다. 어찌 그 맘이 맘대로 되는 것이더냐. 그 또한 아버지 욕심이고, 부모의 노파심이거늘.

일요일이면 아버님을 모시고 근교 맛집을 순례하기도 하고 날씨 좋은 계절이면 우리 농장으로 모셔와 아버지 좋아하시는 음식을 만들어 드리기도 한다. 하지만 이제는 잘 잡숫지를 못하셔서 마음이 아프다. 한 해 한 해 지날수록 이가 빠지고, 틀니가 잘 맞지 않아 치과에 오래 모시고 다녔으나 고통스러워하시더니 그나마 틀니까지 빼버리시고 최근에는 잇몸으로 식사를 하신다. 아주 부드러운 것이거나 국물에 밥을 말아 드시고 죽을 드셔야 편안하시다.

그래도 주말마다 너댓 명의 자식들과 서너 시간을 보내실 수 있음이 아버지의 요즘 행복이시다.

아버님을 뵈면서 생각한다. 우리 세대에는 더더욱 자식들과 시간 보내는 게 어렵지 않을까. 게다가 자식도 둘밖에 안 둔 세대가 아닌가. 일찌감치 자식들에게 의지하지 않고도 잘 견디며 지내는 방법부터 익혀야 할 것 같다.

그러면서도 주말만 되면 아이들 뭐 하나 궁금해하며 휴대폰으로 손이 가니 그것도 큰 병이다. 혹시 오려나 싶어 아버님 모시는 일 외에는 스케줄을 비워놓고 말이다.

지난 주말에는 식사 후, 큰언니와 함께 아버님을 모시고 드라이브 겸 좀 먼 곳의 찻집에 갔다. 교외의 언덕 위에 예쁘게 지어진 찻집을 얼마 전 발견했기 때문에 보여드리고 싶었다. 대추차를 시켜놓고 예쁜 집을 둘러보며 잠시 시간을 보내고 왔는데 그날 저녁, 비가 많이 올까 봐 불참했던 막내딸이 아버지께 전화를 드렸더니 오늘은 아주 좋은 찻집에서 언니들과 즐거운 시간을 보냈다고 자랑하셨다 한다. 아직 아버지께서는 감성을 잃지 않으셨구나 싶어 한편 다행이기도 했다.

이렇듯 얼마나 남았을지 모르는 아버지와의 시간들을 일요일마다 채워가며 우린 모시지 못하는 불효를 조금이나마 삭감 받고 있다.

효도 참 어렵다

서너 달이나 되는 듯, 길고 힘든 한 달이 지나갔다.

올해로 100세가 되신 친정아버지께서 침대에서 내려오다 넘어지시는 바람에 고관절 대퇴골이 골절되어 우리 형제자매들은 정신없이 바쁜 한 달을 보내야 했다.

새어머니가 돌아가시고 혼자가 되신 아버님은 자식들을 불편케 안 하시려고 실버타운에 들어가 지내셨다. 주말이면 특별한 볼일이 없는 자식들은 모두 모여 아버님을 모시고 외식을 하기도 하고 춥거나 덥지 않은 계절에는 우리 농장에 모여 아버님과 하루를 즐겁게 보내기도 했다. 그러나 코로나로 출입이 자유롭지 못해 몇 달 못 모시고 지내던 중 사고가 난 것이다.

코로나로 인해 대학병원 응급실 앞에서도 응급차 안에서 서너 시간을 대기하다 간신히 격리 병실로 들어가고 PCR 결과가 나온 후에라야 정밀검사와 함께 수술 날짜를 받을 수 있었다. 긴 시간동안 고통스러워하시는 아버지를 곁에서 지켜보기란 결코 쉬운 일이 아니었다. 간이 졸아든다는 표현이 이럴 때 쓰는 것일까?

고통 때문에 수술을 안 할 수도 없고 연세가 있으시니 불안한 마음으로 수술실 앞에서 대기했는데 연세에 비해 수술 결과가 좋다고 걸으실 수 있겠다는 의사 선생님 말씀을 듣고 나서야 마음이 놓였다.

수술실에서 입원실로 모시고 와 신음하는 아버지를 곁에서 고통스럽게 지켜보며 하루를 지냈다. 응급차에서부터 격리 음압 병실을 거쳐 1인실에 대기하다 수술하시는 3~4일 동안 녹초가 된 내 몸도 추슬러야 하겠기에 간병사를 구해 아버지를 부탁하고 집으로 돌아왔다.

코로나 검사를 24시간 안에 해서 음성이 나와야만 간병도 교대할 수 있으니 자식들이 서로 교대할 입장도 못되어 아버지께는 죄송스럽지만, 붙박이 간병사를 쓸 수밖에 없었다.

매일 전화와 영상통화로 아버지 회복 상태를 체크해 보며 자칭 간병 달인이라는 분에게 일당도 정해진 가격보다 더 주며 부탁했건만 10여 일이 지나 퇴원한 후 확인해 보니 수술 부위보다도 더 아파하시는 곳이 기저귀 때문에 아래에 생긴 습진이었다.

"기저귀를 막 잡아 빼, 인정사정 없이."

"잠깐 나갔다 온다더니 다섯 시간은 걸렸나벼."

설마 돈 받고 일하는 분이 그리 오래 비웠으랴만 얼마나 고통스러운 시간을 혼자 보내느라 애쓰셨으면 그리 길게 느끼셨을까. 말씀 하나하나가 마음을 아프게 했다.

대부분 퇴원을 하시게 되면 재활병원으로 모시게 되건만 막내딸이 절대로 병원으로는 못 모신다고 자기 집으로 당분간 모실 테니 언니들이 도와 달라 한다. 노인병원이나 재활병원으로 가면 대부분 못 일어나시고 고통스럽게 지내시다 돌아가시는 분이 많더라고.

그러나 아버지께서 100세가 되시니 이젠 자식들도 노인이다. 막냇동생도 70이 다 돼가니 자매들 모두가 여기저기 아픈 데가 생겨 겨우 자기 몸 추스르는 정도인데 보통 큰일이 아니었다.

그러나 막냇동생의 마음 씀씀이 고맙기도 하고 모두 마지막 효도려니 생각하며 간병에 나섰다. 작은언니는 한 달 휴가를 받아 와 있고 큰언니는 출퇴근, 나는 하루가 멀다 하고 드나들며 숙박을 했다. 하루에도 여러 번, 대소변을 치우려면 두세 명이 대들어 아버지를 추스르고 씻기고 약 바르고 방안 환기를 시키고 야단법석을 떨어야만 했다. 아프다 하시면 수시로 주물러 드리고 잡수실 것 준비하랴 서너 명이 해도 힘들었다.

낮에는 그나마 좀 대화도 하고 점점 좋아지시는 것이 보여 힘든 딸들에게 보람을 느끼게 해주시는데 밤만 되면 딴사람이 되셨다. 5분 10분 간격으로 아프다 소리를 지르시고 잠을 못 주무셨다. 수면 유도제도 진통제도 다 소용없었다. 그게 바로 섬망증이라는 거였다.

딸들은 피로가 쌓이고 잠이 모자라니 비몽사몽 힘이 들었다. 낮에 좀 자보려면 밝아서인지 깊은 잠을 잘 수가 없었다. 그렇게 지내다가 하는 수없이 아버님에게 신경과 약처방을 받아 드시게 했다. 그러나 그 약을 드신 후로는 밤이면 축 늘어져서 안 아픈 다리조차 디딜 수가 없으니 변기에 앉히기가 더욱 고역인 것이다.

그제야 노인병원에서 기저귀를 채우고 변을 보게 한다는 이야기를 이해하게 되었다. 그 많은 사람을 일일이 시중 들 수도 없고 한 명이 여러 명을 돌봐야 할 테니 개인별 시중은 불가능한 일일 것이다.

심장판막 수술을 한 둘째 언니와 부지런한 막내딸이 전복을 삶아 그 물로 죽을 끓여 수시로 드시게 하고, 지극정성으로 모셔, 아버지는 딸집에서 한 달을 채우고서야 고통과 섬망을 이겨내셨다. 그렇게 늙은 딸들의 간호를 받으며 많이 회복되셔서 실버타운의 아버지 방으로 돌아오실 수가 있었다.

하나 아직 걷기까지는 갈 길이 멀다. 큰 불만 껐을 뿐이다. 휠체어로 방에서는 잘 다니시지만 아직 혼자 계실 만큼은 안 되어 간병사를 구해야만 했다. 그러나 간병사 구하기란 쉽지 않았다. 우리나라 복지가 아주 잘 되어있어서 힘든 일은 모두 기피한다고 한다. 수소문해서 야간 간병사만 간신히 구했다.

다행스럽게도 실버타운 안에 주간보호센터가 있어서 좀 회복되실 때까지 낮시간에는 그곳에 가 계시도록 하고 야간에만 간병사가 간병을 해드리게 했다. 아버지가 잘 견디어 주실지… 호출하면 달려가야 할 대기조로 딸들은 우선 물러났다.

한 달 동안 녹초가 된 실버 딸들은 다가올 자신들의 모습을 클로즈업해 보며 각자의 노후를 더 걱정하고 있다. 아버지는 7남매나 두셨으니 가능한 일인데 자식을 하나 둘 둔 우리는 이다음에 어쩌나 걱정이다.

그나저나 효도하기 참 어렵다.

다다익선多多益善

얼마 전 아버지 100세 생신 때였다. 만나기 며칠 전 큰아들이 전화를 했다.

"엄마! 할아버지는 외출도 못하시고 돈이 필요 없으실 텐데 뭘 사다 드림 좋을까요?"

"글쎄다. 그래도 그냥 봉투를 드리렴. 이모들하고도 봉투를 드리기로 했어."

연금으로 생활하실 수 있는 아버지께서는 조금씩 저축도 하실 만큼 되시니 돈이 필요하신 건 아니다. 더구나 외출을 못하시니 필요하다고 전화하시면 모든 걸 자식들이 사 날라드리고 있다.

그런데 명절이나 생신 같은 때, 말씀으로는

"용돈 필요 없다. 이제 그만들 하렴"

하고 사양하시다가도 드리면 또 좋아서 껄껄 웃으시며 받으시고 통장 잔액을 헤아리며 어디에 쓸까를 궁리도 하신다.

아들이 차를 바꿀 때에도 목돈을 보태주시고 늦게 보신 손주의 대학이나 대학원 등록금까지도 주실 정도로 아버지의 돈 쓰는 기뿜이 또 있으시다. 또한 가까이 사는 딸들의 생일에도 '축 생일'이라고 친필로 쓰셔서 봉투를 몇 해 동안 주시기도 했다. 지금은 기억을 잘 못하시는지 잊으신다.

가까이 사는 손녀딸이 용돈을 계속해서 드리다가 한참 애들 교육비에 돈 쓸 일이 많은 나이다 보니 복잡하기도 했거니와 할아버지의 넉넉한 주머니를 아는지라 용돈을 걸렀는가 보다. 언젠가 한번은 아버지를 만나 뵈었더니

"○○이 요즘 복잡하니? 뭔 일 있니?" 하셨다.

물어보시는 뜻을 모르고

"아니요. 별일 없이 잘 지내고 있어요. 왜요 아버지?"

"별일 없으면 됐다."

대화를 나눈 지 며칠 후 그 뜻을 알게 되었다. 조카딸을 만났기에

"할아버지가 네 안부를 물으시더라. 별일 없냐며 걱정하셨어."

"아마 내가 이번 명절에 용돈을 안 드려서 그러셨나 봐요. 요즘 애들 때문에 복잡해 용돈 드리는 걸 걸렀거든요."

그러니 말씀으로만 사양하셨지 용돈 받는 걸 좋아하신다는 결론이라 우리들 자매와 조카딸은 한참 웃었다.

자식들 중에 잘 사는 자식들에게는 용돈을 받아서 그만 못 사는 자식에게 주고 싶은 것이 부모들의 마음일 것이다. 형제자매들이

아버지를 모시고 매주 모일 때마다 큰딸이 밥값을 내면 제일 좋아하는 우리 아버지시다. 부부 둘이 연금을 받으니 아버지 보시기에 동산이 제일 많은 부자라서 그럴 것이다.

나는 요즘 아이들에게 더 주면 줬지 용돈에 개의치 않고 지낸다. 그러나 더 늙으면 나도 기쁨이 있어야 하지 않겠는가. 아들에게 말했다.

"아들아! 나도 더 늙으면 용돈 좀 자주 주렴. 할아버지 보니까 늙어도 받는 기쁨, 주는 즐거움이 있는가 봐."

내게 소중한 것

 부부가 긴 세월 살다 보면 다투지 않고 살기는 힘들지 않을까. 어느 부분이든 잘 맞지 않는 곳이 있기 마련일 게다. 문정희 시인의 「남편」이라는 시만 읽어봐도 남편을 '나와 전쟁을 제일 많이 한 남자'라고 하지 않았는가.

 우리 부부도 그렇다. 침대의 온도부터 다르다. 나는 따뜻한 걸 좋아하지만 더우면 못 자는 남편은 겨울에도 시원해야 한다. 나는 단 커피를 싫어하는데 남편은 달달한 커피를 좋아한다. 어디 그뿐인가. 새로운 걸 좋아하는 남편은 여행이나 쇼핑도 좋아하고, 나는 꼭 필요할 때 외에는 사람 많은 곳은 피곤해서 돌아다니길 즐기지 않는다.

 급하고 직선적이어서 화가 나면 참지 못하고 누가 있거나 말거나 화를 내서 가끔은 자존심도 상하고 한바탕하고 싶지만 대부분 참고 산다. 문정희 시인의 시에서처럼 그래도 나와 제일 많이 밥을 같이 먹은 남자이고, 내가 제일 사랑하는 내 아이들의 아빠이고 내가 아플 때 제일 먼저 달려와 줄 남자가 남편일 것 같아서다. 그래서 좀 맘에 안 들어도 되도록 '좋은 것만 생각하며 살자' 그러며 산다.

얼마 전, 가까이 지내는 지인에게서 자신을 위로하는 아주 좋은 말을 배웠다. 평소 착하고 현명한 여성이라고 생각하던 분이다. 전직 교사였는데 좀 까탈스러워 보이는 남편과 살면서도 늘 교양미 있게 온화한 미소를 띠며 사는 조용한 분이어서 내가 좋아한다. 어쩌면 내가 그리 못 살아서 그 모습이 더 좋아 보이는지 모르겠다.

하루는 남편이 소나무 전지를 한다고 그 옆 꽃밭의 아끼는 꽃을 여러 개 밟아 망가뜨려 놓았다. 아깝고 꽃들에게 미안해서 푸념을 했더니 왜 꽃을 소나무 가까이 심었냐며 오히려 나를 나무란다. 마침 그때 그녀에게서 전화가 왔기에 속상한 마음을 이야기했더니 껄껄 웃으며

"그 꽃이 남편보다 더 소중하지는 않잖아요. 웃어넘기셔요."
하며 나를 위로하는데 듣고 보니 그 말이 진리였다. 이왕 벌어진 일, 화를 낸다고 다시 돌아갈 수 있겠는가. 생각할수록 참 좋은 말이었다.

남편이 퇴직을 하니 자연 함께 있는 시간들이 많아졌다. 그러니 또한 의견 충돌도 많아질 수밖에 없다. 특히 농장에서 서로 할 줄 모르는 농사일을 갖고 의견 대립을 하게 된다. 고춧대를 너무 짧고 튼튼치 못한 걸 해놔서 고추가 무겁게 달리니 쓰러져 버린다거나, 강낭콩밭에 지주를 너무 짧게 해놔서 콩 줄기들이 갈 곳 없어 허공

을 허우적대고 있는 걸 보게 되기도 한다. 이처럼 맘에 안 드는 구석이 생길 때마다 한마디 하고 싶고 속이 상하는데 그녀의 말을 생각하면 다 참아 넘길 수 있었다. 그 무엇이 남편보다 더 소중하랴 싶어서다.

이제 함께한 세월이 길어질수록 남은 세월은 짧아만 간다. 누가 먼저 갈지 남게 될지는 모르나 부부가 서로 좋은 말만 하고 즐겁게 지내기도 부족한 아까운 시간들이다. 그이가 싫어하는 건 되도록 하지 말아야지 하고 내가 나를 훈련시키고 있다. 나에게 더 소중한 걸 지키기 위해서.

아들아! 넌 그러지 마

　남편이 낚시 가서 밤을 지새운 여름날 새벽에 낚시터로 차를 몰았다. 아름다운 저수지 정경을 오랜만에 보고 싶어서였다. 안내 표지판을 따라 시골길을 가까스로 찾아 남편이 있는 곳으로 갈 수 있었다.

　마을을 지나 한참을 들어가 위치한 아늑한 저수지는 물도 맑고 풍광이 아름다워서 연예인들이 방갈로를 지어놓고 서울에서도 종종 내려오는 곳이었다. 이 멋진 곳에 매료된 탤런트 부부가 기거하며 직접 식당도 운영하고 낚시터를 운영하는 곳이기도 했다.

　싱그러운 아침공기를 마시며, 그곳에서 남편과 함께하는 커피 한 잔은 더할 수 없는 행복감을 안겨주었다. 잠시 후, 좀 더 낚시터에 앉아있다 오겠다는 남편을 뒤로하고, 주변에 새로 지어진 전원주택들과 그간 변모된 마을 풍경을 감상하며 집으로 돌아왔다.

　막 점심밥을 준비하려는데 남편에게 전화가 왔다.

　"여보! 밥 지었어요?"

　"지금 하려구요"

　"그럼 하지말아요. ○○씨가 함께 점심 하자고 전화가 왔네요."

"큰애 점심하러 집으로 오라 했는데 그럼 어쩌죠?"

"학교서 대충 해결하라 해요."

밥을 하지 말라니 나는 부부 함께 초대된 줄로만 착각을 했다. 집에 돌아와 부지런히 씻고 외출 준비를 하는 남편 옆에서

"이처럼 더운 날은 밥 먹자는 것도 별로 안 반갑네. 그지 여보! 더운데 뭐 입고 나갈까?"

"어? 당신은 아냐. 나만 갈거야"

"뭐라구요? 그럼 왜 밥을 하지 말래? 난 뭐 먹으라구요? 그럼 괜스레 큰애만 집으로 오지마라 했잖아요."

"그런가? 난 내 밥 하지 말란 뜻이었지."

듣고 보니 남편의 말에 표현이 잘못되었다고 나무랄 일은 아니지 싶다. 좀 어이없었지만 이 더운 날 그만 일로 화낼 일도 아니다.

어느 날은 불판에 고기를 구워 먹었다. 알맞게 구워진 고기를 먹을 수 있도록 남편 식사를 곁에서 돕고 있는데 열심히 먹던 남편은

"그만 구워. 이제 됐어."

라고 말한다. 나는 고기를 한 첨도 안 먹었는데 말이다. 아무 말 없이 고기를 더 구웠다.

"그만 구우라니까…"

"난 안 먹어? 나도 좀 먹으려고."

드디어 볼멘소리를 듣고 나서야 아 참! 마누란 안 먹었지… 하고 알아차리는 남편이다.

"아들아! 너희들은 마누라에 대한 배려를 늘 생각하고 말해 주렴!"

이사를 하며

20년 동안이나 정들어 살던 금학동의 아파트에서 금홍동의 새 아파트로 이사를 하였다. 그런데 이사를 하기 전에는 기쁨보다는 걱정이 컸다. 그동안 살던 금학동의 아파트는 주변에 산이 많아 공기도 맑고 조용할뿐더러 베란다의 큰 창문으로 사계절을 감상할 수 있어 콘도 같았다. 그랬는데 새 아파트는 앞동 건물이 시야를 가로막고 있기 때문에 걱정이 되었다. 동간 거리가 좀 멀다고는 하나 산이 보일 때와는 영 다르게 답답함을 느껴야 하기 때문이다.

먼저 아파트는 산책하기에도 아주 좋은 곳이었다. 수원지로 향하는 물길 따라 주택단지를 지나노라면 작은 텃밭의 식물들이나 주택 담장 너머로 보이는 화단의 꽃들이 피고 지는 아름다운 모습을 늘 즐기며 살 수 있었다. 수원지 또한 멋진 생태공원으로 잘 단장되어 그 동네를 더욱더 사랑하게 되었었다.

하지만 너무 오래 살다 보니 집이 좀 좁다는 생각도 들고 이사를 해야만 구석구석의 묵은 짐들을 정리할 듯도 하고 두 아들의 강력한 주장으로 이사를 계획했다.

그런데 분양 후 뒷동에 살게 된 것 때문에 내내 걱정스러웠다.

후회를 하며 새 아파트를 되팔아볼까 생각도 해보았으나 매매가 쉽지도 않고 무엇보다 두 아들이 새집으로 가길 원했다. 그들은 집보다도 지하주차장에 더 마음을 두고 있었다. 눈비가 와도 우산 안 받고 집으로 직행할 수 있고, 차에 성에나 눈 쌓일 걱정 그리고 주차난에서 해방될 수 있기 때문이었다.

하여 겨우 6평 늘리는 대신 거금을 투자해 이사를 했더니 불편한 게 하나둘이 아니다. 모든 것이 현대식이라 센서를 눌러야 전등도 보일러도 켜지는데 센서가 어찌나 복잡한지 금방 배운 것도 까먹기 일쑤이다. 편한 만큼 나이 든 사람들에겐 적응하는 시간이 필요할 것 같았다.

하지만 좋은 점도 많았다. 주방이나 거실, 화장실에서까지 센서만 누르면 전화도 받을 수 있고 현관에 온 손님의 얼굴도 확인하며 통화가 가능하다. 외출 시에는 현관문 앞에서 전원과 가스의 차단 스위치를 누르면 집안의 전원과 가스불이 모두 소등이 되니 절전의 효과는 물론 여러모로 안심이 되기도 하다.

단열 또한 잘 되어 난방을 조금만 해도 훈훈한 방에서 살 수 있었다. 낮에는 햇살만 나오면 따듯해져서 난방이 별도로 필요 없을 정도이고 밤에 보일러를 잠시만 돌리면 자고나도 밤새 1도밖에 내려가지 않을 정도로 단열이 잘 되어있다.

그런데 아들은 지하주차장의 좋은 점을 고려했다지만 나는 지하 2층에다 주차를 했다가 외출할 때 출구로 빠져나오려면 한 달이 지나도록 곧잘 헤매곤 한다. 또한 지하에서 빠져나오는데도 기름 낭비가 수월찮으리란 생각도 든다. 밤새 그 넓은 지하주차장이며 공공시설들에 켜놓은 수많은 형광등 불빛을 보며 아무리 몇 백 세대가 나누어 낸다지만 공동관리비의 지출도 만만치 않겠구나 싶기도 하다.

거실과 방의 베란다를 확장해서 거실이며 방을 좀 넓게 살도록 지어졌다. 선택사항이라지만 애초에 설계부터 확장하도록 되어있어 선택의 여지가 없었다. 좀 넓게 사용할 수 있다는 이점은 있지만 비가 오면 빗물이 직접 내부로 튀어 들어와 자유롭게 문을 못 열어 놓는다는 단점과 한겨울에는 결로 현상으로 창문에 물이 흐르곤 한다. 또한 너무 노출이 되어있어 주방 살림살이나 자주 쓰지 않는 물품들을 보관할 곳이 마땅치 않은 단점도 있다.

요즘 젊은 사람들처럼 새집에 살 사람들은 헌것들이나 불필요한 것들은 모두 버리고 꼭 필요한 것만 간단하게 갖고 사는 게 맞는지도 모른다. 20년 전 구입한 거실 장식장을 옮겨왔더니 새집과는 좀 어울리지 않는다. 아들과 주변의 몇몇 사람들은 새것으로 바꾸길 권했다. 하지만 좀 낡기는 했어도 아직은 쓸 만한데 어찌 버리겠는가. 그것도 함께 와 정들이고 있다.

이삿짐을 풀고 정돈을 하는데 몇 날 며칠이 걸린다. 너무 많은 것들을 갖고 살아 그렇다. 법정 스님의 무소유를 생각하며 이삿짐 푸는 내내 반성을 한다. 하지만 세 채의 솜이불은 시집올 때 돌아가신 어머니께서 직접 만들어 주신 목화솜 이불이니 자주 덮지 않아도 버릴 수가 없고, 이 큰솥은 어쩌다 가족들이 모이면 써야 하고 등등 이런저런 이유로 많은 내 소유물들을 나는 끝내 버리지 못한다.

겨우 줄인 것이 키우던 화분들이다. 필요한 사람들에게 나눠주고 왔는데 새집 이사 축하로 또다시 멋진 화분들이 들어왔다. 그도 줄여지지 않은 셈이다.

좀 넓어진 서재를 겸한 거실, 그리고 한쪽에는 내 컴퓨터 방도 생겼다. 방해받지 않고 작업할 수 있는 내 작은 공간이다. 이제 아들에게 늘어놓는다고 잔소리를 듣지 않아도 될 내 방이 생겼다는 사실만으로도 이번 이사는 성공이다.

창밖을 내다본다. 지상 주차는 불가능하도록 만들어진 아파트 주변의 멋진 정원과 앞동들의 건물 사이로 신관동 시내의 화려한 빌딩들이 보이고 한쪽으론 공산성의 아름다운 모습과 계룡산까지 조금 보인다. 그나마 그만큼이라도 볼 수 있음이 다행이다. 아파트 뒤쪽에는 공주교도소가 한눈에 들어온다. 교도소만 내려다보면 마음이 아파지는 까닭은 왜일까? 아이들 놀이터 옆으로는 싱그러운 들판을 내려다보니 여유롭게 거닐 수 있는 산책로도 만들어져

있고 시에서 아름답게 가꾸어 준 정안천도 바로 연결이 되어 봄부
터는 온갖 꽃들과 식물들을 감상하며 멋진 산책을 할 수도 있을 것
같다.

 강남의 수원지인 제민천을 따라 싱그러운 금학동 그 동네를 사
랑했듯이 다시금 친숙해질 강북의 화려한 불빛의 동네를, 그리고
아름다운 정안천을 사랑하며 행복을 가꾸어 보리라.(2010년)

얼굴이 후끈

벌써 20여 년 전 일이다. 지금 아버지 연세가 101세가 되셨으니 80세 쯤 되셨을 때였다. 눈 밑에 작은 뽀루지가 났는데 안 낫고 점점 큰다고 걱정하셨다. 모시고 큰 병원을 찾아갔더니 정밀검사 결과 피부암이라는 판정이 내려졌다.

인터넷으로 검색을 해보니 피부암은 무척 어려운 병으로 사례들이 나와 있었다. 빛을 보면 더 자라기 때문에 어두운 곳에만 있어야 된다는 등 인터넷에 올라온 글들을 읽고 보니 더 심란했다.

검사를 한 대학병원에서는 냉동치료를 해야 하는데 노인이시니 무척 힘들다고 걱정을 했다. 냉동치료로 낫는 것이 아니라 진행을 늦출 뿐이라는 말도 함께 했다. 연세도 많으신데 고생하실 생각을 하니 걱정스러웠다. 다른 병원에도 가서 더 진찰을 받으시게 하자는 동생의 권유로 서울의 대학병원으로 모시고 갔다. 거기서는 대뜸 수술을 하자고 하였다.

망설이는 아버지를 곁에서 보는 우리도 걱정스러웠다.

"아버지! 힘들게 수술 같은 거 하지 말고 그냥 한 5년 사심 안 될까요?"

"나도 그게 좋겠다. 무서워"

겁이 많은 것은 아버지의 내림이라 아버지나 딸들이나 겁쟁이들이다. 수술을 포기하고 그냥 내려와 지냈는데 아버지께서는 그 눈 옆에 불거나온 시커먼 땅콩만 한 혹을 남들에게 보여주기 싫으신지 외출을 꺼리고 집안에서만 지내려 하셨다. 그 모습을 보는 자식들은 마음이 아팠다. 동생들과 다시 상의해서 서울의 병원으로 모시고 다시 가 상담을 했다. 안과의 예쁜 여자 선생님이었다.

"선생님! 노인이시니 수술이 무척 걱정됩니다. 선생님의 아버지셨어도 저 연세에 수술하시라고 권하실 건지요?"

"네. 그럼요. 너무 걱정 말고 하시지요."

자신 있게 권하는 의사선생님 말에 아버지도 또한 우리도 용기를 내어 수술을 강행할 수 있었다.

그후, 벌써 20년이 흘렀다. 아버지는 그 피부암의 수술 경과가 다행스레 좋으셔서 잘 지내셨고, 지난해에는 침대에서 떨어져 대퇴골이 골절되어 100세의 나이에 대수술까지 하시고도 회복하셨다. 참으로 의술에 감사함을 느낀다.

이렇게 20여 년이나 더 사시는 아버지께 한 5년만 더 사시라는 말씀을 드렸었으니 얼마나 죄송스러운 말이었나. 그때를 생각하면 지금도 얼굴이 후끈하다.

작은 바람

몸이 불편하니 할 수 있는 일이 많은 제약을 받는다. 이제 고관절 수술한 지 40일. 그래도 목발 떼고 아장아장 걸음마를 뗄 수 있는 것이 얼마나 감사할 일인가. 불안하지만 급하면 벽이라도 짚을 수 있고, 식탁이라도 잡을 수 있는 주방과 거실 사이 정도는 다리의 힘도 기를 겸 살살 걷는다.

아침에는 모처럼 된장찌개도 끓여 먹었고 약병들로 어질러진 식탁 위도 정리를 해본다. 이리 몸이 아프니 여러 분들에게 신세를 본의 아니게 많이 지게 되었다. 정겨운 지인들은 김치나 밑반찬을 만들어 보내왔다. 나는 못 해본 일인데 미안하기 짝이 없다. 오늘 아침만 해도 빈 그릇을 돌려줘야 하는 지인이 또 나를 생각하며 반찬을 만들었다고 출근길에 주고 갔다. 미안함이 쌓여 부담이 가지만 주고 싶어 하는 마음을 받는 것도 또한 정일 것 같아 고맙게 받는다.

이렇게 몸이 부자연스러울 때에 큰 위로가 되고 무료한 시간을 보낼 수 있는 것이 또한 스마트폰이었다. 손바닥 안에 들어오니 가볍게 누워서도 클릭하며 지인들과 카톡으로 대화를 하고 유튜브로 보고 싶은 영상을 이것저것 많이 볼 수 있었다. 아름다운 정원이나 꽃 기르기와 삽목하기 등 유튜브로 공부를 많이 할 수 있는 시간들이었다.

그중 또 유익한 것은 밴드 활동이다. 뜨개방 밴드를 두어 개 들어두니 솜씨꾼들의 멋진 뜨개 작품들을 매일 감상할 수도 있고 예쁜 무늬를 뜨는 법이라든지 도안을 공유하기도 한다. 여성들만의 대화방이다 보니 가끔씩 시댁에 대한 이야기도 나온다.

"왜 그리 시댁 식구들은 골치 아프게만 할까요? 시 자만 들어가면 짜증나고 싫어요."

"그 댁도 그래요? 어쩔 수 없나 봐요. 나도 마찬가지예요."

"나도 예전에 힘든 거 다 겪었어요. ㅋㅋ"

가끔은 이런 걱정스런 대화들을 읽게 된다.

나도 이제는 그 골치 아프다는 '시'자가 들어가는 시어머니 입장이다 보니 그런 대화를 읽다 보면 예사로 지나쳐지지 않고 다시 한 번 나를 돌아보게 된다. 왜 시 자는 골치 아파야만 하는 걸까? 가끔은 그런 취급이 속상하기도 하다.

나도 젊어서는 시어머님과 경제적인 면에서 섭섭함을 겪은 며느리였지만 그때는 너무 가난해서 그랬던 것 같은데 요즘은 다들 잘 살아도 고부간의 갈등은 여전한가 보다. 요즈음 시부모를 가까이 모시고 살며 힘들어하는 여동생의 이야기를 가끔 듣는다.

"언니! 친정에 올 때는 기운이 나고 힘든 걸 모르겠는데 왜 그리 시댁에 하는 건 귀찮고 신이 안 나는 걸까?"

친정에 올 때에 형제자매들에게 맛있는 반찬도 만들어서 나누는 부지런한 동생이다. 나눔을 좋아해서 시댁 식구들에게도 열심히 나누고 시누이들에게 칭찬도 많이 받는 동생인데도 그런 말을 한다.

글쎄다. 아마도 피가 안 섞여서일까?

그런데 자세히 살펴보면 친정 부모 때문에 또는 친정 형제들 때문에 속 썩고 사는 사람들도 꽤 많다. 다만 그걸 드러내 보이지 않고, 잘 삭이기 때문에 모르고 지나치거나 좀 가볍게 다루어질 것이다. 그게 핏줄이다. 핏줄이 아닌 가족관계에서는 조금만 서운할 일도 더 많이 섭섭하게 느껴지고 서로 어려워 대화를 나누지 않으니 소통이 잘 안 되는 부분이 있어 스트레스로 다가올 것이다.

딸이 없는 나는 며느리들이 잘하고 있는데도 가끔씩 좀 더 상냥한 딸같은 며느리였으면 좋을 텐데 하는 아쉬움을 갖기도 한다.

"어머니! 제가 도와드릴 테니 집 좀 정리할까요? 아까워서 못 버리는 것들 제가 대신 버려드릴게요."라던가

"어머니! 이 화장품 제가 써보니 비싸지 않은데도 좋아요. 써보실래요?"

라는 상냥하고 정감 있는 말이 듣고 싶다. 백화점 나들이도 함께해서 눈에 띄는 것이 있으면 서로 입어도 보고 맘에 드는 옷 서로

사주기도 하고… 그런 바람을 잠시 가져 보다가 손녀딸이 빨리 커주기를 기다리자 생각한다. 그런데 이번에 아프다 보니 기다리는 마음이 좀 급해졌다고나 할까.

요즘 젊은이들 이야기를 들어보면 처가와 시댁에 하는 것들이 동등해야 한다며 명절에도 똑같이 양쪽 집에서 한 밤씩 자고, 봉투도 똑같이 드린다는 이야기를 더러 듣는다. 그런데, 딸들이 자주 찾아와 귀찮다는 이야기를 친정어머니들에게 듣는 건 흔한 일이지만 시어머니들에게는 며느리들이 자주 와서 귀찮다는 이야기는 들어본 적이 없는 것 같다. 그렇다면 동등이 아니지 않나?

딸들아! 며느리들아!

내가 시어머니가 되어보니 며느리에게 뭘 줘도 안 아깝단다. 아끼던 예쁜 그릇도 원한다면 모두 주고 싶고, 반찬도 맛있다고 하면 다 퍼주고 싶어. 제일 아끼던 아들을 주었는데 뭔들 아까우랴. 그런데 말이다. 어렵다고 전화도 자주 안 하면 그게 서운하고, 시어머니들은 전화하고 싶어도 며느리들이 시댁에서 전화 자주 와서 스트레스 받는다고 할까 봐 폰만 만지작거린단다. 주말에는 뭘 하나? 어떻게 지냈을까? 앵두나 보리수가 익으면 손주들 보여주고 싶고 예쁜 꽃만 새로 피어도 자식들과 함께 보고 싶고 그렇더구나.

각자의 인생을 편케 살자고?

기다리지 말고 마음을 바꾸시라고?

그래! 그게 아마 정답일지도 몰라.

그런데 너희들도 곧 함께 늙어간다는 사실을 생각하면 좀 더 이해가 될 거야. 지금도 다들 잘들 하고 있겠지만, 그래도 요즘 딸들과 며느리들에게 부탁해 보는 어느 노친네의 바람이란다.

어쩌다 보니

　어쩌다 보니 이 나이가 됐다. 이제는 성능이 좋아 훤히 잘 보이는 거울은 피하고 싶다. 내가 어느새? 하며 변해버린 내 모습이 너무나 실망스럽기 때문이다. 좀 어두운 욕실 거울이나 대충 보고 지나치고 싶다. 예전에는 얼굴에 아무것도 안 바르고 나가도
　"뭔 화장품 썼기에 피부가 그리 곱게 화장이 잘 되었수?"
하는 질문을 받을 정도로 피부가 고왔던 적이 내게도 있었는데 이제는 세월의 흔적이 얼굴에 모두 새겨져있다. 요즘은 외출하려면 립스틱을 발랐나를 꼭 확인해야지 그렇지 않으면 어디 아프냐는 질문을 받게 되니 그 또한 쓸쓸한 일이다.

　지금은 백세시대라서 60~70 나이는 한창이라고 말들을 하지만 60이 지나고 나면 여기저기 아파지고 조금씩 고장이 나서 건강에 대한 위기의식을 대부분 느낄 것이다. 그런 나이에 나는 남편을 따라 농사를 지어보겠다고 새벽마다 밭으로 간다. 누가 시킨 것은 아니지만 밭에 심어놓은 곡식들이 얼마나 자랐나, 가뭄에 괜찮은지 궁금해 살펴야 하고, 더러는 풀 뽑아달라고 아우성치는 소리가 들

기는 듯해, 안 나갈 수가 없는 것이다.

"우리 힘들게 하지 말고 그저 운동이라 생각하고 즐깁시다."

라고 남편은 말한다. 또 더러는,

"힘들면 가지 마, 나 혼자 다녀올게."

하기도 한다. 그렇지만 같이 가길 원하는 눈빛에 마음이 약해져 종종 따라나선다. 남편도 농사에 대해서는 왕초보이니 둘 다 실수가 많다. 사다 심고, 기르다 잘못되어 죽이고, 다시 사다 심고… 그렇게 열심히 키워놓으면 고라니에게 빼앗기거나 벌레에게 빼앗겨 소득은 별로 없다.

그런데 양파를 심어 캐는 날은 남편의 얼굴이 보름달처럼 밝고 환했다. 실뿌리처럼 가냘픈 모를 두어 단 사다 심은 것이 주먹만큼 커다란 덩치를 매달고 흙 밖으로 삐져나와 인사를 했다. '나 캘 때가 됐어요.'라고 말하는 듯했다. 캐어 펼쳐놓으니 제법 그때는 농부 같았다. 그물망에 넣어 매달아 놓고 찾아오는 지인이나 친척들에게 하나씩 들려 보내니 제법 흐뭇하기도 했다. 감자를 심었다는 지인은 무공해 감자를 가져와 물물교환(?)을 하기도 했다. 두고두고 맛있는 감자를 먹으며 그분들 생각에 미소 짓기도 한다. 그런 맛에 농사를 짓는 걸까?

그러나 바빠서 며칠만 못 가보고 무심하면 그 사이에 풀들은 왜 그리 많이 나고, 가뭄에도 풀은 잘 자라는 것일까? 3시간에 뽑을 풀을 일주일만 묵히면 3일이 걸린다는 농사 선배의 말이 딱 맞는 말이다. 여린 풀은 호미로 살살 긁어주면 되는 데, 꽃들에 신경 쓰고 다른 일에 며칠 묵히다 보면 어느새 커져서 뽑기가 힘들고 어쩌지? 하는 사이에 억세져서 뽑는 걸 포기하고 바라만 볼 때도 있다. 밭을 풀에게 빼앗긴 셈이다.

그럴 때 농사하시는 분들이 오면 말한다.

"시골 살면서 제초제 안 쓰고는 힘들어서 안 돼요. 조금씩 뿌리세요."

하지만 나는 땅과 자연에게 미안해서 뿌리고 싶지 않다. 그대로 우리가 되돌려 받게 되지 않겠는가?

농사를 하면서 내게 작은 변화가 생겼다. 매일 하는 샤워도 비누를 최소한만 쓰고 되도록 물로만 씻어낸다. 우리가 쓰는 많은 세제들이 땅으로 되돌아간다는 생각을 하면 쓰려다 망설여지는 것이다. 진즉에 농사를 했더라면 아마도 나는 환경지킴이로 앞장서는 일을 했을 거란 생각을 잠시 하며 웃기도 한다.

다행스레 좋은 살결을 타고 나, 화장에는 별 신경 안 쓰고 살아왔는데 밭에 다니다 보니 썬크림을 열심히 발라도 얼굴에는 잡티가 늘어나고, 풀 뽑고 잔일하느라 허리 굽혀 일하니 허리가 안 아플 수 있겠는가. 앉았다 일어나려면 열 발자국은 더 걸어야만 허리가 퍼진다. 영락없는 농사꾼 할머니 체형이 되어간다.

벌써 20여 년 전인가? 지인의 한의원에서 사무장으로 잠시 일한 적이 있었다. 드나드는 시골 노인들 대부분이 침 맞고 물리치료 받고 시원하다고 가지만, 또다시 며칠 만에 허리 아파 죽는다며 구부정하게 걸어왔다.

"아니 이 몸으로 일을 하시면 어째요. 일하지 마셔요."

"시골 살문서 안 할 수가 있간디. 땅을 어찌 놀려."

이제야 그분들의 심정이 이해가 간다. 작은 콩 한 알을 심어 잘만 키우면 그가 커서 주렁주렁 맺혀주는데, 힘들어도 제때에 심고 돌보고 거두어야만 하는 것이다. 더구나 그들은 그 소득으로 자식들을 돕고 또 돕는다. 쓸쓸하기 짝이 없는 짝사랑이지만 말이다.

"사람을 사서 논둑에 콩을 심으면 품값이 안 나오더라. 그래도 농부는 땅을 놀리면 안 되는 거여"

하시던 이모님의 말씀도 떠올려 보며, 비록 몇 평 안 되지만 자격 없는 자가 땅을 갖게 되지 않았나 하는 반성도 해 본다.

밭가에 꽃을 심었더니 농사보다 꽃 보는 재미가 크다. 또한 그들은 거름을 안 주어도 물만으로도 꽃을 잘 피워주기 때문에 신통하다. 지난해 심었던 서광이나 코스모스가 씨를 무척 많이 퍼뜨려 여기저기 무질서하게 밭 가운데까지 나고 있었다. 있을 곳에 옮겨주고 숨아줘야 하는데 비 오기를 기다리다 그만 때를 놓치고 말았다. 뽑아버리겠다는 남편의 말을 안 듣고,

"꽃인데 어찌 뽑아버려요…"

하며 남겨둔 것이 그만, 밭을 점령해 여기저기 크고 있어서 남편에게 지청구를 듣기도 한다. 하지만 야단치던 남편도 찬바람과 함께 활짝 피어 환하게 웃고 있는 코스모스들을 바라보며 나보다 더 기뻐한다.

"고것들 참 이쁘네. 누구 좀 오라 할까 봐. 우리만 보기 아까운 꽃잔치네."

라며 웃는다.

지독히도 가물고 덥던 여름을 보내고 나니 흠뻑 내려준 비와 함께 가을이 오기는 왔다. 밭에는 곡식들이 여물어가고 꽃들도 열심히 피고 지면서 씨를 만들고 있다. 허리는 아프고 얼굴에 잡티는 늘어나도, 나는 또 열심히 꽃씨를 받아 나누어 줄 사람들을 떠올리며 씨앗 봉투에 꽃 이름을 적을 것이다. 봄부터 매일매일 꽃을 피워 나를 반겨주던 고마운 일일초는 춥기 전 화분에 담아 실내에 들여놓고 보아야겠다. 그러면 겨우내 꽃을 피워 기쁨을 주는 화초다. 내년 봄에는 또 누구에게 나누어 줄까? 주위의 좋은

분들과 나누는 기쁨으로 설레며 겨우내 또 따스한 봄을 기다릴
것이다.

코로나 19로 얻은 여유

2020년 새해부터 코로나19의 확산으로 온 세계가 불안한 날들의 연속이었다. 중국 우한에서 시작되어 우리나라 그리고 세계로 뻗어가는 코로나 바이러스 확산은 뉴스를 볼 때마다 매일 끔찍했다. 이곳저곳 각 나라들마다 사망자들이 늘어가고 확진자 수가 자릿수를 더할 때마다 걱정이 태산이었다.

확진자 하나가 생기면 접촉했던 많은 사람들이 검진을 거쳐야 했다. 양성환자가 아니어도 몇 주간 격리가 행해지고, 확진자와 접촉했던 많은 사람들이 감염되는 놀라운 전파력에 모두 긴장되는 생활이었다. 또한 노약자들이 감염이 되면 종종 사망에 이르기도 했다.

텔레비전 틀기도 겁이 났지만 좀 줄고 있다는 반가운 소식이 있는지 온통 뉴스에 신경이 쓰였다. 집 문밖에만 나가려면 마스크부터 챙겨야 하고, 혹시 엘리베이터 안에도 균이 있을까 봐 마스크를 쓰고도 숨쉬기가 겁이 나는 날들의 연속. 마스크 쓴 얼굴들은 눈만 나오니 누가 누군지 구별도 안 되고 김 서린 안경 너머로 보이는 세상은 슬펐다.

국가 시책으로 격리를 적극 권장했다. 재택근무, 휴교, 그리고 모든 행사나 모임들이 취소되고 마트 갈 때나 외출하지 대부분 자제했다. 다행스레 우리 부부는 아침만 먹으면 차를 몰고 공기 좋은 시골의 밭으로 향하고는 했다. 날씨가 풀려가며 봄맞이 농사일이 시작되었다. 요즘은 이처럼 사람 대면하지 않고 지낼 수 있는 갈 곳이 있다는 게 얼마나 다행스러운지. 집에서 차로 10분 거리에 작은 밭과 6평짜리 농막도 하나 있으니 여간 고맙지가 않다. 간단한 점심도 챙겨먹을 수 있고, 농막 주변에 심어놓은 화단의 꽃들을 보며 나름 여유롭게 지낼 수 있었다.

신기하게도 복수초가 맨 처음 피기 시작하더니 그 다음 따뜻한 양지쪽에 보랏빛 크로커스가 피어나고 이어 앵초와 수선화가 하나 둘 피기 시작했다. 언제 이처럼 자연과 오래 함께할 수 있었던가.

밭을 시작한 지는 벌써 4~5년이 되었지만 그동안은 그저 이것 저것 실수를 거듭하며 조금씩 심어보기에 바빴다. 너무 성급해 어릴 때 모를 옮겨 심어 싹을 죽이기도 했다. 그래서 여러 번 사다 심어야 하는 번거로움도 종종 있었다. 하지만 여러 해 거듭되다 보니 이제는 씨앗을 직접 상토에 심어 발아시키는 과정도 해볼 만큼 농사일이 늘었다.

그간은 밭이나 화단을 돌보다보면 이런저런 일정에 쫓기느라 일하다 말고 집으로 돌아가기 바빴다. 그러느라 오랜 시간 농작물이나 꽃을 살피며 즐길 겨를이 없었는데 올해에는 코로나 확산으로 인해 남편이나 나나 모임들이 모두 취소되다 보니 오로지 자연과 더불어 마음껏 보낼 여유를 얻었다.

두어 달 동안 나도 남편도 지루한 줄 모르고 여유로움 속의 행복에 푹 빠져버렸다. 노후는 이렇게 살아야 되는데 우리가 그동안 너무 바쁘게 산 게 아니냐며 하던 일 많이 접고 여유롭게 살자는 이야기를 나누기도 한다. 밭 주위에서 머위 잎을 잘라 나물로 데쳐먹기도 하고, 금방 밭에서 뽑은 채소로 부추전이나 파전을 해먹으니 재료가 싱싱해서인지 더 맛있다. 남편도 곧잘 부침개나 튀김을 도와주기도 하니 말년에 바라던 좋은 모습이다.

저녁에 아파트로 돌아와 뉴스를 보니 이제 우리나라는 코로나 확진자 수가 많이 줄고 있었다. 너무나 감사한 일인데 아직도 이웃나라에서는 확진자와 사망자가 계속 늘고 있으니 안심할 처지는 아니라 한다. 코로나 바이러스가 빨리 멸종되어 경제가 다시 살아나길 빌지만, 그래도 그 덕택에 여유로움의 행복을 알게 된 것은 큰 공부가 되었다. 좀 쉬어감도 나쁘지만은 않은 것 같다. (2020년)

자꾸 불러

아침에 눈을 뜨니 몸이 무거웠다. 이제는 한 해 한 해 몸놀림이 다른 것을 느낀다. 더구나 지난해 큰 수술을 한 후여서 더 그럴 것이다. 어제 좀 멀리 있는 병원에 직접 운전을 하고 다녀오느라 좀 무리했던 것이 금방 표가 난다. 오늘은 밭에 못 갈 것 같다는 생각을 하며 자리에서 일어났다.

밖을 보니 풀매기 딱 좋은 흐린 날씨다. 어제도 못 가봤고 장마철이니 풀이 무성할 것이 뻔하다. 잠깐 가서 한두 시간만 둘러보고 올 요량으로 집을 나설 준비를 한다. 구름 낀 날씨이니 썬크림을 안 발라도 될까 하고 생각하다 바른다. 속은 적이 한두 번이 아니기 때문이다. 일기예보도 믿을 게 못되고 하늘도 변덕스럽기 때문이다.

텃밭 들어가는 입구에서 진분홍 글라디올러스가 활짝 웃고 서서 반겨주었다. 색상이 곱고 너무 예뻐서 요염하기까지 하다. 멀리 강경에서부터 언니가 전수해 준 꽃이다. 그 옆 한아름의 매발톱은 벌써 피었다 지고 씨를 가득 매달고 늠름하게 서 있다. 곁의 아기범부채를 좀 늘려 볼 요량으로 한 움큼 비료를 주었더니 매발톱이 덕을 봤다. 얼마나 소담스레 피어 나를 여러 날 기쁘게 해주었는지. 방문객들이 모두 탐을 내서 내년에 분양해 주겠다 하며 씨를 잘 받아놓았다.

아기범부채는 추위에 약하다 하여 겨울에 왕겨를 듬뿍 얹어주었더니 따뜻한 곳 찾느라 두더지들이 모여 뿌리를 갉아먹었는지 도통 싹이 나오지 않아 애를 태웠었다. 뒤늦게 서너 뿌리 돋아나 이제야 꽃 필 준비를 한다. 애초 나눠준 Y 선생께 사정을 이야기했더니 실내에 들여놓았던 화분 하나를 아낌없이 들고 와 주셔서 여름 내 멋지게 감상 중이다. 올겨울에는 힘들어도 아파트로 옮겨서 보살펴야지 하는 생각을 한다.

이렇듯 정성 없이 되는 것이 하나도 없다. 꽃도 그렇고 농사도 그렇다. 파를 심고 장마를 보내고 나니 파보다 풀이 더 커 있어 풀밭으로 보였다. 자세히 살펴보아야만 파가 보일 정도이니 부지런하지 않으면 얻어먹기 힘들다.

오래전에 한의원에서 만난 할머니가 종종 생각난다. 허리가 굽고 간신히 걸어 출입할 정도로 몸이 많이 불편한 분이었다. 그럼에도 농사를 짓고 계셨다.

"이 몸으로 밭일은 하지 않으셔야 될 것 같아요."

"예, 우리 애들도 성화여유. 근디 자꾸 밭이 나를 불러유."

그때 나는 밭일을 전혀 모를 때라 그 말을 이해하지 못했다. 본인이 몸 아끼려면 밭에 안 나가면 되지 그 몸으로 왜 무리를 할까라고 생각했었는데 막상 내가 밭을 드나들며 지내다 보니 이제야 그 말뜻이 이해가 간다.

농사에도 다 때가 있다. 풀밭을 매줄 때에도 30분에 할 일을 며칠 넘기면 3시간 뽑아야 하고, 3시간 할 일을 며칠 시기를 넘기면 사흘 뽑아야 한다고 한다. 딱 맞는 말이다. 여린 풀은 호미로 살살 긁어만 줘도 되건만 점점 커가면서 뿌리가 깊어져 뽑기가 힘들어지기 때문이다. 그때부터는 손목이 시큰할 정도이다.

그뿐인가. 몇 모 심은 고추의 지지대를 너무 약하게 매 주었는지 고추가 달리기 시작하니 무거워 쓰러져가고 있었다. 튼튼한 대나무를 잘라 다시 매어 주다 보니 부드러운 곁가지가 잘려나가는가 하면 바로잡아주려다 몸 전체가 잘리는 경우도 발생한다.

뭐든 처음부터 완벽하게 해 줘야 하는데 이런 것들은 오랜 경험을 쌓아야 하나 보다. 아니, 경험이 적더라도 공부를 해야 한다. 연약하기만 한 고추 한 포기에서도 얼마만큼 클 것이며 얼마나 많은 고추가 달려 무게를 싣고 있게 될지 가늠해 봐야 한다.

서툰 우리 부부의 농사법이 힘만 들지 나눌 만큼의 소출이 없으니 민망하다. 겨우 부추 농사를 지어 언니나 동생과 나눔을 하고 상추와 풋고추나 따먹을 정도이다. 좀 익을 만하면 벌레들이 달려

들어 고추가 붉을 때까지는 농사를 지어보지도 못했다.

　몸도 마음도 지쳐간다. 초년 농사꾼에서 그만 졸업도 못하고 중퇴를 해야 할 위기의 요즈음도 자꾸만 부르는 소리가 들린다. 내가 심어 놓은 꽃들이나 몇 가지 안 되는 골파나 상추들이 풀 때문에

　"나 아파요."

하며 다리 아픈 나를 부르고 있다.

새해에는

새해가 되면 재미 삼아 토정비결을 보던 젊은 시절이 있었다. 어머님께서 어렵게 책을 구해서 식구마다 생년월일시를 찾아가며 둘러앉아 함께 보았다. '운이 좋은 해니 너는 걱정 없다'라든가 '올해는 안 좋다니 매사에 조심하며 지내야 한다'라는 말씀을 토정비결을 본 어머니가 해 주시고는 했다. 그까짓 게 맞긴 뭐가 맞는다고 그러실까 시큰둥했지만 그래도 '운세가 길하다'는 말을 들으면 나쁘지 않았다. 아니, 믿고 싶었을 게다.

결혼 전, 지금의 남편과 오래 사귀고 있었는데 부모님의 반대가 심했다. 홀어머니에 가난한 집 아들이라는 것이 이유였다. 저녁 외출도 못 하게 하시고 빨리 헤어질 것을 강요하시는 부모님이 그저 야속하기만 했다. 그때 한 친구의 소개로 용한 점쟁이를 찾아갔었다. 둘의 궁합이 안 좋다고 말하면 헤어져야 하나 고민하면서 남편 사진 한 장을 갖고 가 두 사람 사주를 알려주었다.

"같은 해 같은 달에 태어났으니 둘이는 볼 것도 없이 좋은 사주이고 남자는 장관 자리까지 올라갈 사주니 결혼하시는 게 좋겠소. 그리고 아가씨가 남편을 잘 보필해 앞으로 큰사람이 되게 해 줄 사주니 걱정하지 말고 해요."

"겨우 시골 중학교 선생인데 뭔 장관까지 가요?"

"문교부 장관도 있잖소."

그 말에 장관까지는 바라지 못해도 앞으로 이 남자 나쁘게 풀리지는 않겠거니 희망을 걸고 부모님의 심한 반대에도 무릅쓰고 결혼까지 강행했다.

결혼 후, 은행 대부금으로 얻은 단칸방에서 시작해 맞벌이로 살면서 1년에 한 번씩 이사를 가야만 했다. 좁은 집이라 어느 때는 풀지도 않은 책 보따리들을 다시 싣고 이사를 가기도 했었다. 내 집 장만할 때까지 10여 년 동안에 10번의 이사를 해야 했으니 그 고충이 어떠했을까.

지내면서 투닥거릴 크고 작은 일들이 종종 생기고는 했다. 연애할 때와는 영 다른 부분들이 서로에게서 보이기도 하고 가난으로 불거지는 다툼거리들이 있을 때마다 실망스럽고 힘들었지만 나의 선택에 대한 책임을 져야 한다는 일념으로 견디어내고는 했다.

결혼 전에 같은 직장의 선배 한 분은 부부 싸움이 잦았다. 부부 둘 다 좋은 분들이었는데 성격이 잘 맞지 않아 옆에서 보기에도 안타까웠다. 그래서였는지 퇴근길이면 가끔씩 점쟁이 집엘 찾아가며 내게 동행해 줄 것을 원했다. 공짜는 없나 보다. 점쟁이들은 신기하게도 둘이 사주가 안 맞아 많이 다투겠다는 말을 하고는 했다. 신기하게 맞추는 말을 옆에서 듣다가 나도 가끔 점을 보기도 했는데 나는 좋은 말은 기분 좋게 듣고, 나쁘다는 말을 들으면 그 자리에서 모두 지우고 나왔다. "그까짓게 뭘 맞아" 하면서. 그러나 그 선배님은 좋다는 말보다 나쁘다는 말을 더 기억하고 지내며 속을 끓였다. 그런 선배가 늘 안타까웠다. 그녀의 삶은 고달팠으며 얼굴을 펴지 못하고 지냈기 때문이다.

믿는 대로 본인의 의지대로 살아지는 것이 삶이라는 생각이다. 나는 종교인은 못되지만 평소 종교인답게 살려고 노력한다. 성인들의 말씀을 마음에 새기며 감사하는 삶을 살다 보면 행복이 따라오기 때문이다. 그리고 힘든 일이 생길 때는 '구하라 주실 것이오, 문을 두드려라 열릴 것이다'라는 말을 열심히 믿으려 노력했다. 마음으로 '하느님, 부처님, 계신다면 도와주세요.'라고 간절히 부르며 원하는 것을 기도하며 성실히 살았다. 그러며 노력하면 대부분 이뤄졌던 것 같다.

언젠가 사주쟁이가 '50이 넘으면 비단 방석에 앉아 기사 두고 자가용 탈 팔자'라고 한 말을 위로 삼았다. 더 성실히 노력하며 살았고, 남편은 장관까지 될 사주라기에 가난했지만 희망을 갖고 공부를 더 하도록 뒷받침해 중고등학교 교사에서 대학교수로 승진할 수도 있었다.

대부분 토정비결을 보거나 점쟁이를 찾아갈 때는 힘들 때 위로받고 싶고 희망을 찾고 싶어서일 게다. 혹여 찾게 되어 나쁜 말을 듣는다면 나처럼 그건 그 집에 놓고 나오는 건 어떨까. 희망적인 말만 믿고 노력하면 잘 살아지더라는 말을 해주고 싶다.

이제 나이 70이 넘으니 새해가 되면, 무언가 얻으려는 계획을 세우기보다는 버리고 비우는 계획을 하게 된다. '물건 살 때 열 번 생각하고 사기, 하루 단 몇 개라도 버리거나 나누기'의 계획을 지난해에 이어 새해에도 또 세워본다. 거기에 하나 더 보태어 올해에는 가족과 주변 사람들을, 그리고 미운 사람까지도 '내가 더 많이 사랑하기'를 넣어봐야지 하는 생각을 해본다.

우리 집은 케이블카

"엄마! 우리 집이 꼭 케이블카 같아요."

"정말! 정말 그렇구나."

초등학교에 다니던 두 아들이 주방과 거실에서 창문 가득한 푸르름을 향해 앞으로 달려갔다가 뒷걸음질을 했다가를 몇 번을 거듭하며 즐거워하고 있었다.

창밖을 보니 비록 고운 단풍의 산은 아니어도 우리들이 즐기기에는 훌륭한 가을 산이었다.

높다란 은행나무와 주렁주렁 감이 달린 감나무까지 곁들인 산이 5층인 우리 아파트의 거실 창에 가득 들어오고 우리 아이들은 이토록 가까이에 산을 접하고 사는 것이 너무나 좋다며 케이블카를 탄 기분이라고 이사를 오자 무척 좋아했다. 화단도 있고 마당이 넓은 그런 집을 원했던 우리 가족들이었지만 저축한 돈에 비해 자꾸만 올라가는 집값을 도저히 감당할 수 없어 할 수 없이 아파트를 사야 했을 때 마음이 많이 아팠었다.

하지만 한적한 곳에 위치한 이 아파트는 수원지로 향한 산책로를 따라 개울도 흐르고 아파트 앞에는 가까이에 예쁜 산을, 그 뒤로는 먼 산과 푸른 하늘을 시원스레 접하고 살 수 있는 곳이어서 마음에 들었었다.

이사 오던 이튿날 아침에 일어나니 창밖은 온통 푸르름이고 장마철이어서 뒤쪽 개울의 물 흐르는 소리는 꽤 근사한 것이 영락없이 산장에 온 기분이었다.

"여보! 빨리 일어나 봐요. 설악 산장에 온 것 같아요."

했더니 그이도 동감이라는 듯 빙그레 웃었다.

틈틈이 우리 가족들은 아파트 근처를 산책하기도 했고 오가는 길 개울의 빨래터를 발견하기도 했다. 맑고 깨끗이 흐르는 물에서 빨래를 하며 도란도란 이야기를 나누는 아낙들의 정스러움을 보며 한참이나 발길을 멈추고 서 있고는 하다가 어느 날 용기를 내어 나도 빨래터로 향했다.

두 아들과 나는 흐르는 물에 발도 담그며 엄마 어릴 적에 이런 곳에서 빨래하며 살던 얘기랑 할머니들은 이렇게 사셨다는 얘기를 들려주며 즐거운 시간을 보내기도 했다.

수원지에서 내려오는 개울이어서 오염되지 않은 깨끗한 개울에는 송사리 떼가 무리 지어 놀고 있었고, 우리 아이들은 신기한 자연 속에 시간 가는 줄도 모르고 재미있어 했다.

오는 길에는 이웃집 담장에 누렇게 익어가는 호박도 보고 자주색 덩굴 콩의 꽃과 콩꼬투리도 만져보며 주택 못지않게 자연의 혜택을 누리며 살 수 있는 이 아파트가 우리 가족들은 너무나 좋았다.

"엄마, 빨리 눈이 왔으면 좋겠어요."

"왜?"

"눈이 오면 눈썰매장에 온 기분이 들 것 같아서요."

"맞아! 눈이 덮인 우리 정원 또한 근사할 거야. 이토록 좋은 집에 살게 되어서 무척 감사하지?"

"네."

두 아들의 기쁨이 가득한 초롱한 눈매를 바라보며 이 감사하는 마음을 오래도록 간직하며 살아주길 기도해보던 때가 엊그제 같은데 지금은 그 두 아들이 결혼해 손주들이 벌써 그 나이가 되었다.

내 아이들도 그때의 그 기쁨과 감사함을 오래오래 간직하고 늘 감사하며 살면 좋겠다.

멧돼지가 다녀간 날

"나 이제 농사 안 지을 거야"

남편이 마음 아파 불쑥 뱉은 이 말이 나는 왜 한편 반가울까. 돌아서서 히죽히죽 혼자 웃을 만큼 내게는 내심 듣고 싶었던 말이었다.

남편과 농사를 짓기 시작한 것이 벌써 4년이 되었나 보다. 400여 평의 땅인데 길 빼고 주차 공간, 농막 자리 빼고 나면 겨우 300평도 될까 말까 한 텃밭 수준이나 뒤로는 산이고 사방이 뚫린 곳이다 보니 손 가는 일이 많았다.

전원주택을 꿈꾸며 20여 년 전 사놓은 밭이다. 소설 토지에서 나오는 최 참판 댁을 연상할 만큼 훤히 들판이 내려다보이는 언덕 위에 남향으로 양지바른 땅이었다. 차로 시내에서 10분 거리, 사는 아파트에서 10여 킬로의 거리에 있는데, 날씨가 좋은 날은 시내의 높은 아파트와 멀리 계룡산 연천봉이 보일 만큼 시야가 탁 트여있어 좋았다. 내려다보면 동네 논밭이 훤히 내려다보여서 오는 사람들마다 참 좋은 집터를 잘 구했다는 칭송을 받고는 한다.

그런데 드나드는 동네 골목이 좁아서 레미콘처럼 덩치 큰 차들은 올라올 수가 없는 땅이었다. 그래서 집 짓기도 힘들거니와 벌레가 스치고 지나만 가도 부르트는 나의 약한 살성 때문에 시골생활이 자신이 없어 집 짓기에 동의할 수가 없었다.

우선 드나들며 시골살이에 자신감이 생길 때까지 농사를 지어보자고 남편과 합의를 보았다. 그러면서 드나든 것이 벌써 5년이 지났나 보다. 마늘농사를 지어보면 굵고 좋은 것은 내년에 심어야 할 씨로 남겨두어야 하니 자디 잔 것만 내 차지다. 마늘 까려면 여러 시간 힘들게 애써봐야 양은 얼마 되지 않아 부아가 치민다. 왜 농사는 짓자고 해서 안 해도 될 고생을 하게 할까 하는 불만이 아픈 허리 때문에 더 생기고는 한다.

그뿐인가. 남편도 구부리고 일하는 체질이 못 되는지라 열심히 서서 하는 일은 잘하는데 잔손 가는 풀 뽑기는 내 차지가 되는 일이 많다. 일할 때는 잘 모르다가도 끝내고 집에 오면 온몸이 쑤시고 여기저기 안 아픈 데가 없다.

"여보! 무리하지 말고 즐기며 합시다."

즐기자고? 말이 좋다. 한낮에는 더워서 못하고, 새벽에나 오후에 가서 해야 하는데 어떤 일이건 다 때가 있다. 잠시 게으름을 피우다 보면 더 큰 낭패가 되기 때문에 미룰 수 없는 일들이 허다하다.

풀 뽑기만 해도 그렇다. 3시간에 뽑을 풀을 일주일 뒤로 미루면

3일이 걸린다는 말은 참말임을 농사를 지어 본 사람들은 안다. 돌아서면 나는 풀. 가뭄에도 장마에도 무럭무럭 자라는 풀이 농사꾼들에게는 싸우기 힘든 적이다.

풀 뿐인가. 좀 수확을 할 수 있을까하고 커가는 걸 지켜보면 어느새 벌레가 먼저 와 먹어버린다. 고추, 강낭콩, 토마토 닥치는 대로 잎 뒤에 알 까놓으며 숨어숨어 잘도 기생한다. 겨우 약 안 하고도 얻어먹을 수 있는 건 오이나 가지이다. 어제 조그맣던 것들이 하루 사이에 커다랗게 매달려 있는 것을 보면 아픈 것을 잊을 만큼 수확의 기쁨도 꽤 크다. 아마 그 맛에 힘들어도 농사를 짓는 것이겠지.

지난해 고구마 농사가 잘 안 되었길래 토질이 잘 안 맞나 싶어 올해는 심지 말자 그랬더니 남편은 손주들 무공해로 길러 먹여야 한다며 기어이 고구마를 혼자 구부리며 심었다. 잘 자라고 있는 고구마 순들을 보며 남편은 흐뭇해했다. 남편이 부재중인 날 나가봤더니 고구마 밭에 틈틈이 비집고 들어가는 바랭이들이 무성했다. 남편 올 때까지 그냥 둘 수가 없어 할 수 없이 아픈 허리를 추스르며 두어 시간 풀을 매 주었다.

그러나 그 또한 허망했다. 며칠 고라니들이 살금살금 다녀가며 강낭콩을 따먹어 속상해 했더니 오늘 아침에는 밭에 나가는 길에 보니 아랫집 넓은 밭의 고구마 줄기가 다 뽑혀 밭가에 흩어져 있었다. 수확할 때도 멀었는데 왜 그럴까? 생각하며 올라갔더니 우리 고구마 밭도 헤집어 놓아 엉망이었다. 아랫집 아저씨 말씀이 이건 고라니가 아니라 멧돼지들 짓이란다. 멧돼지들은 가족 단체로 다녀간다고 한다.

밭가에 망도 둘러쳤건만 어디로 다녀갔음일까?

얼마나 속상하시냐고 위로차 말씀드리니 아랫집 아저씨는 껄껄 웃으며

"나눠 먹어야지유, 그것덜두 먹구 살것다는디 워쩌유."

말씀은 그리하셨지만 그 속이 어떠랴. 아랫집 아저씨는 밭 가는 기계가 고장 났다고 힘들게 고쳐다 여러 날 밭 일구는 걸 봤기에 우리 집 고구마 밭 헤쳐 놓은 거보다 더 맘이 안타까웠다.

우리보다 먼저 퇴직한 남편 친구가 그랬다.

"친구들이 퇴직 후 농사 지어보더니 3년이면 다 손들더구만. 농사가 어려운가 봐. 얼마나 갈지 모르겠지만 열심히 한번 해보셔."

나는 남편 따라다니며 겨우 꽃이나 심고 보며 남편이 얼른 손들기를 바랐다. 농사는 정말 아무나 하는 것이 아니었기 때문이다. 전문 지식도 있어야 하고, 우선 건강한 몸도 따라줘야 하니까. 햇빛 받아 잡티투성이가 돼가는 얼굴. 남들은 나이 먹어가며 가꾸느라 피부과 다니며 성형을 하고 박피를 한다는데 이거 어쩌담. 걱정

하며 지낸다.

　남편이 얼른 농사에서 졸업하길 바랬는데 멧돼지 덕에 이제 얼마 안 걸릴 것 같은 예감도 드는데 슬쩍 떠보면 절대 아니란다. 이곳에만 오면 공기가 맑으니 맘이 후련하고 좋다고.

　그래도 계절 따라 피고 지는 화단의 꽃들 덕택에 5년이 후딱 지난 듯하다. 내 맘을 위로라도 하는 냥 여기저기 피어나는 꽃들이 오늘따라 유난히 환하고 예쁘다.

일일초를 분양하며

꽃을 좋아하는 우리 자매들은 예쁜 꽃만 보면 욕심을 갖는다. 이제 나이 들어 관리하기도 힘드니 화분을 늘리지 말아야 한다고 말은 하면서도 점점 화초의 종류를 늘려가고 있다. 종류에 따라 아파트의 실내에서 키우는 것이 쉽지만은 않다. 분갈이며 늘 신경 써야만 해 없는 것이 편하련만 꽃의 유혹에는 마음이 늘 약해지고는 한다.

두 해 전 우연히 분홍색 일일초를 하나 구하면서 그 꽃에 그만 반하고 말았다. 밖에서는 온도가 10도 이하로 내려가면 죽으니 1년초 같아도 춥기 전에 따뜻한 실내에 들여놓으면 다년생 화초가 되는 꽃이었다. 원산지는 '마다가스카르'라고 인터넷에 나와 있었는데 겨울에도 매일 창가에서 예쁘게 꽃이 피고 진다.

속명의 Vinca는 라틴어의 '연결한다'라는 뜻으로 줄기가 구부러지는 성질을 가진 데서 유래되었단다. 마다가스카르·자바섬·브라질 등의 원산지에서는 여러해살이풀로 인도에서는 옛날부터 약용작물로 재배하여 왔으며 악성종양 등의 치료 약으로 사용하기도 하는 꽃이라고 한다.

꽃이 매일 피고 지는 건 아니다. 2~3일 피다가 떨어지지만 이어서 기다리던 봉오리들이 연달아 피기 때문에 늘 꽃을 볼 수 있는 장점을 갖고 있다. 그래서 요즘 같은 여름철에 꽃이 귀할 때도 화려하게 꽃을 볼 수 있으니 화단에 심어놓으면 아름다워 대우를 받는다.

처음에는 짙은 핑크색의 일일초 씨를 받아 봄이면 포토에 심어 가까운 이들에게 나누어 주기 시작했다. 그러다 지난해 어느 날 옅은 핑크색을 발견하고 하나 사다 심었더니 그건 더 예뻤다. 피는 모습이 장미처럼 우아하게 벌어지기 때문이었다.

올 초봄 골절되었던 왼쪽 손목이 채 낫기도 전이었지만 꽃모는 적당한 시기에 나누어 줘야만 했다. 남편에게 일일이 부탁할 수도 없고, 몰래몰래 나누어줄 화분에 심어 나르기란 쉽지가 않았다. 아프기도 했지만 그 손목으로 무리한다고 한소리 듣기 때문이다.

그러다 생각하니, 나 왜 이러지? 포토 하나에 3천 원이면 쉽게 사는 걸 편하게 사서 주고 싶은 사람한테 선물해도 되는데 아픈 손목으로 왜 이러나 싶기도 했지만 내가 심은 꽃씨가 화초가 되어가는 기쁨 또한 크기 때문이다.

밭에 거름기가 있는 고운 흙을 파다가 모래와 상토를 적당히 섞고 화분 아래에는 흙이 쏟아질까 받침을 만들어 넣어야 한다. 모종 후 며칠 동안은 통풍 잘 되는 그늘에 모셔놓고 볕을 적당히 쏘여주며 뿌리가 안착되는 걸 지켜봐야 한다. 쉬운 일이 하나도 없다.

꽃을 피우기 시작한 화분들은 며느리들에게도 하나씩 가져가도록 하고, 언니와 동생 그리고 조카딸들에게까지 하나씩 선물을 했다. 또한 문학관이나 내가 다니는 카페에도 화분 하나 둘씩 선물을 했다. 많은 분들이 드나들며 꽃을 보고 행복했으면 해서이다.

나르기까지 하려면 힘들기도 했지만 내가 분양해 준 꽃이 피기 시작한다며 사진 찍어 보내주시는 분, 덕택에 잘 보고 있다고 행복해하며 문자 주시는 분들이 늘기 시작하면 내 기쁨은 배가 된다.

매일 드나드는 아파트의 화단에도 여러 개의 일일초를 심어놨더니 예쁘게 피고 진다. 매일 들여다보며 '안녕! 예쁘다' 해주고 지나가는데 어느 날 보니 빈 곳이 보였다. 누가 작은 꽃 몇 개를 캔 흔적이 있었다. 그런데 없어진 것이 섭섭한 것이 아니라 나처럼 예뻐해 주는 사람이 또 있다는 것이 반가웠다. 누굴까? 좋아한다면 내 화단에 있는 꽃들을 좀 더 나눠주고 싶다는 생각도 들었다.

얼마 전에는 일주일 간의 여행 일정이 잡혔는데 워낙 더울 때여서 시골 농장에 있는 일일초 화분들을 그냥 두고 가면 안 되겠다는 생각이 들었다. 바쁜 동생에게 일부러 물을 주러 다니라 부탁하기도 미안하고 아파트 계단으로 아까운 것 몇 개를 옮겨다 놓았다. 그리고 죄송스럽지만 윗집 할머니께 부탁드렸다. 물병을 옆에 놔

두고 가니 중간에 물 좀 주시라고 말씀드리고 여행을 다녀왔다.

그런데 다녀오던 날, 도착하자마자 꽃들을 살폈더니 일일초 몇 개가 꽃을 떨구며 시들어 가고 있었다. 물병이 빈 걸 보니 물을 주셨음에도 그랬다. 딱해서 어쩌나 왜 그럴까? 다시 농장으로 데려가 햇빛을 적당히 받을 수 있는 시원한 곳에 놓고 정성을 들이기 시작했더니 간신히 회복 중이다.

그제야 인터넷으로 검색을 해 보니 너무 더워서 스트레스를 받았기 때문인 듯했다. 아파트 계단은 통풍도 잘 안되는 데다 온도는 높고 게다가 햇빛도 없었기 때문이었다. 반면에 농장에 두고 온 것들은 중간에 비도 두어 번 와주었기에 싱싱하게 꽃들이 잘 피고 있었다. 그냥 둘 걸 욕심이 화를 부른 격이 되었다.

내년에는 연핑크색을 심어서 더 분양해 볼까? 아냐. 이젠 편케 살자. 내 안에서 생각들이 다투고 있다.

문 없는 집

생각해 보니 까마득한 옛일이 되었지만 그때를 생각하면 아들에게 지금도 미안하다. 지금 그 아들은 잘 성장하여 두 아이의 아빠가 되었고 제 아이들을 지극 정성으로 잘 키우는 걸 보니 참으로 다행스럽고 고맙기만 하다.

젊은 날, 번화가에 위치한 7평 반의 작은 테니스 용품 가게 안에서 어린이집에 다녀온 네 살의 작은아들에게 동화책을 읽어주고 있었다. 가게 문을 열고 손님이 들어오면 나는 장사를 해야 했고, 동화에 빠져있던 아이는 상상의 나래를 접고 엄마가 장사하는 걸 바라보며 오래 기다려야 했다. 손님이 빨리 가게에서 나가주길 기다리던 아이는 또 연결해서 동화를 읽어주는 엄마의 책 읽기에 빠져들고는 했다. 책 읽기는 그러다 또 끊기고.
그렇게 지나기를 여러 날, 아이는 그만 지쳐 버렸나 보다. 하루는
"엄마! 우리 문 없는 집으로 이사 가자"
"문이 없으면 어떻게 사람이 드나들어?"
"사람 오는 거 난 싫어. 문 없는 집이 좋아."

아! 그제야 나는 아이의 맘을 헤아려 볼 수 있었다. 얼마나 실망을 거듭했으면 네 살짜리 어린아이가 문 없는 집을 상상했을까.

가난한 남편과 결혼했기에 결혼하고도 이어 직장에 다녔다. 하지만 가난한 상태에서 아이가 생겼고 큰아이가 태어나자 육아로 사표를 내고 나니 교사인 남편의 월급만으로는 살 길이 막막했다. 어머님의 채무를 갚아 나가야 했고 매달 생활비를 보내드려야 했기 때문이었다. 언제 집을 장만할 것인지, 아이들이 커가면 어찌할 건지 앞날이 걱정스러웠다.

체육을 전공했고 학창시절 테니스 선수생활을 했던 남편은 테니스 전문 숍이 지역에 없으니 하면 될 것 같다고 나에게 가게를 운영할 것을 건의했다. 장사를 하려면 가게 보증금이나 월세며 잘 될지도 모르니 겁이 나서 반대를 했지만 남편의 꿈은 완강했다.

곁에서 지켜보던 언니 부부께서 건넌방 한 칸을 무료로 살게 해주셨다. 그 덕에 갖고 있던 전세금에 보태어 가게를 얻고 나는 할 줄 모르는 장사를 하게 된 것이다.

날이 밝으면 새벽부터 문 두드리는 소리에 눈을 뜬다.

"테니스 공 하나만 주세요."

2000원짜리 공 한 캔에 200원을 남기는 장사지만 단골들에게 새벽부터 문을 열고 편의를 봐줘야 한다. 하루 종일 웃으며 이런저런 손님을 대하다 보면 저녁이면 얼굴 근육이 아파왔다. 피로로 두통이 심해져 박카스와 진통제 사리돈을 먹어야만 하루를 살았다. 그렇게 아이도 나도 지쳐가던 젊은 시절이었다.

아이를 키우는 엄마가 아이는 뒷전이고 장사에 최선을 다했으니 얼마나 빵점 엄마였는가. 그 미안함이 크다. 저녁시간에는 가게 바쁜 걸 알고 가까이 사는 언니가 아이들 봐준다고 퇴근길 데려가기도 했다. 언니도 많이 피곤할텐데 밤늦게서야 아이를 찾아오기도 했다. 건너 낚시가게 아주머니는 아이를 업고 장사하는 나를 딱하게 여겨 틈틈이 데려다 봐주시기도 했다. 여러 사람들에게 정말 폐를 많이 끼쳤다.

그러던 중 어머님께서 중풍으로 쓰러지셔서 뒷바라지를 해야 했고 그런저런 이유로 7년 만에 장사를 접고 전업주부로 어머님과 아이들을 돌봤다. 장난감을 사 달라 조르는 아이에게 엄마가 장사를 그만둬서 돈이 없다고 하니

"엄마! 장사는 그만두더라도 금고는 가져오셨어야지요."

하며 나를 나무란다.

한바탕 웃었다. 계속 돈이 쏟아지는 도깨비 금고인 줄 알았나 보다. 가난해도 아이들 키우는 재미가 컸던 젊은 시절이었다.

요즘 젊은이들 살림집을 보면 참 잘 산다. 공기청정기에 나이별 동화책에 수준별 장난감이 즐비하다. 어린이 놀이방으로 착각할 만큼 준비하고 정성을 쏟아 아이를 잘 기른다. 그런 걸 보면서 문득 그때 그 시절, 내 아이가 소망했던 문 없는 집이 떠오른다. 젊다는 건 그래서 좋은 걸까? 지금 생각하면 어찌 그리 힘든 시절을 잘 견뎠는지 꿈만 같다. 그래도 그 환경에서도 건강하고 반듯하게 잘 커준 두 아들에게 늘 고마움을 갖는다.

군살 속의 행복

　오후 한나절, 책을 읽다가 깜박 잠이 들었었나? 전화벨 소리에 일어난 나는 전화를 받고 난 후 따사로운 봄볕의 유혹에 예쁜 잔으로 골라 커피 한 잔을 만들어 창가의 소파에 앉았다.

　아파트 주변의 주택가에서 간간이 짖어대는 멍멍이들 소리만 적막을 깨트릴 뿐, 마냥 한가롭기만 한 오후였다. 부드러운 햇살은 베란다에 가득하고 갖가지 피기 시작한 꽃들은 눈부신 듯, 한 잎씩 벌어지는 모습까지 눈에 보이는 듯했다.

　아! 이 커피 내음 또한 내 집에서만이 느낄 수 있는 최고의 향기다. 이처럼 좋아하는 커피건만 나이 탓일까? 이제는 많이 마신 날은 위도 쓰리고 자다 깨면 잠을 이룰 수가 없는 날도 생기곤 한다. 늦은 밤, 부스럭거리며 책 찾아 들고 다니는 통에 숙면에 방해되는 남편에게도 미안하여 되도록 멀리하려 하지만 이런 날의 커피 한 잔은 나에게 행복감을 한층 더해준다.

　커피 향을 아껴가며 음미하던 나는 베란다의 내 작은 정원으로 향한다. 따스한 볕을 쪼이면서 난蘭분에서 새 촉이 몇 대가 올라왔는지 헤아리고, 아마릴리스의 꽃대가 엊그제 올라오기 시작했는데 얼마나 자랐는가도 본다. 동백꽃이 오늘은 다섯 송이가 피었는데 일곱 송이가 피는 날엔 전에 이웃에 살던 Y네 가족을 초대하자고 작은 녀석과 약속을 했으니 토요일엔 그들을 초대해야겠다는 생각을 한다.

이제 막 꽃봉오리가 봉긋 살이 오른 군자란을 보며 4년 전 이사 올 때 헤어지기 서운하다며 아끼던 분에서 나누어 주신 옆집 살던 김 선생님 내외분을 생각하고, 치자 꽃봉오리가 수없이 맺히는 것을 보며 그들이 피면 집안에 향기가 얼마나 가득할까 하고 벌써 두근두근 가슴이 설레기도 한다.

이제 두 달만 지나면 결혼 15년. 그간 바쁘고 힘든 날도 많았지만 지금은 이렇듯 평화로울 수 있다는 것이 너무나 감사하다. 모두 학교로 가고 난 후 청소하다 말고 펼쳐있는 신문을 읽다 보면 한나절을 다 보내도 누가 참견할 사람이 없는 나의 이 자유로움. 이 편안함을 증명해 주기라도 하듯 어느 사이에 두덕두덕 붙어버린 허리의 군살은 이렇듯 앉아있을 땐 더욱 두드러져 내 신경을 자극한다. 남편에게 보이기도 부끄러워 조심을 하건만 어쩌다 들키는 날도 남편은 껄껄 웃어준다.

어제는 와이셔츠 다린 것이 없어 당황했더니

"T셔츠 입고 출근할게."

하는 남편. 보던 책에 몰두하느라 저녁 반찬이 소홀해도

"반찬은 없어도 잘 먹었습니다."

하며 웃어 주고, 더러는 출근하는 남편 따라 외출을 해도 웃으며 잘 태워다 주는 남편이다.

공부는 일 이등은 못해도 자칭 상위권이라는 두 아들. 감기는 종종 앓아도 6년 개근상을 탈 수 있었던 큰아들과 뚱뚱해도 항상 자기 반 운동팀에서 크게 활약을 하고 있다고 자부심이 대단한 작은아들. 선생님 말씀이 '건강한 게 최고로 효도하는 것'이라 하셨다고 그 흔한 학원 하나를 안 가고 수업 끝나면 꼭 축구나 야구를 해서 빨랫감을 잔뜩 선물하는 작은 녀석도 대견스럽기만 하다.

화장을 안 하고 립스틱만 바르고 나가도 아직은 괜찮다고 위로해 주는 남편 말을 믿고 립스틱 하나만으로 간단하게 화장을 끝내고 외출하는 게으른 나다. 무스탕이나 토스카나 코트 입은 여자들 앞에서도 기죽거나 부럽지 않다. 보석을 주렁주렁 걸친 여자를 보면 관리하기 힘들까 봐 그 여자가 걱정되는 좀 모자란 듯한 나.

남들 보기엔 바보스럽도록 요만큼에 행복해하며 살아가기에 자꾸만 살이 찌는 것일까? 몸매를 감추려고 헐렁한 옷만 찾는 그런 내가 조금은 걱정이다.

내일부터는 무슨 운동이든 시작해 봐야 되지 않을까? (1993)

오늘, 또 하나의 기쁨

"금요일 오전에 시간 좀 내주실 수 있나요? 단체 방문이 있는데 박 선생님께서 설명과 시 낭송 좀 해주십사고 요청이 와서요."

공주풀꽃문학관 직원의 전화이다. 그럴 땐 소소한 약속들은 뒤로하고 우선 문학관에 가기로 마음먹는다.

"알겠어요. 시간 맞춰 나갈게요."

귀찮기보다는 나를 선택해서 요청을 해온다는 것이 하나의 기쁨으로 다가온다. 이 나이에 내가 쓸모가 있다는 것은 축복이 아닌가.

풀꽃문학관과 인연을 맺고 봉사활동을 시작한 지가 벌써 5년이 되었나 보다. 열악한 환경에서 문학관 개관을 하다 보니 처음에는 문학인 몇 명이 돌아가며 문학관을 지키고 방문객들을 맞이하였다. 그 후 1년이 지나 직원이 배정되어 이제는 가끔씩 내가 필요할 때만 나가 돕고 있다.

문학관에는 여러 부류의 방문객들이 있다.

나태주 시인을 꼭 한 번 뵈었으면 원이 없겠다는 간절한 마음으로 찾아오는 사람이 있는가 하면 시인은 여벌이고 여기가 뭐 하는 곳인가? 훌훌 둘러보고 꽃이나 보고 가는 사람, 더러는 시인이 가꾼 꽃밭의 꽃들을 사진 찍으러 오는 사람도 있다. 나의 설명을 듣고 싶다고 오는 사람들은 대부분 도서관에서 진행하는 독서회 프로그램의 학생과 학부모거나 문학 단체에서 시인님을 못 뵙고 가는 섭섭함에 자세한 설명이라도 듣고 가고 싶은 팀이다.

'도서관 자모독서회'는 듣기만 해도 반가운 명칭이다. 내가 나태주 시인을 처음 뵌 곳도 자모독서회이다. 나 시인을 초청해 특강을 듣게 되었을 때 처음 뵙기도 했고 그 인연으로 글을 쓰기 시작하게 되었다. 그곳에서 우리 주부들에게 글쓰기를 권유하셨고 그래서 몇몇 주부들은 용기 내어 글을 쓰기 시작했었다.

처음에는 독후감을 서로 발표하고 그걸 소재로 글을 쓰기 시작했고 여성 백일장에 나가 상을 받기 시작한 것이 동기가 되기도 했다. 그 후 몇 명이 '금강여성문학동인회'를 결성했고, 회원들의 멤버가 가끔씩 바뀌기도 하지만 지금 30여 년째 20여 명의 회원들이 매년 동인지를 발간하며 활동하고 있다. 그때 문학회를 결성한 초창기 회원은 불과 나를 비롯해 이제는 서너 명 밖에 안 남았지만 명맥을 계속 이어온다는 것이 어떤 때는 자랑스럽기도 하다.

지금은 대부분 회원들이 개인 시집을 발간하였고 나 또한 개인 수필집을 두 권 째 발간하였다. 게다가 시 낭송가가 되었다.

그런 관계로 문학관 방문객들에게 내가 잘 아는 나태주 시인에 대한 설명과 가끔 시 낭송도 해 주었더니 그것이 소문이 나 방문객들 중 나를 지목해서 설명을 청해오는 분들이 생기게 된 것이다.

방문객들에게 설명을 마치고 나 시인의 시 한 편을 낭송해 주면 큰 박수를 받을 뿐 아니라 시집을 구입하고 싶다며 지금의 그 시가 어떤 책에 실려 있는가를 확인하는 분들도 있다. 낭송으로 듣는 시는 더욱 감명 깊게 들리는 것 같았다. 시를 노래로 하면 더욱 멋지게 들리지만 시 낭송도 분명 많은 이들의 가슴에 깊이 스미는 것은 분명하다.

나이 들며 좀 안타까운 것은 학교 다닐 때 국어시간에 교과서에서 외웠던 김소월의 시나 김영랑의 시는 지금도 줄줄 거침없이 나오건만 요즘 외워둔 시는 열심히 외워두어도 한 달만 접어두면 잊혀져, 갑자기 낭송을 하게 되면 안타까울 때가 있다는 것이다. 그래서 학생들에게는 젊은 나이에 뭐고 열심히 해야 한다는 설명도 꼭 곁들이고는 한다.

남편과 함께 활동하는 색소폰 동아리에서 양로원이나 노인병원에 봉사활동을 다닐 때에도 나의 시 낭송이 한 편 정도 프로그램에 꼭 들어간다. 그분들에게 맞는 시들을 골라 낭송이나 낭독을 해주면 좋아하고 짧은 시는 따라 읽게 하면 더 좋아한다.

이런 것들이 요즘 나의 기쁨이다. 이 기쁨을 길게 누릴 수 있도록 좀 더 오래 건강했으면 좋겠다는 바람을 갖게 한다.

트로트에 빠지다

코로나19 팬데믹은 또 다른 문화를 만들었다. 다들 집에 있는 시간들이 많고 그 틈새에 텔레비전 시청률 1위를 달리고 있는 것이 트로트 프로그램이다. 방송국마다 조금씩 다르게 편성을 해서 큰 액수의 상금을 걸고 트로트 경연 대회를 하고 있다.

대부분 밤늦은 시간에 진행되니 부담스러워 처음에는 제대로 시청을 못했는데 방송이 거듭되며 재방송으로 나오는 걸 보기도 하니 젊은이들이 어쩜 그리도 노래를 잘하는지 이제는 프로그램마다 열심히 기다리며 보게 되었다.

화요일과 목요일 트로트 방송이 나오는 날은 카톡 방에서 언니들이 방송 보라고 카톡 카톡 문자를 보내준다. 누가 더 잘하는지 나는 누구를 응원한다는 둥, 어떤 가수는 가정이 어려웠는데 성공을 했다는 둥 유튜브를 안 보고도 소식이 훤하다.

유튜브를 보는 시간이 제일 많은 작은언니가 소식통이다. 꼭 봐야 할 좋은 프로그램은 유튜브에서 영상을 가져와 카톡 방에 올려준다. 건강 상식이나 요리 등 언니 덕택에 좋은 방송을 편안히 잘 보고 있다.

그리고 보니 새벽 1시까지 우리 네 자매 모두가 트로트를 즐기는 걸 보니 노래들을 다 좋아했나 보다. 아니다, 노래를 싫어하는 사람은 거의 없을 거다. 하지만 특히 우리 자매들은 노래를 좋아했다. 아마 형편이 좋아 계속 노래를 시켰더라면 누구 한 명쯤은 가수가 된다고 했을지도 모른다.

어려서부터 설거지를 하거나 마루를 닦으면서도 우린 계속 노래를 불렀다. 한 명이 시작하면 따라 부르고 이어 몇 곡을 부르다 보면 호령이 떨어진다.

"이년들아 시끄러. 그만 좀 해"

꾸지람을 듣고서야 노래를 그쳤다.

탤런트 강부자 씨는 어려서 대청마루에 엄마 치마를 양쪽에 붙들어 매고 그게 무대라고 연극하는 시늉을 냈는데 어른들께서

"넌 커서 뭐가 돼도 될 거야."

라는 칭찬의 말씀을 늘 듣고 컸다고 한다. 그 덕에 용기를 내어 서울로 상경을 했고, 연극을 하고, 탤런트 시험을 봐 탤런트를 했다는 말을 들었다. 우리도 칭찬 좀 해서 키워주시지 하는 아쉬움도 크다. 담장 밖으로 여자 목소리가 넘어가면 안 된다고 회초리를 들고 그저 얌전하게만 키우려 하셨으니 말이다.

아니다. 우리 자매들은 재능이 좀 모자라니 더 발전을 못 했을 것이다. 요즘 텔레비전에 나오는 사람들을 보면 뒤늦게 도전해서

도 지방 가수도 되고 늦게라도 자기 발전을 하며 산다. 우리들은 그 정도가 못되었으니 분명 실력이 부족한 걸게다. 하지만 우린 텔레비전을 보면서 우승은 누가 할 것 같다던가 실력자는 누구라고 가려낼 만큼 음악을 좋아하고 사랑한다.

그렇게 우리는 코로나 팬데믹 동안에도 행복했다. 노래의 가사를 음미하다 보면 어쩌면 그리도 절절한 시들인지. 어떤 시가 그처럼 가슴에 와닿을 것인가. 아들을 젊은 날에 잃어 늘 시름에 빠져 있는 작은언니도 그 시간만큼은 잊고 행복해했다. 시와 음악은 분명 치유와 행복, 희망까지도 갖게 함이 분명하다.

고부姑婦 사이 2

　나는 딸 없이 아들만 둘을 두었으니 며느리들과 딸처럼 오손도손 다정하고 가깝게 지냈으면 하는 바람으로 조심스레 살고 있다. 아주 가까워졌다고는 말 못해도 며느리들이 들어온 지 10여 년이 지나도록 서로 마음 상하거나 섭섭한 일은 없었으니 참 다행이고 고마운 일이다.

　얼마 전부터 인터넷에 떠도는 신조어 중에 미친년 시리즈가 있다. 그중에 하나가 '며느리를 딸처럼 여기며 지내고 싶은 시어머니'라고 한다. 그런 걸 보면 며느리가 절대로 딸은 될 수 없다는 말일까? 누가 그런 말을 지어 유행시킬까 가끔씩 씁쓸하다. 그만큼 고부 사이는 어렵다는 말일 거다. 피가 섞인 딸이랑은 다르다는 말이겠지.

　결혼 전의 나도 시어머니와 잘 보내고 싶은 예비 며느리였다. '남편 복 없는 사람은 자식 복도 없다는데 아버님은 일찍 돌아가셨지만, 우린 어머니께 그런 생각 안 하시도록 잘 해드리십시다'라는 말을 내가 먼저 남편될 사람에게 하기도 했었다.

하지만 막상 결혼을 하고 보니 나 또한 이런저런 이유로 시어머님이 못마땅했다. 착한 시어머님은 별로 내 탓을 하지 않으셨으나 난 어머니가 종종 마음에 안 들어 표현은 못했지만 삭이기가 많이 힘들었다. 지금 생각해 보면 그때 나의 좁은 소견 탓이기도 했다. 어머님이 잘못하신 것도 있지만 어느 부분은 시어머님 또한 피해자이기도 했던 것 같다. 시집와 살면서 부딪히는 사사건건 친정어머니와 비교가 되었기 때문이다. 요즘 이야기하는 각자의 라이프 스타일(삶의 방식)을 이해해 드렸다면 서로가 좀 편했을 터인데 나는 내 생각만 한 게 아닐까 하는 생각이 든다.

맞벌이하며 아기 좀 봐주셨으면 했지만 어머님은 당신의 스케줄이 먼저셨다. 멀리 사는 친구의 생일이라고 일주일씩 외출을 하신다던가 며칠 다녀오마 하고는 한 달씩 여행하고 오시기도 했다.

자식이 힘들 땐 당연히 도와줘야 하는 게 부모 아닐까라는 내 방식만 앞에 놓고 섭섭해했다. 허리 디스크로 고통스럽게 살던 친정 엄마께서는 그 몸으로도 언니의 아기들을 돌봐주셨다. 또한 언니가 드리는 용돈은 따로 적금을 들어 다시 언니의 살림에 보태주시는 걸 보아왔던 나로서는 늘 비교 대상으로 도와주시지 않는 시어머님께 섭섭해 생각했으니 그런 부분에서는 시어머니께서는 피해자였던 게 아닐까 싶다.

그처럼 철없었음은 늘 지나고 나서야 반성을 하게 된다. 내 며느리들에게 나는 시어머님처럼 빚을 물려줄 리는 없겠으나, 서로 다른 생각과 판단 기준의 차이가 생길까 걱정스러운 부분들이다. 나도 내 생활에 충실하고 희생하면서까지 아이들 육아를 돌봐주진 못했기 때문이다. 큰아들네는 다행스레 사돈께서 가까이 도와주고 계시니 고마울 따름이고 작은며느리는 육아로 사표를 냈으니 그도 잘 해결되어 고마울 따름이다.

물론 자식들과 세대 차이를 느끼지 않을 수는 없다. 하지만 솔직한 마음 표현으로 웬만한 건 해결되지 않을까 싶어 최대한 내 마음을 표현하고 애들 말도 존중하며 지내고 있다. 복잡한 요리나 양식 요리를 먹을 때는 식당에 가 돈을 좀 써도 비싼 쇠고기를 먹고 싶을 땐 집에서 먹자거나 내 의견을 말하면 잘 따라주는 아이들이라 큰 의견 충돌은 없었다.

나의 좋은 며느리에 대한 기대만큼 내 아들 또한 처가에서 맘에 들어 하는 사위로 잘 살아줘야 할 텐데 그도 가끔은 걱정이 된다. 나이를 먹어도 엄마 앞에서의 아들은 늘 철없음으로만 보이니 말이다. 그러나 가끔은 안사돈께서

"아드님을 어쩜 그리 잘 키우셨어요"

라는 전화를 받게 되니 아들 또한 장모님께 인정받는 것 같아 흐뭇하다.

지난 주말에는 방문한 아들이 예쁜 선물포장을 하나 건네줬다. 며느리가 선물하는 고급 스카프였다. 풀어보니 색상도 멋스럽고 아주 마음에 들었다. 고르느라 얼마나 마음을 썼을까? 생각하며 고맙다는 문자를 했더니, '늘 예뻐해 주셔서 고맙습니다.'라는 답신이 왔다.

서로 이러면서 지내면 성공적인 고부 사이가 아닐까 생각하며 미소 짓는다.

시어머니가 되던 날

가족 모두 이른 새벽 온천에 잠시 들러온 뒤 아침식사를 했다. 아마도 우리 4식구가 먹는 마지막 밥상이 될 거라는 생각도 잠시 들었다.

공주에서 예식을 올리지 않고 유성으로 가야 하니 대형버스를 하나 대절했다. 남편이 손님들과 함께 오기로 하고 큰아들과 나는 일찍 웨딩홀로 향했다.

머리를 만지고 화장을 했다. 결혼 후 처음으로 속눈썹까지 붙이는 요란한 화장을 했다. 평소 화장에 관심 없이 살던 나는 미용사가 뭘 물어봐도 대화가 잘 통하지 않는다. 메이크업 상식이 그만큼 없다는 증거일 거다.

"전문가가 알아서 마음대로 해주세요."
하고 맡길 수밖에. 한복에 안경은 안 어울린다니 좀 덜 보여도 안경을 벗고 손님들을 맞이했다.

드디어 예식 시간이 되자 안내원들이 시키는 대로 양가 어머니가 입장을 해서 화촉을 밝히고 식이 거행되었다. 알뜰한 아이들은 비디오 촬영도 안 시켜서 사진 전공을 하는 조카 녀석이 이리저리 열심히 돌아다니며 사진을 찍었다.

주례는 아들이 대학 다닐 때 너무나 존경스러운 교수님이 계시다며 이 다음 결혼할 때 주례를 부탁드리고 싶다고 늘 이야기하더니 그 교수님을 섭외하여 모셔왔다.

역시 인상부터가 좋으신 분이셨다. 훌륭한 말씀의 주례사를 듣고 이어 나태주 시인께서 직접 아이들을 위해 지으신 축시를 낭독해 주셨다. 이 얼마나 영광스러운 일인가.

우리 집으로서는 첫 혼사이니 꼭 와 주신다기에 부탁 말씀을 올리고도 죄송스럽기 그지없었다. 차라리 주례를 부탁드리면 좋았을걸 사정이 그리되었으니 죄송한 마음만 가득했다.

축시의 전문이다.

혼인
— 신랑 김남완 군과 신부 김유연 양을 위하여

나 태 주

하늘 밭의 별 / 바닷가의 모래 / 그 같이 많은 사람 가운데
오직 한 사람의 남자와 여자이니 / 이것은 기적입니다

험한 세상 부질없는 인생 / 오롯이 등불 밝혀

이마 마주 댈 둥지가 생겼으니 / 더없는 축복입니다

부디 잊지 마시구려 / 오늘의 설레는 마음

오늘 다짐했던 빛나는 말씀들 / 이날로서 그대들 부부입니다

남자가 지아비 되고 / 여자가 지어미 된다는 것 / 그리 쉽지 않은

일이지요

서로가 서로의 어버이 된다는 말이랍니다

무엇보다도 깊이 사랑하시오/ 뜨겁게 말고 은근하게 오래오래

살다 보면 사랑보다 믿음과 열정이/ 더욱 소중하다는 걸 알게

될 거요

그리하여 이 모습 이대로 / 중년에 이르고 노년에도 이르러

스스로 보기에 그럴 듯하고 / 신에게 더욱 보기 좋은 모습 이루

시오. (2011.9.17)

참 좋은 말씀이다.

아이들이 잘 알아들었을까? 너무 뜨겁게 말고 은근하게 살라 하

시는 말씀을…

멋진 턱시도를 입혀놓으니 아들 녀석도 제법 멋지게 보이고 드레스를 입은 며늘아기도 오늘따라 더 예쁘다. 선생을 해서인가 떨지도 않고 둘이 가끔씩 눈도 맞추고 웃어가며 예식 내내 행복해 보이는 모습이 참으로 보기에 좋다. 너무 가슴이 드러나는 옷은 엄마가 싫어한다며 골랐다는 드레스도 보던 중 제일 예뻤다.

우린 걱정스러워 신랑 축가는 안 하길 바랐지만 신부가 원한다며 아들이 축가를 불렀다. 썩 잘 부른 노래는 아니지만 의미 있는 일이기도 했다. 한동준의 「너를 사랑해」였다. 하객들도 다들 멋진 분들만 참석해 주셨는지 식이 끝날 때까지 조용하고 엄숙했다. 그럭저럭 진행 순서에 따라 사회자가 시키는 대로 식이 끝나고 보니 가족 대표로 인사말까지 준비해 간 남편에게 차례도 오지 않고 식이 끝나버렸다.

가족사진을 찍고, 폐백을 받았다. 우린 집안이 단출한 관계로 폐백 식장이 썰렁할까 걱정을 했더니 언니와 형부들이 남아 함께 폐백을 받아주어 여간 고마운 게 아니었다.

요즘은 친척들에게 폐백을 받아 달라 부탁하기도 어려운 것이 절값을 내야만 하는 풍습이 생겼기 때문이다. 사돈집도 두 분이 오셔서 아이들의 절을 받아주셨다.

한복을 입은 아이들도 참으로 예쁘고, 그곳에서도 아주 여러 번의 사진 촬영을 마치고 나니 이젠 나도 시어머니가 되어 있었다.

가까이 다가온 언니가 하는 말,

"남들은 너보고 예쁘다 그러는데 정말은 안 예뻐. 눈썹 붙이고 짙은 화장을 하니 어색하고 너 안 같애."

"허허"

식은 끝났고 어쩌지? 하지만 부끄러움도 멀리 기쁨이 가득해 나 미운 건 뒷전이었다.

식장 입구에 즐비한 화환들… 참석해 주신 몇 백 명의 지인들. 공주에서 혹은 서울이나 더 멀리서 유성까지 와주신 이 고마움을 길이 간직하며 살아가야 하리라.

이제 곧 또 한차례 작은 아이가 식을 올려야 한다. 이 죄송스러운 마음을 또 가져야만 하다니… 축하해 주신 많은 하객들 때문이라도 아이들이 잘 살고, 또한 좋은 시어머니로 살아야 할 텐데…

햇살 맑은 날, 나는 행복한 시어머니가 되었다.

명절을 보내며

"우리는요, 큰형님이 차례를 안 지내겠다고 해서 할 수 없이 둘째인 우리가 모셔왔어요. 자식들이 살아있는데 어떻게 부모 제사를 안 지내요."

"형님네가 교회에 나가시나요?"

"아뇨. 교회도 안 다니면서 귀찮아하더니 그예 안 지내겠다고 선언을 하네요. 맘 약한 애들 아빠가 모시자 해서 할 수 없이 모셔왔어요."

"잘하셨어요. 착한 사람은 복받아요."

"우리는요, 셋째가 한동안 명절에도 고향에 오지 않았는데요, 형이 다 용서할 테니 내려와라 전화해서 이번 명절에는 모두 내려왔어요. 앞으로는 잘하겠다고 형님한테 말하더군요. 형제들이 모두 모이니 얼마나 보기가 좋아요."

"그럼요, 그보다 더 좋은 모습이 어디 있겠어요. 잘 하셨네요."

"우리는 집이 좁으니 동생네서 지내겠다고 모셔갔어요. 참 내! 핑계는 제가 교회 다닌다고요. 어쨌거나 동생네로 가서 지내니 편하고 좋던데요 뭐."

어느 자리에서 우연히 듣게 된 대화이다. 명절을 지내고 나면 주위에 이처럼 좋은 소식도 들리고 좀 듣기 언짢은 소식도 들린다. 집집마다 평화로운 집들만이 있는 게 아니기 때문이다. 그게 다 사람 사는 모습일까?

외며느리인 동생이 가끔 만나면 맏며느리 카페 이야기를 한다. 별별 사람도 참 많다는 것이다. 맏이로서 힘든 부모님들과의 불화를 인터넷 카페에 글을 서로 올려 스트레스를 푸는 사람들이 많은 모양이었다. 언젠가 시간이 있을 때 궁금하여 맏며느리 사이트에 들어가 보았더니 하나같이 시댁에 대한 불만들을 이야기하고 있었다. 그러면 가끔씩 심한 맞장구의 댓글이 달려지고 있었는데, 당사자보다도 더 많이 화가 나는 듯 달려지는 답글들에 많이 걱정스러웠다.

우리네 고생한 이야기들에 비하면 요즘은 고생도 아니건만 작은 것들도 이해하려 하지 않고 불만스럽게 올려놓고는 했다. 이건 아닌데… 싶은 부분들도 많기에 나도 글 하나를 올렸다. 전에 중풍으로 고생하신 시어머니 때문에 고생했던 때의 이야기와, 모실 때 좀 더 잘 할 걸 그땐 철이 없어 부족했던 것들이 나이 들어 이제 와 생각하니 후회되는 것, 그 고생한 덕에 아이들이 잘 되어 지금 잘 살고 있다는 이야기들을 적었다.

살면서 주위를 살펴보니 어려워도 참고 시댁 어른들에게 잘 하면 반드시 그런 집안의 아이들은 잘 되더라는 이야기도 썼다. 아닌 게 아니라 내 주위를 살펴보니 시댁 어른들에게 잘하고 지낸 가정에서 자식들이 잘못된 경우가 적었기 때문이다.

맏이들에게 부모의 부양 못지않게 스트레스 받는 부분들이 아마 제사와 명절일 게다. 나는 모셔야할 어른들도 안 계시고 아이들만 왔다 갔는데도 꼬박 3일간 힘이 들었다. 명절 이틀 전부터 장 봐 나르고 음식준비하고… 아마 종갓집 종부들이나 형제들이 많은 집들의 맏며느리들은 무척이나 더 힘이 들게다.

우리 나이의 며느리들은 당연히 해야 할 일인 줄 알고 힘들어도 견뎌냈지만 지금의 젊은 며느리들은 하나 둘 낳아 기른 세대들이니 북적거리는 시댁에 적응하기가 힘들 것도 같다.

그러니 어쩌랴. 제사를 안 지내도 되는 교회로 모두 몰려가야 되는지…

교회에 다니는 어떤 집의 예를 들어보면, 몇 시간 애써 형님댁에 가면 썰렁하게 찬송 몇 곡 하고 끝낸다고 신앙심이 약한 아우네는 아예 산소만 미리 다녀오고 연휴에는 여행을 떠난다 했다. 그러는 그들도 별로 행복했을 것 같지는 않았다.

애초에 제사나 명절을 만든 조상님들의 깊은 뜻은 어떠했을까? 형제자매, 사촌들까지 모두 모여 그간의 지나온 소식들도 주고받고 가난해 못 먹던 자손들에게는 배불리 먹이고 돌아가신 조상님들의 살아온 이야기들을 나누라는 뜻이 아니었을까?

　그러니 옛것들을 너무 고집할 것이 아니라 힘들어하는 것들을 하나하나 어른들이 개선해 주면서 맏이들도 덜 힘들고 아우들도 더 행복하도록 각 가정의 형편에 따라 명절이나 제사를 융통성있게 지내보는 것이 좋겠다는 생각을 해 본다.

　어느 가정에서는 형제들이 한 가지씩 준비해 갖고 부모님 댁이나 큰형님 댁에 모여 지내니 맏이의 고생이 줄어들 뿐만 아니라 아우들도 즐겁더라는 이야기를 들었다. 그것도 참 좋은 생각 중의 하나라고 이야기들을 했다. 요즘은 기일에 산소에서 모여 성묘를 하고 간단히 제 올린 다음 식당에 가 함께 식사를 하며 정담을 나눈다는 집들도 늘어나고 있다. 그도 좋은 생각 같다.

언젠가부터 송편은 떡집에서 사다 쓰는 것이 보편화되어 가고 있는 듯하다. 요즘은 전문업체가 많이 생겨 떡이나 전을 주문해서 쓰는 집들도 늘고 있으니 각 가정의 형편에 따라 서로 힘든 부분들을 개선해가면 모두가 즐거운 명절이 되지 않을까 하는 생각을 해본다.

또한 젊은 세대들이 너무 이해타산을 따지지 말고 가족들을 위해 조금은 힘든 것들도 해봤으면 싶다. 자주 있는 일이 아니니 말이다. 각자 솜씨도 발휘해 보며 오순도순 모여서 밤을 까고 전도 붙이며 형제자매 간 훈훈한 대화로 우애를 다져가는 명절을 모두 보낼 수 있었으면 하는 바람을 가져본다.

이번 명절에 두 며느리들이 마주 보고 전을 부치며 오순도순 아이들 키우는 이야기에 웃음꽃 피우는 걸 곁에서 들으니 그리 흐뭇할 수가 없었다. 나도 힘은 들었어도 모처럼 여러 식구들이 모이니 아주 흐뭇하고 즐거운 명절을 보냈다. 이런 명절 모임이 옛 선조들이 말하는 최고의 모임이 아니겠는가.

3부
참 좋은 세상

참 좋은 세상
— 연화도

　3박 4일 동안 바다낚시 가는 남편을 따라나섰다. 집에서 입던 편한 옷에 슬리퍼 차림으로, 대충 먹을 간식과 며칠간 밥을 안 해먹어도 되니 시원한 데서 책이나 보고 무료하면 뜨개질이나 하려고 몇 권의 책과 함께 간단히 보따릴 꾸려 차에 실었다.

　요즘은 길이 좋아져서 통영까지 2시간 반 정도면 도착되었다. 아직 배 떠날 시간이 남아 슈퍼마켓에 들러 과일을 좀 사고 우리는 차에 탄 채로 배에 올랐다.

　짐을 꺼낼 필요도 없고 어찌나 편한지. 갑판에 올라 시원한 바람도 쐬고 1시간 남짓 지나니 연화도에 도착되었다. 낚시인들과 여행객들이 반반 정도 되는 듯했다. 연화도에서는 몇 명 내리지 않는 걸 보니 1시간쯤 더 가면 도착하는 욕지도로 가는 사람들이 더 많은 듯했다.

　연화도에 도착해 우린 차에 탄 채로 배에서 내려 남편이 단골로 다니는 어장을 갖고 있는 낚시터 민박집으로 향했다. 작은 섬 연화도 부두에서 고개를 하나 넘으니 길 양옆으로 바다가 펼쳐졌다. 아~ 차창을 여니 맑고 싱그러운 바람이 정답게 우릴 맞이한다. 남편은 낚시할 기쁨에 연신 코까지 벌렁이며 얼굴에 활짝 웃음꽃이 번져 있다.

저리 좋은 걸 어찌 말리누. 집에서 떠나 네다섯 시간 왔을 뿐인데 이 먼 곳의 섬으로 옆집 오듯 편안히 내 차를 갖고 들어올 수 있으니 참 좋은 세상이다. 잠시 감상하는 사이 민박집에 도착했다.

민박집 부부의 환영을 받으며 짐을 풀었다. 바로 문밖에 차가 있어 필요한 낚시 도구들을 갖다 쓸 수 있고, 바로 곁이 푸른 물결의 바다이니 낚시꾼 남편이야 천국이 바로 이곳인 게다.

게다가 아주머니가 깔끔한 성격이라서 내 집처럼 깨끗한 이부자리며 행주처럼 깨끗한 방 걸레며, 바다에서 건져 올린 싱싱한 해물 반찬들… 끼니마다 농어회에, 우럭회, 아지회, 쥐치회… 번갈아 맛깔스러운 회를 대접받았다. 남편이 낚시할 동안은 시원한 곳 골라 산책을 하거나 책을 읽고, 내가 주방에 들어가지 않고 편안하게 해주는 밥을 얻어먹으며 3박 4일을 지루하지 않게 보낼 수 있었다.

이름처럼 예쁘고 조그맣고 아늑한 섬 연화도이다. 비록 고운 모래밭이 없어 해수욕장으로 개발은 안 되어도 동글동글한 예쁜 돌들이 굴러와 몽돌이라는 이름을 붙인 바닷가도 있다. 소문을 듣고 아늑한 곳을 찾는 사람들이 여름을 조용히 즐기고 가는 아름다운 섬이다.

연화도를 떠나며 섭섭함을 뒤로하고 차에 탄 채로 배에 오르며 생각한다. 참 좋은 세상이다. 내가 이런 좋은 세상에 호강을 누리며 살 수 있다니……

참 좋은 세상
― 돌아온 신용카드

이런저런 일들로 며칠을 바쁘게 지낼 때였다. 남편이 출근을 하자 며칠 만에 화창한 햇살을 보며 오늘은 특별한 일이 없으니 외출하지 말고 집안일을 좀 해야지 생각했다. 이불 빨래랑 또 뭘 할까? 하루 스케줄을 머릿속에 그리고 있는데 집 전화벨이 울린다.

"○○은행인데요, 박정란 씨 계신가요?"

"네. 전데요. 왜 그러시죠?"

"분실하신 신용카드를 보관하고 있는데 찾아가셔야 되겠습니다."

"저 카드 분실한 일 없는데요."

"여기 은행에서 신용카드를 보관하고 있습니다. 분실하신 거 맞아요. 나오실 때 찾아가세요."

내가 왜 카드를 분실해? 후다닥 지갑을 찾아 몇 개의 카드를 확인했다. 어라? 카드가 끼워져 있어야 할 곳에 한 칸이 비어 있다. 아니 어찌 된 일이야? 내가 은행에 다녀온 것은 한 3일 전 일인데 어디서 분실했을까? 그리고 보니 며칠간 지갑을 열 일이 없었다. 에그 잃어버린 줄도 모르고 있었다니…

그제야 가슴이 콩닥거리며 얼굴이 붉어졌다. 어찌 이리 우둔할까? 분실한 것도 모르고 며칠을 지내다니. 며칠간 누가 주워서 써버렸으면 어쩌지? 분실신고하기 전에 써버린 것은 보상도 안 된다는데. 여러 가정을 해보니 생각할수록 걱정이 되었다.

마음이 급했다. 머리 손질할 겨를도 없이 모자를 눌러쓰고, 다른 거 다 제쳐두고 허둥지둥 은행으로 달려갔다.

"도대체 제 카드가 왜 은행에 있어요? 난 분실한 줄도 모르고 있었는데요. 누가 주워왔나요? 누가 그간 사용하지는 않았을까요?"

"걱정 마세요. 확인해 보시면 알지만 그런 게 아니고요. 며칠 전 은행에서 사용하시고 현금지급기에 놓아둔 채 가셨었나 봐요. 기계가 5초간 꺼내가지 않으면 돈이나 카드를 다시 먹어버리거든요. 그래서 은행에서 보관하게 되었고 전화를 몇 번 드렸었는데 휴대폰은 번호가 바뀌어 통화가 안 되었고요. 집에도 전화를 드렸었는데 안 받으셔서 오늘에야 연락이 닿은 거랍니다."

에그… 이 아줌마야. 나이 든 티를 꼭 내야 하겠냐?

참 좋은 세상! 맑은 하늘을 올려다보며 마음이 햇살만큼이나 밝아져서 집으로 돌아올 수 있었다.

참 좋은 세상
— 만원의 행복

＊ 사우나

아침에 일어나 몸이 개운하지 못할 때는 가까운 온천을 찾는다. 뜨거운 물에 몸을 담그고 잠시 명상에 잠기기도 하고 물속에서 나름 스트레칭 운동을 하면 관절에 부담을 주지 않고도 이곳저곳 몸을 시원히 풀 수가 있어 좋기 때문이다.

어제 오후, 비 소식에 꽃 모를 조금 옮겨 심고 길가 잔디에 민들레가 너무 많이 번식하고 있어 좀 뽑아주었더니 몸에 무리가 갔나 보다. 밤새 신음 소리가 날 만큼 몸이 안 좋았다. 오늘은 일어나자마자 남편과 같이 온천으로 향했다.

"우린 농부는 못되네요. 비 온다면 농부들은 밭을 살펴야 하는데 사우나라니."

하며 길을 나서는데 비 온다던 뉴스와 달리 해가 화사하게 비친다. 어제 옮긴 꽃들에게 그나마 물을 조금씩 주고 왔으니 망정이지 큰 일 날 뻔했다. 흐리기라도 해야 하는데 꽃들이 몸살을 앓을까 걱정되었다.

참 좋은 세상이다. 감사함을 갖는다. 단돈 만 원도 안 되는 구천 원의 목욕비로 한두 시간을 푹 쉬고 갈 수 있으니 얼마나 좋은가. 여성들 몇은 간식까지 싸갖고 온 걸 보니 한가해서 아마 서너 시간 즐기고 가나 보다. 건강한 사람들은 냉탕과 온탕을 번갈아 드나들기도 하고 습식 사우나를 즐기기도 하는데 나는 심장이 튼튼치 못한지 그렇게는 잘 못한다. 그저 온탕을 즐기는 것만으로도 너무 만족한다. 종종 물 안마를 하기도 하는데 불편한 곳을 물 방망이로 두들겨주니 그도 얼마나 시원한지 모른다.

요즘은 수영장을 못 다니니 사람들이 적은 한가한 날에는 온탕에 쭉 엎드려 살살 킥도 하면서 나름 물속 운동을 즐기니 여러 안 쓰던 근육들 운동도 되고 좋다.

예전에 우리 어릴 때 60~70년대의 목욕탕은 어땠는가. 그때는 지금처럼 즐긴다는 생각은 전혀 못했다. 한 달에 겨우 한두 번, 때를 닦기 위해 다녔었다. 그야말로 전쟁터가 따로 없었다. 후끈한 물안개 자욱한 좁은 목욕탕 실내에는 사람들로 가득했고 바가지도 모자라 들어가자마자 자리와 대야, 바가지를 먼저 확보하는 것이 우선이었다. 개인별 수도꼭지를 차지하기는 정말 재수 좋은 날 빼고는 힘들었다. 먼저 와 자리 맡고 있는 사람에게 다음 순번은 꼭 나를 달라고 부탁을 하고 몸을 불리며 기다려야 하거나, 둥근 온탕가에 둘러앉아 바가지로 그 물을 퍼서 때를 닦고 나갈 때에나 샤워기로 헹구고 나올 수 있었다.

아마도 그런 목욕탕 문화는 2000년대가 되도록 거의 그랬을 것 같다.

그래도 그때에는 서로의 따듯한 정이 있었다. 혼자 온 사람들은 옆 사람과 인사를 나누고 등을 밀었는가 물어보고 서로 등을 밀어주기도 했다. 어쩌다 뚱뚱한 아줌마를 만나면 힘들었던 기억도 있다. 하지만 지금은 서로 등 밀자는 사람이 없어졌다. 매일 샤워하다 가끔씩 뜨거운 물이 생각나 온천을 찾기 때문이리라.

가끔씩 혼자 오는 노인들에게는 등을 밀어드리기도 했는데 요즘은 노인들이 별로 눈에 띄지 않는다. 자손들과 함께 다녀서 그런지 아니면 요즘은 각 가정마다 시설이 좋으니 집에서 해결을 하는 건지 모르겠다.

오늘도 나는 만 원의 행복으로 아침 한 시간을 만끽했다. 운전을 하고 온천을 다닐 수 있는 날이 언제까지 가능할까? 노인들 운전 면허 반납 뉴스가 나오면 문득 걱정이 되는 부분이다. 걸어서 이동은 힘들지만 운전은 힘이 덜 들기 때문이다. 아직은 괜찮지만 운전 감각이 앞으로는 점점 떨어지겠지. 그때까지만이라도 이대로 누리고 싶다.

참 좋은 세상에 오늘도 감사하는 하루다.

또 하나의 기쁨

며칠 바쁘게 지나고 나면 으레 창가에 놓여있는 화초들에게 눈길을 준다. 목말라하는 놈들이 없는지, 혼자 살그머니 꽃피우고 있는 꽃들에게는 반갑다는 인사를 하고 그새 새 촉이 돋아나는 것이 있는지를 두루 살핀다.

그러면서 늘 화초들에게서 서운함을 느낀다. 돌려놓은 지 며칠 안 되었건만 어느새 또 창밖을 향해 돌아앉은 표정들 때문이다. 나를 향해 웃는 모습들이 보고 싶은데 모두들 밝고 따뜻한 창밖을 향해 몸을 돌리고 있다. 마치 바쁜 주인이 싫다는 듯한 투정의 뒷모습이다.

그도 그럴 것이 햇살 싫어하는 식물들이 어디 있으며 햇살 없이 꽃피울 수 있는 화초들이 어디 있으랴. 지하의 찻집이나 식당에 놓여있는 화초들을 보면, 주인들이 바빠 돌보지 못하는 사이, 생기를 잃고 서서히 메말라가고 있는 것들을 흔히 볼 수 있지 않은가. 때문에 부지런하고 화초를 사랑하는 주인들은 틈틈이 햇살 받는 곳으로 화분을 옮겨주며 자주 살펴주어야만 손님들에게 싱싱하고 아름다운 화초를 보여줄 수 있음이다.

화분 하나하나에 물을 주며, 우리 집에 온 게 언제였고, 어찌 오게 된 화초인가를 생각한다. 이 기린 선인장은 장날 시장을 지나다 작고 앙징스런 빨간 꽃이 유혹을 해서 장날만 판매하는 난전에서 만 원을 주고 사 온 것이고, 파키라는 남동생이 이사 올 때 선물로 준 축하 화분이고, 이 행복나무는 5년 전 친구들이 방문 때 선물해 준 거고, 아! 이 난은 비싼 거라 했는데. 얻어 온 거니 절대 부담 갖지 말고 키워보시라며 남편 제자가 방문 때 선물해 준 거였지. 이처럼 생각의 나래를 펼치기도 한다.

이 행운목은 피기가 힘든 꽃인데, 어느 해 꽃이 향기롭게 피어나더니 큰아들이 대학에 무사히 입학을 했고, 또다시 꽃이 피던 해에는 두 아들이 결혼을 해서 잘 살아가고 있는 기쁨을 알려준 화초이다.

아! 산세베리아가 향기롭게 피어나던 해에는 손자가 태어났지.

그럭저럭 30여 개의 화분들이 거실의 햇살 받는 창가에 나란히 놓여있다. 진딧물이 낀다거나 해서 속을 썩일 때에는 무자식 상팔자라는데 한두 개만 둘걸 왜 이리 욕심을 가질까? 하면서 가끔씩 후회도 하지만 대부분의 날은 그들을 보는 재미가 크다. 새 촉이 올라오거나 새순이 돋는 날의 기쁨은 그냥 미소가 아니라 배꼽 아래부터 힘주어 어머! 하는 감탄사가 나올 정도로 입이 딱 벌어지고, 긴 시간 가슴 가득한 기쁨의 미소를 짓게 해준다.

또한, 이처럼 키가 큰 화분을 창가에 두면 앞 동에서 혹여 불 켜진 우리 집을 바라보게 되어도 창을 그들이 가려주어 잘 안 보일 거다. 그래서 더 좋고 또한 내가 창밖을 바라봐도 아파트 앞 동의 답답한 건물이 보이는 대신 일 년 내내 푸르른 화초들을 볼 수 있음이 행복하다.

오늘도 나는 분무기로 화초 잎들에게 물을 뿌려주며 대화를 한다. 종일 바라봐 주지 않아 심심했니? 또 눈길 창밖으로 돌리고 있었니? 다시 돌아앉아 보렴, 내가 또 돌려놓을 테니. 나한테 꼼짝 못 하는 놈들이 번번이 내 말을 듣지 않는다. 아니, 내가 늘 그놈들에게 지면서도 말 못 하는 놈들을 상대로 싸움을 거는 거겠지.

다시금 나를 향해 웃는 그들 모습에서 또 하나의 기쁨을 찾는다.

남편의 바람

"아니 물 마신 컵에 커피를 마시지 새 컵에다 마시누?"

주방에서 설거지하던 남편의 잔소리다.

손목 골절로 설거지를 도맡게 되니 어지간히 귀찮은가 보다. 요즘 식사할 때나 간식을 먹거나 되도록이면 그릇 사용을 줄이며 생활하는 그이를 보면 웃음이 절로 나온다. 진즉에 그래주지 싶어서다.

얼마 전, 비가 내린 새벽길에 공산성 산책을 하다가 그만 미끄러지며 들고 있던 우산 때문에 왼쪽 손목이 꺾이고 말았다. 쏙쏙 쑤시며 부어오르는 손목을 오른손으로 잡고 내려오며 큰일이 났구나 싶었다. 나이 들면 두 가지를 한꺼번에 하면 안 된다 그랬는데 이야기를 하며 걸은 탓이다. 길만 살피며 걸었어야 했는데 하는 생각은 사고 후에야 났다.

한 손으로 간신히 운전을 하고 집에 들어와 남편에게 부탁을 하여 병원으로 달려갔더니 예상대로 손목 골절 진단이 내려졌다. 그리하여 한 달간 내 왼쪽 손목은 무겁게 깁스를 하고 팔걸이에 의존하게 되었다.

대부분의 일들이 힘 좋은 오른손으로만 이뤄지는 줄 알았더니 다쳐보니 알겠다. 왼손의 보조가 늘 따라야만 모든 일이 이루어졌다는 것을.

휴대폰의 문자는 한 손으로 가능했지만 컴퓨터 이메일 답장 하나도 한 손으로는 얼마나 많은 시간을 공들여야만 하는지. 자판을 보고 열심히 두드리고 확인을 하면 영자판을 놓고 두드려 허사인 경우도 곧잘 발생해서 허망했다. 오른손만 사용을 해도 무얼 좀 하려면 골절된 손이 울려서 통증이 오니 모든 생활을 제대로 할 수 없었다. 화장실 드나드는 일이며 옷 갈아입는 일, 심지어는 치약을 한 손으로 짜서 놓고 칫솔에 바르려면 다시 쏙 들어가 있지를 않나. 나를 힘들게 하는 일은 도처에서 기다리고 있었다.

몸이 많이 불편한 장애자들은 그 많은 날들을 어찌 지낼까? 겨우 손목 하나만의 불편을 느끼면서 장애인들의 심정을 조금이나마 생각해 보는 날들이었고, 그간 부려먹은 내 몸에게 감사함을 더욱 느끼는 날들이었다.

외출할 일이 잦으니 기사 노릇을 종종 해주며 환자가 할 일 다 한다고 뭐라 한다.

"입은 안 아프니까 시낭송이나, 말로 하는 건 뭐든 할 수 있다우"

깔깔 웃으며 나간다. 운전도 한 손으로 가능하대도 그건 펄쩍

뛴다.

"장애인들 다 운전하잖우"

"장애인 차는 따로 있거든?"

하며 나무란다. 나도 그것만은 참았다. 사고가 나면 나만 다치는 게 아니고 남도 다치게 하는 경우가 발생하니 말이다.

그럭저럭 모임이 있을 때는 가까이 사는 회원들이 미리 전화해서 차를 태워 주어서 고맙게 잘 지냈다. 그러면서 하루하루 지나며 살아가는 요령도 터득해 나갔다. 화장품이라던가 병마개를 돌리려면 다리 사이에 병을 끼워놓고 돌린다거나 로션은 다리에 한 손으로 두드려 덜어 놓고 손으로 찍어 바르면 되었다.

깁스 한 팔에 물이 닿으면 안 되고 통증이 늘 수반하니 비닐로 동여매고 샤워하기가 제일 힘든 일이었다. 머리 손질은 한 손으로 아예 불가능하니 미장원에 가서 의자에 누워 머리 감고 드라이를 하며 지냈다. 그러나 날씨가 더워지니 자주 씻어야 했기에 운전도 못하는 주제에 남편에게도 매번 부탁하기 힘들고 미용실 다니는 대신 모자를 사서 쓰니 그런대로 그게 편했다.

깁스한 팔에 팔걸이를 한 내 모습에 어쩐 일이냐고 놀라 묻는 사람들에게

"남편 길들이느라고요"

라고 말은 하지만 꼭 해야 할 일 외에는 전혀 시도하려 안 하는 남편이다. 요리도 좀 배워주면 좋겠는데 말이다. 차 끓여주고 과일까지 깎아 대령하며 아내를 위해 최선을 다하려는 남편이지만 마음에 안 드는 것이 어찌 하나 둘이랴.

"씻고 나면 매번 욕실 청소를 좀 해야지 곰팡이 피려는 거 안 보여요?"

말을 해도 자기 눈에는 안 보인다 한다. 반찬을 좀 해먹자 하면 귀찮아하며 있는 거나 먹자 한다. 먹던 반찬 몇 개 꺼내놓는 걸로 식탁 준비는 대부분 끝난다. 아니 꺼내다 말고 대충 먹자 하는 날도 많다. 여러 개 뚜껑 닫고 냉장고 들여놓기도 귀찮아서이다.

자기는 모임이 있어 외식을 하러 나가면서도

"밥상 차려 줄까?"

친절하게 하지만 설거지만 많아도 주부습진 걸렸다고 엄살을 하는 남편에게 뭘 얻어먹으랴. 요즘 젊은이들은 주방에서 요리도 잘만 하던데 어찌 그리 나이 든 영감 노릇을 하는지.

부부 중에 누가 먼저 갈지 모르니 남자들도 주방 일을 가르쳐야 남자가 혼자 남게 되어도 자식들 덜 귀찮고 무엇보다 자신이 덜 당황스럽다고 나이 든 세대들이 종종 말하는 걸 전해도 절대로 자기가 먼저 갈 거니까 그런 걱정은 말라 한다.

이번 기회에 남편에게도 가사 일을 가르쳐 보려던 것이 모두 허사로 끝난 채 나는 깁스를 풀게 되었다. 아직은 부기와 통증으로 재활치료가 남아있지만 나보다 깁스 풀은 팔을 보며 더 기뻐하는 남편을 본다. 곧 주방으로부터 탈출의 기쁨일 거다.

어쩔 수 없이 내가 남편보다 더 오래 세상에 남는 방법밖에 없나 본데 남편의 뜻대로 될까?

병원 가는 길

"나이가 어떻게 되세요?"

라는 질문을 받으면 70이 된 내 나이를 헤아려 보며 내가 벌써? 하고 새삼 나이를 생각한다. 요즘 들어 매스컴에서 '65세 이상 어르신들'이라든지 '70세 노인께서'라는 말이 나오면 내가 너무 노인 취급을 받는 것 같아 그 표현이 맘에 안 든다. 아직 내 스스로 늙었다고 인정하고 싶지 않아서 그럴까?

하지만 나이는 못 속이나 보다. 몇 해 전부터 걸을 때 가끔씩 고관절이 아파오고는 했지만, 찜질을 한다던지 파스를 붙이고 잘 달래가며 지내면 괜찮았다. 꽃을 좋아하는 나는 남편이 퇴직 후 함께 작은 밭을 만들어 채소를 심고 화단을 가꾸었다. 아마도 그것이 퇴행성을 더 빨리 오게 했나보다. 지난 해 봄, 내 몸 상태를 자세히 알아야 아껴 쓸 것 같아 불편한 몸 몇 군데 MRI를 찍었다. 결과 허리 협착과 디스크, 그리고 고관절 퇴행성 등 몇 가지 병명이 나왔다.

"최대한 아껴가며 쓰시고 통증을 못 견딜 정도로 아프면 수술하셔야 합니다."

라는 의사의 말을 듣고 걱정을 하며 돌아왔다. 그후, 조심하며 지낸다고는 했지만 김장철이 되면 김치를 안 담글 수도 없고 그저 가정주부가 하는 일 최소한만 하고 지냈다. 가끔씩 꽃 보러 다니며 화단에 풀 뽑아주는 일 조금 하며 지냈는데 점점 다리 통증이 심해져 왔다.

남편은 운동부족이라 더 그렇다며 같이 걷기라도 하자고 종종 권했지만 다리가 아프니 걷기가 싫을 뿐더러 걸으면 더 아파오니 걸을 수가 없었다. 겨우내 방안에 앉아 손녀딸들에게 줄 인형이나 뜨고 겨우 밥이나 해먹으며 게으르게 지내고 나니 근육의 힘이 다 빠져버려 더 아파오나 보다.

봄이 되어 할 수 없이 큰 병원을 찾았다.

"빨리 수술하셔야겠네요. 지금 해도 빠른 편이 아니고 늦을수록 더 힘든 수술이 될꺼고 회복도 늦어집니다."

의사선생님의 진지한 말을 듣고부터는 나는 힘이 더 빠졌다. 에고 정말 노인들이 하는 수술을 해야 하다니 내가 정말 노인은 노인이구나.

인터넷을 뒤졌다. 퇴행성이 빨리 오는 원인은 영양부족, 운동부족, 무리한 노동 등 여러 가지 이유였다. 다 아는 상식이지만 이제사 내가 나에게 미안해왔다. 먹기만 하면 살이 찌는 체질인데다가 고깃국은 두 끼를 이어 못 먹을 정도로 싫어했고, 비린내 나는 생선도 기피했다. 골고루 먹어야 하건만 편식하는 습관으로 건강이 지켜졌을 리 만무하다. 살찌면 관절에 무리가 오니 조심했어야 했는데 날씬한 몸매도 갖지 못하고 젊은 날은 테니스에 등산까지 좋아했으며, 더구나 장사하느라 종종 무거운 짐 보따리까지 나르며 내 몸을 혹사시켰으니 어쩌랴. 이제 와 내가 나에게 미안하다 미안하다 사과해 봐야 어쩌겠는가.

입원 며칠을 앞두고 수술에 필요한 검사하러 병원 드나들며, 입원하면 필요한 보따리를 챙기며 얼마나 아프고 불편해야 하는지 두근거리는 가슴이다. 농장에 가 화단을 둘러본다. 막 예쁘게 핀 은방울수선화, 영산홍, 명자, 금낭화, 매발톱 등 자세히 보며 걷다 다시 뒤돌아본다. 이제 봉오리 맺는 작약이나 마가렛, 차이브, 카네이션은 피는 걸 못 봐 어쩌지? 이제 막 여기저기 올라오는 어린 싹들은 좀 더 크면 있어야 할 곳에 옮겨줘야 하는데 어쩌지? 올해는 너희들 모습을 못 보겠구나. 섭섭해서 어쩌냐. 아쉬움에 발걸음 멈추고 있는데,

"나 너희들 보고 싶어 어찌 죽는다냐…" 하시던 백수白壽 되신 아버지 말씀이 어깨너머 꽂힌다.

"아버지! 곧 먼 길 가셔야 한다 생각하시는 맘 어떠실지 이제야 가늠해 봅니다. 두어 달 만에 다시 돌아올 제 맘도 이러한데요. 꽃 중에 제일은 자식꽃이라지요. 더 오래오래 버티셔요. 귀 좀 안 들리면 어때요, 빨리 못 걸으시면 어때요. 이 빠지면 잇몸이 있잖아

요. 부드러운 음식 잘 드시며 건강히 지내주세요. 코로나 얼른 없어져 자식들이 맘 놓고 뵐 수 있고, 모시고 철 따라 피는 꽃들 보러 다닐 수 있을 때까지 오래오래 사셔야 해요"

꽃을 보며 아버지 마음 헤아려 보는 오늘이다.

긴 외출

얼마 만에 돌아온 내 집인가? 목발에 몸을 기대며 한 달 만에 들어선 내 집이다.

아! 따뜻한 이 내음. 비록 창밖 햇살을 바라보며 등을 보이고 있는 꽃들이었지만 내 화분의 여러 꽃들이 날 반기며 피어있었다. 활짝 피어있는 여러 색깔의 제라늄들. 나 없이도 잘 피고 있었구나. 둘러보며 내 집이 이렇게 내게 안식을 주는 곳이었던가 하고 새삼 감사와 고마움을 느꼈다.

몇 년 전부터 가끔씩 고관절에 통증을 느꼈다. 통증이 올 때마다 아픈 곳에 파스를 붙이거나 온탕에 몸을 담그며 몸을 달래면 또 그럭저럭 통증을 해소시키며 지낼 수 있었다. 그런데 아프지 않을 때에도

"다리가 아프세요? 좀 저시는 것 같아요."

라는 말을 누군가가 건네 오기도 했지만 심각하게 생각을 못했었다.

그러던 지난해 며칠 김장을 끝내고 나니, 다른 때 같으면 며칠 후면 회복이 되었을 다리 통증이 여러 날 계속되었다. 며칠 견디다

병원에 가 정밀검사를 했더니 '퇴행성 고관절'이 왔다며

"견디시다가 못 견딜 만큼 통증을 느끼면 수술하셔야 합니다."

라며 약을 처방해 줬다. 그 의사선생의 말을 걱정스레 듣긴 했으나 수술해야 하는 시기가 80쯤의 나이려니 생각했지 이렇게 빨리 돌아오리란 생각은 미처 하지 못했었다.

게을러지는 겨울을 보내며 운동하자는 남편의 말에 난 시큰둥했다. 많이 걸으면 통증이 오니 자연 걷고 싶지 않아 운동을 회피하고 텔레비전 앞에 앉아서 뜨개에 재미를 붙였다. 손녀딸들에게 줄곧 인형이나 손자가 원하는 어멍어스 캐릭터 인형을 뜨거나, 모자나 원피스 등 손주들이 받아보고 기뻐하는 모습에 점점 뜨개에 빠져들었다.

같은 자세로 서너 시간 앉아있을 때도 있었으니 무리가 오는 건 당연한 이치인데 그땐 미처 깨닫지 못하고 봄을 맞이했다. 코로나로 외출할 일도 별로 없어진데다가 뜨개 중독이 내 병을 키우고 있었다는 것을 겨울 한 계절을 보내고 나서야 비로소 깨달았다.

차를 운전하고 외출했다가 내리면 10여 미터 정도를 통증으로 절뚝이며 걸어 나가야만 반듯하게 걸을 수 있게 되는 상태가 된 것이다. 큰 병원을 가봐야겠다는 생각이 들어 의사인 조카의 추천으로 대학병원 담당의를 찾아가 진료를 받았다. X-ray만 보고도 쉽게 진단이 내려질 정도로 내 상태는 생각보다 악화되어 있었다.

"얼른 수술을 하셔야 합니다. 지금도 빠른 편이 아니에요. 늦을 수록 수술이 더 힘들어지고 회복도 늦습니다. 다음 주로 수술 날짜를 잡으시지요."

금방 수술실로 들어가는 것만큼이나 두근두근 가슴이 떨려왔다.

다리 위쪽을 자르고 골프공만 한 인공관절을 넣어 엉덩이 관절과 연결해야 하는 수술 상황을 상세히 설명 들으니 더 심란해져 왔다. 다음 주로 수술 날짜를 잡자는 의사선생님께 3주 뒤로 미루어 달라 하여 여유 있게 날짜를 잡고 집으로 돌아왔다.

큰 수술이니 당연히 서울 큰 병원으로 가야 되지 않겠냐는 남편이나 아이들 의견이었으나 의사인 조카가 권하는 대로 지방에서는 꽤 권위 있다는 의사에게 수술받기로 마음을 굳혔다. 그런데 왜 그리 초조한 걸까? 한동안 집을 비우게 되니 남편이 혼자서도 식사 때 찾아 먹을 수 있도록 밑반찬을 만들고, 국을 끓여 조금씩 냉동 보관을 했다.

수술하다 죽을 수도 있을까? 잠시 생각이 들었으나 그건 아주 낮은 확률이니 그 생각은 하지 않기로 했다. 수술 후에도 6개월 동안은 회복기여서 많이 불편하다 했으니 집에도 두어 달 못 들어 올 생각을 하고 준비를 했다.

남편과 같이 수술 이틀 전 코로나 검사를 했다. 보호자 한 명밖에 병원에 드나들 수가 없다고 한다. 가까이 사는 큰아들이 간호를 자처하고 나섰으나 직장에 불편을 줄 뿐더러 남편이 곁에 있는 것이 여러모로 편할 듯싶어 남편과 동행하여 입원을 하였다.

입원 전 수술 전에 해야 할 검사는 외래로 다 마쳤음에도 여러 검사를 또 거쳤다. 수술실로 들어갈 때는 의외로 담담했다. 링거 줄을 주렁주렁 달고 소변 줄까지는 끼운 채 침대로 이동을 했다. 따라가는 남편 얼굴이 오히려 더 초조해 보였다.

서늘한 느낌으로 들어간 수술실에 나는 인계되었고 이름을 재차 확인한 뒤 나는 서너 시간 동안 마취로 꿀잠을 잤나 보다. 은은한 음악이 들리는 듯했고 따듯하고 보드라운 안개 바람이 내 얼굴에 스치며 행복감을 잠시 느끼는데 눈이 떠지자 간호사가 곁에서 지키고 있었나 보다.

"정신이 드세요?"

"이름 좀 말씀해 보세요."

"네… 수고하셨습니다. 수술 잘 끝나셨고요, 입원실로 이동하시겠습니다."

침대에 눕힌 채 회복실 문을 나서니 초조히 기다리던 남편이 반갑게 맞이한다.

"수고했어요."

남편의 손이 따뜻했다.

혈압도 낮고 피 수치도 낮아 수혈을 하며 여러 시간 산소 호흡기를 달고 있어야 했다. 뭔가 안 좋은지 입원실에서 다시 간호사실 옆으로 옮겨졌다. 수시로 심전도를 체크해야 한단다. 눈만 뜰 수 있지 몸을 까딱도 할 수 없는 상태. 금식임에도 입은 타들어가고 있었다. 거즈에 물을 묻혀 입에 얹어놓고 하룻밤 남편과 함께 불편함을 감수해야 하는 긴 고통의 시간을 보냈다.

간호 병동의 입원 환자들은 보호자들이 잠시 면회뿐 머물지조차 못하게 했다. 남편은 그 덕택에 하룻밤 지나 해방이 되었고 나는 많이 불편했다. 수술한 날 하룻밤도 내 상태가 워낙 불안해서 보호자를 곁에 있게 한 거였다. 머리 위 벨을 누르면 간호사나 간병사가 달려와 뭘 도와줄 게 있나 물어봤다. 그러려니 그 바쁜 사람들을 내가 조금 아쉽다고 일일이 호출하는 일은 결코 쉬운 것이 아니었다. 무엇이든 불편사항이 있으면 부르라고는 하나 이불이 들떠 있으니 발이 시렵다고 덮어 달라 호출할 수는 없는 일 아닌가. 발가락 하나도 까딱하기 힘들 만큼 고생스러운 날이 며칠 지나갔다.

이틀 지나 소변 호스를 빼고 힘들어도 빠른 회복을 위해 일어나 화장실을 다녀야 했다. 3일 만에 처음 발을 디디는데 워커를 붙잡고 그에 의지해 움직이기는 했으니 신기했다. 한쪽 엉덩이에 세라

믹 인공관절을 아래위 박아 연결을 했다는데 그 발로 이렇게 디뎌지다니… 화장실 다니기가 겁이 나 물먹기가 두려웠지만 많이 먹고 배설을 해야만 기능이 빨리 회복된다 하니 억지로 많이 먹어야만 했다.

상처 부위에는 얼음주머니를 계속해서 바꾸어 대고 지내야만 했다. 통증도 감소시키고 상처 염증을 막기 위함이었다. 몇 명의 환자들을 돌보느라 간병사가 들어올 때마다 혹은 정 급할 때는 벨을 눌러 간병을 받았다. 때마다 식판을 갖다 놔주고 따뜻한 물도 청하면 갖다 줬지만 4-5일 지나자 운동도 할 겸 물 정도는 내가 떠다 먹고, 옆 중환자들 물심부름 정도는 도와줄 만했다.

그렇게 열흘이 흐르고 상처의 실밥을 풀었다. 주치의가 소독하며 예쁘게 아물었다고 했다. 상처의 겉은 아물어갔지만 속살은 그저 아프기만 했다. 화장실 가서도 힘들었고 조심하지 않으면 수술한 엉치뼈가 빠질 수 있다 하니 늘 조심해야만 했다. 제대로 돌아눕지도 못하고 반듯하게만 누워있어야 했고 움직일 때에는 다리 사이에 큰 베개를 끼우고 움직이는 각도를 제한해야만 했다.

며칠 재활치료를 받고는 집과 가까운 작은 개인 병원으로 옮겼다. 수술한 큰 병원에서는 더 이상 해줄 게 없으니 집 가까이라도 가 있고 싶었다. 그렇게 두 병원을 거쳐 한 달 만에 돌아온 내 집. 아직은 활동이 부자연스러우니 주방에서 식사 준비며 설거지와 빨

래를 도맡아 하는 남편은 힘들겠지만 나는 이제 살 것 같은 편안함
을 모처럼 내 집에서 즐기고 있다.

아프고 싶었던 날, 아플까 봐 겁나는 날

몇 주간 정말 너무도 바쁜 날들이었다. 주부대학 강좌 한문 강좌 그리고 어머니 테니스 대회 참가로 연습하랴. 살림은 대충이었고 내가 생각해도 너무 바쁘게 살지 않나 싶은 마음이 들 정도로 보내다가 테니스 대회를 끝냈다.

휴우 한숨을 돌리며 그동안 뒤로했던 이불 빨래며 장롱 정리, 그리고 대청소를 해야지 싶었는데 그날따라 비가 내리고 있었다.

그동안의 일로 피로한데다가 낮잠을 자기엔 안성맞춤의 날씨여서 일은 뒤로하고 우선 낮잠을 자보기로 했다. 늘어지게 두어 시간을 자고 나니 개운할 줄만 알았던 몸이 이게 웬일일까? 온몸이 나른하고 기운이 없어 일어나다 다시 누울 수밖에 없었다. 저녁식사 준비 때문에 가까스로 일어나 간신히 식구들의 밥은 지었으나 설거지도 못하고 다시 누워야만 했다.

그러기를 하루 이틀, 며칠을 지나도 기운이 없고 나른한 건 마찬가지이고 겁이 벌컥 났다. 무슨 병은 아닐까? 암? 아닐 거야. 그간 체중 안 줄은 걸 보면 암은 아닐 거야. 스스로 위로도 해보았다. 그렇다면 무슨 병일까? 내일은 꼭 병원에 가봐야지. 몹쓸 병에 걸려

죽는 건 아닐까. 아직은 죽으면 안 되는데. 하고 싶은 일도 많고 아직은 아이들 뒷바라지가 남았는데. 싶은 생각들이 뇌리에 스치며 문득 젊은 날에 아프고 싶었던 어처구니없는 생각들이 떠올랐다.

　신혼 초, 6개월 된 큰 아이를 등에 업고 테니스 숍을 차렸었다. 가난했기에 소자본으로 장사를 시작하고 보니 자꾸만 늘어가는 물건들과 외상, 그리고 매상에 따라 자본도 더 필요했고 빚 얻는 일과 물건 구입 등 어려움이 겹치고는 했다.
　하루 종일 사람을 상대하는 일도 어찌나 힘이 드는지 모른다. 하루 종일 웃으며 사람을 상대하다 보면 얼굴 근육이 아프고 심지어는 말을 많이 해 목에 혹이 생기기까지 하였다. 하여 말을 하지 말고 지내야 한다는 의사선생님의 경고로 한동안은 글로 써서 손님과 소통하기도 하였다.
　이른 새벽부터 밤까지, 아니 꿈에까지도 내일 납품해야 할 약속된 물건들 걱정 때문에 나의 신경은 늘 곤두서 있어야 했고 잠은 항상 모자라 손님만 뜸해지면 병든 닭처럼 앉아서 졸기도 했다.
　매일 머리가 아파 진통제와 박카스를 먹어야 하루를 보낼 수 있었는데 머리가 아픈 것이 시력이 나빠져서 생기는 안압 때문인 까닭도 몇 년이 지난 후에야 알 수 있었다.

어느 날은 종종 그랬듯이 차멀미 때문에 아무것도 먹지 못한 채 물건을 구입하러 서울행 첫차를 탔었다. 도매 상가를 열심히 뛰어다니며 필요한 물건들을 구매하고 있는데 갑자기 배가 뒤틀리며 하늘이 노랬다. 꼭 아기를 낳는 것만큼이나 식은땀이 줄줄 날 정도로 아팠다. 단골 상가에 양해를 얻어 소파에 몸을 묻고 한 시간쯤 배를 움켜쥐고 견디다가 좀 덜한 듯해서 급한 물건만 대충 구매해 집으로 돌아왔다.

도착해 인근 병원에 가서야 내가 아기를 가졌었음을 알았고 과로로 유산되었음을 알 수 있었다. 그토록 아팠는데도 그때는 병원에 갈 생각을 못 하고 속이 비어서 배가 뒤틀리는 걸로 착각할 만큼 무지했다.

그렇게 바쁘고 힘들게 살아가면서 다시 작은 아이를 낳았고 아이가 둘이 되니 더욱 고달픈 나날들이었다. 아침에 가게에 나가야 하건만 도우미 아줌마는 예고도 없이 툭하면 결근이고 엉망인 집을 뒤로하고 두 아이를 놀이방이나 외갓집에, 저녁에는 이모 집에 맡기면서 애를 태우며 살아가던 시절, 날이 오고 가는 것만 알았지 단풍이 들었는지 낙엽이 지는지도 모르는 세월을 살아야 했다.

그즈음 어느 날 나는, 강 건너의 국립병원을 생각했다. 그 병원 안에 입원해 있으며 한가로이 산책하는 그 결핵환자들을 떠올리며 차라리 그 사람들이 부럽다는 생각을 했다. 그래서 정말 아프고 싶었다. 죽을 만큼은 말고 한 1, 2년만 결핵이라도 좋으니 그저 좀 쉬고만 싶었다.

남편과 아이들 걱정도 뒷전이고 그저 그 환경에서 벗어나고만 싶었다. 잠 좀 실컷 자고, 그리고도 남는 시간이 있으면 푸른 하늘도 우러르며 멍 때리기도 하고 산책도 하고 푸르름이 우거진 숲길도 한가로이 거닐어보며 지내고 싶었다.

며칠을 그리 소망하다가 나는 아마 더 바빠서 그 바람마저도 잊고 살았나 보다.

지금은 잊혀가는 그때, 내가 아닌 다른 누군가의 옛이야기 같은 생각이 들지만 그때가 있었기에 지금의 내가 있지 않나 싶다. 부富를 갖지는 못했어도 이만큼에 감사할 수 있는 소중한 마음을 갖고 살 수 있는 지금의 내가 말이다.

이렇게 한가로이 실컷 잠을 잘 수 있고 보고 싶은 책을 보며 여유로이 살다가 그래도 시간이 남아 몸도 마음도 나른해지니까 겁이 난다. 지금은 아플까 봐서.

간호 선생님

올해처럼 무더운 여름에 이토록 시원한 도서관을 이용할 수 있음은 대단한 행운이다. 오후만 되면 집에 가만히 앉아 있어도 줄줄 땀이 흐르고 조금 더 온도가 높아지면 가슴이 답답해지기까지 한다.

에어컨을 켜줘서 시원하게 이용할 수 있다는 도서관 이야기를 듣고 얼마나 반가웠는지. 그날부터 틈만 나면 책 보따리를 싸 들고 도서관으로 향했다.

며칠을 드나들며 보니 이 더위에도 열심히 공부하는 대학생들이 많이 있었다. 이 무더운 여름을 도서관에서 보내는 학생들은 어떤 학생들일까? 신통한 생각도 들고 호기심도 들기에 가끔 드나들 때 어깨너머로 책을 들여다보니 여학생들은 대부분 해부학을 영문으로 공부하고 있었다. 아하 예비 간호사님들이구나. 해맑고 티없는 얼굴의 예쁜 여학생들을 바라보며. 그래! 선생님 소리를 당연히 들어야 되고말고. 저리 힘든 공부를 해야만 하는데. 옛날 생각에 잠시 눈을 감는다.

88년도 여름이니 벌써 오래전의 일이다. 남편의 엄청난 교통사고는 나에게 커다란 충격이었다. 돌아가신 친정어머니나 시어머니께서 편찮으셨을 때 종종 병원을 드나든 적이 있었지만 나는 이토록 많이 다친 사람을 처음 보았다. 얼굴에서부터 온몸이 상처투성이였고 늑골이 부러진 상태여서 전혀 몸을 움직일 수가 없었다. 입으로 연결해 놓은 호스에선 계속 피가 고였다. 장 파열로 인한 내출혈일지도 모르니 환자에게 물 한 모금도 주지 말라고 금지령이 떨어져 있었고 조금씩 정신이 들기 시작한 남편은 물 좀 한 모금만 달라고 만나는 사람마다 붙들고 사정을 했다.

차마 볼 수가 없을 만큼 고통스러워하는 그이를 옆에서 지켜보기가 안타까워 견디기 힘들 때, 나에게 의사 선생님은 물론 간호사, 조무사들까지 하나님같이 보였다. 얼굴은 뚱뚱 부어서 알아볼 수조차 없게 되었고 코에는 호스와 산소 호흡기로 팔에는 링거줄이 여러 개 달려있었다. 몸은 움직이지 못하도록 침대에 두 팔과 다리까지 묶여져 있는 형편이었다.

갈증을 견딜 수가 없던 남편은 비몽사몽간에 간호사가 나타날 때마다 붙들고 사정을 했다. 얼굴도 많이 망가진 상태니 발음도 시원치 않았다.

"간호원 아가씨! 나 물 좀 한 컵만 주세요."

"아가씨가 뭐예요. 좀 참으세요."

저럴 수가… 저토록 온몸이 부서진 환자에게 쌀쌀맞게 핀잔을 하다니. 인정머리 없는 간호사가 너무너무 괘씸했지만 표현조차 할 수가 없었다. 목이 말라 통사정을 하던 남편은 물론 옆에서 지켜보는 나도 '간호원 아가씨'란 말이 왜 잘못되었는지 몰랐다. 이제껏 다들 그렇게 부르며 지내지 않았던가?

차츰 회복되어가는 남편이 중환자실에서 일반 병실로 옮겨지고 내가 병원생활에 조금 익숙해질 쯤에야 나는 비로소 그 간호사가 화내던 까닭을 알 수 있었다.

병원 엘리베이터 문에도 '의사, 간호원 전용'이 '의사, 간호사 전용'으로 바뀌어 덧칠한 흔적을 볼 수 있었고 실습생은 물론 간호사 자신들끼리도 '선생님'이란 호칭을 사용하고 있음을 보았다.

그 뒤 깊이 생각해 보니 그들 간호사도 어엿한 대학에서 전문직 자격시험까지 거쳐 어려운 직업인이 되었음에도 기껏 아가씨란 호칭으로 서비스나 하는 것 같은 대우를 어찌 달가워하랴 싶었다.

새파란 저 아래 동생 같은 아가씨들에게 처음에는 선생님이란 호칭이 부드럽게 나오진 않았으나 우선 당장 아쉬운 쪽은 나였고 나는 남편을 살리기 위해 온 정성을 다해야 할 때였다. 간호사에게 도움을 청할 때마다 '간호 선생님! 이것 좀 부탁합니다.'라고 꼭꼭 존칭을 했더니 그들은 어느 때보다도 상냥하고 친절하게 처리해 주어 병원 생활을 큰 어려움 없이 해나갈 수 있었다.

퇴원할 즈음에 한 간호사가 어찌 알았는지 남편이 대학에 근무한다는 이야기를 들었다면서

"어쩐지 매너가 참 좋으시다 생각했어요."

라며 밝게 웃었다.

그 뒤부터 누가 병원에 입원을 한다거나 입원환자에게 병문안을 갈 때면 간호사에게 아가씨라는 호칭을 쓰지 말고 간호 선생님이라는 호칭을 쓰도록 이야기를 해주고는 했다.

첫아이를 낳아 기를 때도 공주에 소아과 병원이 없어 아이가 아플 때마다 멀리 대전의 병원을 다니며 치료를 받고는 했다. 소아과는 갈 때마다 늘 환자가 많아 아픈 아이를 안고 초초하게 기다려야만 했다. 안타까운 긴 시간 후에 의사 선생님의 짧은 진료를 마치고 돌아서야 할 때, 불안한 마음에 간호사에게라도 몇 마디 조심스레 말을 건네면 어찌나 불친절한지. 주사가 아파 우는 아기를 붙들고 같이 울며 속으로

"흥, 너도 시집가서 아기 낳아 기를 때 고통 좀 당해봐야 해"

하고 속으로 악담을 한 적이 있었다. 짧은 시간에 주어지는 많은 업무가 그들의 친절할 기력을 잃게 해주는 것인지 모르지만 참 섭섭했다.

간호대학에 다닌 이질녀를 보며 간호대학생들의 생활을 가끔 지켜볼 기회가 있었다. 가족 모임이 있는 날도 식사만 끝나면 곧장

도서관으로 향하고는 하는 이질녀를 보며 간호대학생은 그리도 공부를 많이 해야 하냐고 어른들은 긴 시간을 같이하지 못하는 안타까움을 말하곤 했었다.

이질녀는 국가고시를 거치고 취직시험을 거쳐 드디어 큰 종합병원에 취직을 했다. 새로운 환경에 적응하는 재미로 한껏 부풀어 있는 이질녀의 해맑고 상냥한 예쁜 모습을 보며 바쁘다 보면 저 녀석도 불친절한 간호사로 변해버리는 것은 아닌지 하는 노파심이 생긴다.

"너만은 힘들더라도 항상 친절함을 잃지 않는 간호사가 되어주렴. 혹 아가씨라 부르는 환자가 있더라도 화내지 말고."

간호사들에게 아가씨가 아닌 전문직 직업인으로서 우리가 존중해 주는 한 그들도 환자들에게 최선을 다하는 상냥하고 친절한 간호 선생님이 되리라 생각해 본다.

할머니들의 외출

오색 단풍이 곱고 아름다운 가을날, 중학교 동창 12명이 단양에서 모였다. 두어 달 전에 날을 잡아 콘도를 예약하고, 카톡 방에서 근황을 물어 시간되는 친구들끼리 뭉친 것이다. 그동안은 가까이 사는 친구들은 격월로 만나고, 먼 곳의 동창들은 일 년에 한두 번, 당일 만나 점심 한 끼 먹고 두어 시간 담소하다 헤어졌었다.

늘 짧은 만남을 아쉬워하던 차에 지난 봄, 한 회원이 엄마 친구들을 위해 딸이 콘도를 예약해 줬다고 해서 1박 여행을 추진했다. 장거리 운전이라 걱정되기도 했지만 만남의 즐거움이 더 컸기에 채석강에서 이틀간의 여행을 즐겁게 지낼 수 있었다. 직장 생활하던 친구들이 대부분 퇴직하고 여유로워졌으나 손주들 뒷바라지 때문에 참석 못한 친구들도 여럿 있었다.

이번 여행은 1박 하는 두 번째 여행이니 조금은 노하우가 생겼다. 지난번 여행 때처럼 준비해왔던 반찬들을 다시 한두 가지씩 준비해오고, 과일을 챙겨 차에 싣고 콘도에 도착해 짐을 푸니 방안 가득 고루고루 뷔페식당 못지않게 푸짐했다. 저녁식사를 위해 신문지를 펼치고 상을 봤다. 한쪽에서는 고기를 굽고, 한 친구가 농사지어 온 쌀로 밥을 했다. 깻잎, 겉절이, 매실장아찌, 멸치볶음, 호박잎 쌈, 마늘장아찌, 묵은 김치, 젓갈 등 가져온 반찬을 펼쳐놓으니 좀 전 점심에 거금 주고 식당에서 먹은 정식 식사보다도 맛있고 훌륭한 밥상이 되었다. 풋고추에 양념장까지 만들어왔으니 그 칼큼함 또한 최고였다.

"이건 우리 언니 협찬이야."
하며 한 친구가 반찬을 내놓는다. 친구들과 여행 가는 걸 알고 서울에 사는 언니가 맛있는 고들빼기김치와 녹두부침을 얌전히 만들어 택배로 보내온 것이다. 고들빼기김치에는 밤까지 채쳐 넣어 매콤하면서도 달콤한 맛이 그 어떤 김치보다 일품이었다. 동생 친구들까지 먹이려고 정성 들인 그 언니를 생각하니 코끝이 찡했다. 저토록 형제의 정을 나누는 친구도 있구나 하고 하나 더 배우는 시간이었다.

찹쌀밥에 현미, 콩까지 곁들여 맛있는 밥이 되도록 준비해온 친구, 이른 아침 떡집까지 다녀오느라 부지런을 떨어야 했던 친구, 차 있는 사람이 싣고 오기 편하다며 과일을 골고루 챙겨온 따뜻한 마음씨들이다. 서울에서 온 한 친구는 불고기 팬과 큰 냄비까지 싣고 와 콘도에 부족한 그릇을 채워주기도 하고, 한 친구는 묵 가루를 챙겨와 묵까지 직접 쑤고 양념을 하여 훌륭한 식탁을 만드는 데 한몫을 하기도 했다. 친구들에게 맛있는 사과를 먹이고 싶어서 시켰는데 배달사고로 도착이 안 돼 못 가져왔다며 안타까움을 이야기하던 친구도 있었다. 삶은 밤이며 옥수수, 견과류 등을 배부르다 하면서도 자꾸 먹다가 모두들 이틀의 여행 동안 1kg씩은 살이 찐 듯하다며 웃었다.

"그때 말이야, 이쁜 애들만 좋아하던 1학년 때 그 영어선생님은 지금 어디 사셔?"

"맞아. 그 선생님은 어지간히 이쁜 애들 좋아하셨어. 지금 같으면 어림도 없지. 성추행으로 잡혀갔을 거야~~~ㅎㅎ."

"나는 그 선생님 엉터리 수업으로 내내 영어에 취미를 못 붙였잖니. 기초도 제대로 안 가르쳐 주고 말이야. 입학 전부터 학원에 다닌 너희들 몇 명만 따라갔어. 우리처럼 이쁘지도 않은 촌놈들은 기죽어서 영어 시간이 그저 싫기만 했단다."

"어머, 그랬구나. 우린 일찍 끝내줘서 좋다고 박수 치고 그랬어."

"넌 교수 딸내미가 공부 못한다고 더 혼났었지?"

"글쎄 말이야. 그땐 왜 그리 공부가 하기 싫었는지 몰라."

한 친구가 운을 떼면 50여 년 전의 이야기들이 기억 속에서 줄줄이 흘러나온다. 재미로 여겼던 친구가 있는가 하면, 주눅이 들어 있기도 했고, 그때의 기억이 전혀 없는 친구도 있었다. 그때만 해도 시험 봐서 중학교에 들어갈 때라 시골 초등학교에서는 각 학교에서 하나 둘 겨우 들어갈 수 있는 학교였기에 시내 초등학교에서 온 친구들에게 주눅이 들었었던가 보다. 1번부터 60번까지 함께하지 못한 친구들의 소식도 아는 친구들이 답을 해주고, 안부를 전해 가며 밤새도록 이야기는 그칠 줄을 몰랐다. 체력이 달리는 친구들 순서대로 하나 둘 잠이 들어 새벽녘에야 모두 한숨을 잤다.

이튿날 아침식사를 하는데 남은 반찬들이 너무나 아까웠다. 그동안의 주부 경력이 있으니 재빨리 움직였다. 남은 쌀로 밥을 지어 가져온 그릇에 담고, 고기는 된장 풀어 삶아서 담고, 남은 반찬들은 차에 실었다. 오전 여행지인 '구인사'를 돌아보고 점심때가 되어 지나는 마을의 골목 한적한 팔각정에 자리를 펴니 우리들만의 멋진 야외 식탁이 되었다. 신나게 떠들며 이야기해도 되고, 얼마나 여유롭고 멋진 점심인지 다들 굿 아이디어라며 좋아라 했다.

벌써 다리가 아픈 친구도 있고, 겉모습은 할머니지만 만나면 마음들은 다들 소녀로 돌아간다. 갈대숲이 예쁜 곳에서는 차를 세워 사진을 찍고, 재잘재잘 틈만 나면 이야기 나누느라 고운 단풍도 뒷전이었다. 함께 참석하지 못한 친구들도 휴대폰 카톡으로 계속 사진을 받아보며, 뭐 하고 있는지를 묻고 마음은 함께였다.

헤어지며 다음을 계획하는데 하룻밤으로는 모자란다며 다음에는 2박 3일을 여행하자고 제안하기도 했다. 점점 대담해지는 할머니들의 외출이다. 그 기대로 6개월을 행복하게 지낼 수 있지 않을까?

이 행복을 오래 누릴 수 있도록 우리 아프지 말자.

행복은 여유로움에

며칠 동안 친정어머니 병간호로 정신없이 병원을 드나들다 모처럼 휴식을 가지며 화초를 살피니 꽃봉오리가 하나 둘 올라오던 하얀 영산홍이 활짝 피어 웃고 있다. 저런… 놓칠 뻔했던 순간이었구나. 미안한 마음이 들어 오래 곁에 머물며 생각에 잠긴다.

달라진 거라고는 바빴던 후 좀 여유를 찾은 내 마음이다. 그런데도 난 이렇듯 행복함에 젖을 수 있다니… 결국 행복은 여유로움에 있는 거로구나 하고 새삼 터득한다.

그랬다. 돌이켜보니 내가 행복을 느낄 때는 경제적인 여유보다도 시간적인 여유가 있을 때였다. 또한 행복했던 지난 시간들을 돌아보면 주로 떠오르는 것은 주택에 살던 때이다. 꽃밭에 연둣빛 예쁜 새싹들이 돋아날 때거나, 하나 둘 꽃봉오리들이 맺히고 꽃을 피워낼 때, 한두 시간을 바라보며 앉아있어도 지루하지 않았다. 아침이면 새들이 지절대는 소리에 눈을 뜨고, 아이들이 학교에 가고 남편이 출근한 후, 화단에 앉아 화초들을 한참 동안 살피고 있으면 새싹들은 물론 따스한 햇살까지도 모두 사랑스럽고 행복했다.

중풍으로 꼼짝 못 하시던 시어머님과 함께 살던 산성동 셋집에서의 삶은 정신적으로나 육체적으로 좀 힘들기는 했지만, 가끔 시간적인 여유를 누릴 수 있었기 때문에 순간순간 행복한 시간을 만끽하고는 했었다. 새들이 짹짹거리는 아침 인사에 눈을 뜨고 화단에 나가면 예쁜 새싹들과 피고 지는 꽃들을 보며 산다는 건 대단한 행운이었다.

시어머님이 돌아가시고 집주인이 전셋값을 대폭 인상한대서 좀 더 작은 셋집으로 옮겼었는데 그 집에서도 집은 낡았지만 역시 행복했다. 작은 화단이었지만 구석 한켠 감나무에서는 대봉이 주렁주렁 열리고 주인집에서 심어놓은 많은 화초들이 연이어 피고 지어 행복했다. 이웃과의 담장에는 나팔꽃을 줄지어 올라가게 심어놓아 아침저녁 꽃들을 감상하며 즐거워했다. 가을이면 단지에 감을 저장해 두었다가 겨울에 하나씩 꺼내다 먹는 맛 또한 정말 일품이었다.

지금은 김치냉장고가 있어 늘 적당하게 익은 김치를 먹을 수도 있지만 주택에 살 때에 묻어둔 김칫독에서 끼니마다 직접 꺼내어 먹던 그 김치 맛은 찾아볼 수가 없다. 하얀 눈이 소복이 내리던 날, 눈을 헤치고 짚으로 덮어진 김칫독에서 한 쪽씩 꺼내다 먹던 김치. 지금도 가끔 남편은 그 김치가 먹고 싶다고 말하곤 한다. 그 맛이 그리워 땅에 김칫독을 묻어볼까 하는 말을 한다.

이 모든 것들이 자연과 함께하는 여유로움 속에 있었지 않나 싶다. 그땐 컴퓨터도 휴대폰도 없었다. 그때만 해도 전업주부들이 많아 도서관에 가끔씩 모여 독서토론도 하고 강사 초청 특강이 있으면 놓칠세라 달려가 좋은 강의들을 들으며 문화 갈증을 채웠었다.

그때의 친구들이 지금은 대부분 직업을 갖고 있다. 문화 해설사나 논술학원 강사, 그리고 방과 후 교사 등 자신들의 특기와 전공을 살려 바쁘게 생활하고 있다. 그러다 보니 만남도 소원해지고 같은 시내에 살면서도 얼굴 보기 힘들다.

카톡카톡 휴대폰 문자와 카카오톡으로 수시로 보내오는 메시지들. 서로 바쁘기 때문에 그렇게라도 정을 나누고 싶음이다. 하지만 운전 중이거나 마음이 바쁜 날은 그도 귀찮을 때가 많다. 꼭 알려야 할 중요한 메시지보다는 좋은 글이나 음악을 공유하려는 카톡들이 더 많다.

그러니 짬만 나면 보내온 것들을 검색해 보느라 바쁘다. 병원 대기실, 지하철 안, 고속버스 안에서도 너나 할 것 없이 대부분 휴대폰을 만지고 있다. 스마트폰 하나만 있으면 적어도 지루하거나 심심할 틈은 없을 거다.

하지만… 이처럼 사람을 바쁘게 움직이는 것들로 우린 아주 더 소중한 것들을 놓치고 살지는 않을까? 나도 언젠가 여행길에 운전하는 남편 옆에서 늘 하던 습관대로 휴대폰 문자 답장을 하다가

"둘만의 시간에 이러기야?"

한 마디 듣고 나서야 아차 했다. 문자 답장이 무에 그리 급한 것이겠는가. 창밖의 아름다움에 눈을 돌리며 두 사람만의 대화로 채워야 할 소중한 시간임을 깜박 한 거다. 누군가가 그랬다. 여행길에서 가족여행 온 어떤 팀을 보았는데, 다 제각각 긴 시간을 휴대폰만 들여다보고 있더라고… 그들 또한 아주 소중한 시간들을 놓치고 있었던 게 아닐까.

요즘은 시골의 할머니 할아버지들까지 휴대폰을 소지하지 않은 사람이 드물다. 자식들이나 지인들과의 긴요한 연결고리가 되어있다. 그런 남들이 다 갖는 휴대폰을 끝내 고집하며 소지 안 하는 어떤 시인이나, 텔레비전이나 컴퓨터까지도 갖고 있지 않다는 화가도 있다. 자기만의 시간을 아끼려는 그분들의 마음 또한 알 것 같다. 아름다운 예술작품들이 탄생하는 것도, 자연과 여유로움에서 창작들로 빚어낸 것들이겠지. 오랜 시간의 생각과 노력, 고통 뒤에 비로소 행복감을 주는 예술작품으로 탄생되는 것일 테니까.

친구가 휴대폰 카톡으로 보내온 글이다.

"건물은 높아졌지만 인격은 더 작아졌고 고속도로는 넓어졌지만 시야는 더 좁아졌다. 소비는 많아졌지만 기쁨은 더 줄어들었고, 집은 커졌지만 가족은 더 적어졌다. 생활은 편리해졌지만 시간은 더 부족하고 가진 것은 몇 배가 되었지만 소중한 가치는 더 줄어들었다~~~~~~"라는 누군가의 글이 더 가슴에 와 닿는 오늘이다.

아마추어의 행복

　아무리 이상 기온이라지만 올여름은 너무도 덥다. 집에 있어도 움직이기만 하면 쏟아지는 땀방울로 아무 일도 하고 싶지가 않은 날들의 연속이다. 그렇게 더위와 싸우던 8월 하순 경, 남편과 함께 경북 상주의 시민체육공원 테니스 코트에서 여러 시간 동안 대학생들 테니스 경기를 관람하였다.

　입추와 말복이 훌쩍 지났는데도 무더위가 계속 이어지는 찌는 듯 더운 날씨였다. 드넓은 테니스 코트에서는 선수들이 더위에도 불구하고 갈고닦은 실력들로 시합에 한창이다. 학생들의 짧은 운동 스커트나 반바지 아래로 군살 없는 늘씬한 다리들은 햇볕에 그을린 갈색빛이었다. 검게 탄 얼굴 또한 흰 모자 아래로 흑인 2세쯤으로 착각될 만큼 검은 피부에 건강미가 보이는 선수들이었으나 한편 얼마나 긴 연습 시간을 보내 그리되었을까 하는 안타까운 마음도 들었다.

　그 나이의 다른 많은 여대생들은 성형이나 온갖 화장품에 관심을 가지며 예뻐지고 싶은 욕구들로 지낼 나이인데 운동선수인 학생들은 늘 체력훈련에서부터 각종 운동 테크닉의 연마를 위해 긴 시간들을 보내야만 하기 때문이다.

실업팀과 대학생들의 경기였다. 게임은 6:1이나 6:2 혹은 6:0으로 계속 질 수밖에 없는 경기였다. 같은 고등학교에서 운동을 해서 실력이 랭킹 1,2위 선수들은 실업팀으로 선발되어 가고, 그 나머지 선수들은 각자 대우에 따라 대학으로 진학을 해야 하기 때문에 치열하게 싸울 수밖에 없다.

대학생들끼리의 시합이야 노력 여하에 따라 승패를 겨뤄볼 만하겠지만 실업팀과는 현저히 차이가 나니 이런 경기에서 승자가 되기는 하늘에 별 따기처럼 힘들다. 하지만 그 경기를 해야 하는 까닭은 그 시합으로 인해 한층 선수들의 실력이 업그레이드되기 때문이다. 보다 나은 선수들과 게임을 해 봄으로써 테크닉을 한 수더 배우고 자신의 부족함을 느껴야 더욱더 발전하는 것이기 때문이다.

그 더운 날, 지기만 하는 경기를 하는 지친 선수들을 보며 나는 갑자기 아기 낳을 때의 아픔이 떠올랐다. 예쁜 아기든, 건강한 아기든 평소의 바람과는 달리, 그저 지금 이 순간만을 모면하고 싶었던 그 아픔과 고통… 시합장의 학생들도 지금 이 순간은 한 수의 배움을 떠나 이 지긋지긋한 더위와 고달픔만을 피하고 싶지 않을까 하는 생각이 들었기 때문이다.

남편에게 주최 측에서 시원한 때로 날짜를 잡지 않고 왜 이 더운 날 꼭 시합을 했어야만 하냐고 물었더니 다른 때 같으면 좀 시원했는데 요즘 이상 기온이라 그렇다고 했다. 그럼 주최 측에서 연기를 좀 하든지 하지… 하는 아쉬움을 금할 길 없었다. 경기장에 그냥 앉아만 있는데도 옷 속으로 땀은 줄줄 흘렀고 운동하는 학생들의 옷들도 땀에 모두 젖어있었다.

이처럼 모든 프로들의 인생은 고달픔 그 자체로 보였다.

벌써 오래전이다.

아들이 입학한 중학교에는 야구부 팀이 있었다. 중학교에 갓 입학한 아들은 야구를 하고 싶어 했다. 수업은 별로 안 받고 늘 운동장에서 멋진 유니폼을 입고 야구 방망이를 휘두르는 학생들의 모습이 퍽이나 부러웠나 보다. 아들은 공부 그만두고 운동하면 어떨까 싶어 학교 끝나고 돌아오는 길 야구부 학생들이 운동하는 모습을 운동장에서 한참씩 지켜보고는 했다. 그러나 그들을 계속 눈여겨보니 조금만 잘못하면 감독에게 엄청 큰 벌을 서고, 땡볕에서 훈련받는 모습이 쉽지만은 않다는 것을 그 며칠 사이에 깊이 느낀 것 같다.

어느 날 학교에서 돌아오더니

" 엄마! 나도 야구가 하고 싶었거든요. 근데 며칠 운동하는 것을 살펴봤더니 공부가 훨씬 더 쉬울 것 같아요. 그냥 공부하기로 결심

했어요."

　나로서는 바라던 듣기 좋은 반가운 말이었다.

　요즘 평생교육원을 들여다보면, 퇴임을 한 분들이나 나이 든 분들이 각 분야별로 열심히 취미생활을 하는 모습들을 본다. 수묵화, 붓글씨, 서양화, 탁구, 사진, 색소폰 등 열심히 연습들을 하며 동호인들과 만날 때마다 늘 웃음 짓는 흡족한 얼굴들이다. 서로 만남의 즐거움과 배움의 즐거움 그리고 미숙하나마 작품이 완성 되어 가는 성취감에서 느낄 수 있는 즐거움이 그들의 인생에 활력이 되는 듯하다.

　나는 생각했다. 그들은 아마추어이기 때문에 프로들보다 훨씬 행복하지 않을까 하고. 일찍이 시작해서 프로가 되었다면 그들은 자기보다 더 나은 사람들을 넘기 위해 뛰느라 행복을 못 느끼고 계속해서 스트레스를 받으며 살고 있지 않을까 하는.

　평생교육원에서 그림이나 수묵화를 1, 2년만 배운 솜씨들로도 전시회를 열며 행복해하는 모습들을 보며 프로보다 아마추어들의 인생이 훨씬 더 행복하지 않을까 하는 생각을 해본다.

4부
아름다운 초대

아름다운 초대

초여름 꽃들이 아름답게 피고 지던 때, 한 지인으로부터 점심 초대를 받았다. 나의 수필을 읽고 꼭 작가를 만나보고 싶다고 전해와서 알게 된 어른이었다. 연세가 팔십 중반인데도 머리에서 발끝까지 멋진 분이라는 것을 풍기는 외모에서 금방 느낄 수 있었다.

그분과 몇 번의 만남에서 힘들고 고달픈 삶 속에서도 늘 향기를 잃지 않고 사셨음을 알 수 있었다. 몇 번의 만남에서 뵈니 된장찌개 집이 아닌 조용한 음악이 흐르는 멋진 분위기의 레스토랑을 선호했고, 식사 때에는 멋진 와인 잔을 부딪치며 온전히 우리들만의 시간에 젖어들 수 있는 분위기를 좋아해서 세대 차이를 전혀 못 느끼는 분이셨다.

연세가 있으시니 무릎이 아파서 계단이나 오르막길은 누군가의 부축이 필요했지만 그럼에도 미소를 잃지 않으려 애쓰시는 분. 글쓰는 사람들을 존경했고 당신께서도 손녀와 카톡으로 친구처럼 많은 글을 주고받으며 젊은이 못지않은 시대를 공유하는 분이셨다.

식사 초대를 집으로 하신다기에 몸이 불편하신 분이니 완강히 거절했지만 한사코 불러주셨다. 초대된 다른 몇 분들과 함께 댁으로 방문했다. 고즈넉한 산속의 주택은 별장처럼 느껴졌다. 연세처럼 집도 가구도 함께 낡고 오래된 집이었지만 그 안에서 환한 노오란 티셔츠에 밝고 편한 차림으로 반갑게 우릴 맞이해 주셨다.

세상에… 이렇게 집으로의 초대는 정말 오래전 일이었다. 최근에는 이런 초대를 받아보거나 내가 누굴 초대한 적은 까마득한 일이었다. 커다란 식탁에는 완벽한 테이블 세팅이 되어 있었다. 커다란 개인 접시 위에 작은 접시가 또 두 개, 앙증스럽고 귀여운 개인 소스도 앞앞에 세 종류나 놓여 있다. 월남 쌈과 쇠고기 차돌박이 샤브샤브를 준비해 주셨는데 그 준비가 예사롭지 않았다. 정갈하게 색깔별로 영양별로 최고급 식재료들이 식탁 위에 멋지게 놓여 있었다. 먹기도 전에 우린 시각과 향기에 취해버렸다. 초대된 네 명의 여인들의 입에서는 칭찬이 마르지 않았다. 그러면서 다들 반성하는 분위기로 되어 갔다.

언제부터 우린 간편한 것에 젖어버렸는가. 가족이 모이거나 친구들의 모임도 그렇고 누군가 고마워 식사를 대접하게 되는 자리조차 대부분 식당이었다. 서로 편하자는 좋은 취지에서 시작되었지만 이젠 당연한 것으로 다들 익숙해져 왔다. 그래서 잊고 있었다. 예전에는 우리도 이렇게 집으로 초대를 계획하고 집을 치우며 며칠 전부터 장을 봐서 준비하고 정성을 다해 맞이하며 살았던 때가 있었는데 말이다.

초대해 주신 여사님께서는 집안이 번족하고 행사나 모임이 잦았던 까닭에 익숙해져 있어서 지금 그 연세에도 손녀딸이나 아들 며느리의 방문에는 최선을 다하는 모습을 보여주신다고 했다. 그 말씀을 듣는 우리는 숙연해졌다. 나도 이 다음 가족모임 때에는 다시 집에서 차려볼까 싶은 마음이 잠시 들었다.

만남이 있는 날, 집에서 밥을 먹자고 하면 늘 아들이 반대를 하고 나섰다. 어머니가 힘든 것도 싫을 터이고 아마도 며느리들 또한 시어머니 밥 얻어먹기가 부담스러워 찬성을 안 했을 것이다. 그리고 제 아내들이 시댁에 와서까지 설거지하는 것 또한 미안하기도 해서 그럴 것 같았다.

그러니 서로 편하자고 대부분 식당에서 만나고는 한다. 우리 집뿐만 아니라 요즈음 추세가 그렇다. 가끔씩은 맛있는 식당을 만나기도 하지만 대부분 값에 비해 흡족하지 못할 때가 많다. 대다수의 주부들은 이 돈으로 집에서 차린다면 더 맛있는 식사를 준비할 수 있을 터인데 하는 계산적인 생각들을 할 것이다. 하지만 서로 배려하고 편하게 살자는 이유로 우린 그렇게 길들여져 가고 있다.

특별한 초대에 사랑으로 정성 가득한 향기 나는 식탁. 디저트로 격조 있는 아이스크림과 예쁜 유럽풍 잔에 향긋한 커피까지 마셨다. 그리고 2년 동안 숙성시킨 수줍은 처녀 볼 같은 엷은 핑크빛 복숭아 주스까지 일어서기가 힘들 만큼 배불리 먹고 나서야 이런 저런 담소의 시간으로 들어가 이야기꽃을 피웠다.

나는 이제 고관절 수술로 무리하면 안 되는 몸이 되었는데 저런 아름다운 밥상을 차리고 손님을 맞이하고 싶은 욕심을 갖게 되니 어쩌면 좋은가. 이 다리로 무리하는 모습을 보면 그 누구도 편케 식사를 못 할 것 같으니 참아야만 하는 것인지.
"그래도 나는 당신 밥상이 제일이야"
라는 남편 말만 믿고 여러 해 대충대충 살아온 나는 이제 와서야 후회가 된다. 이제 쓸 만큼의 돈도 있겠다 좀 고급스러운 식탁 문화로 즐겨도 될 텐데 잊고 있었다.

구십을 바라보는 연세에 스마트폰을 자유롭게 다룰 줄 아는 여사님은 정말 멋지게 나이 들어가고 계셨다. 지나온 과거를 돌이켜 보며 손녀에게 남겨주고 싶은 글을 쓰고, 손녀의 이야기를 들어주고, 그리고도 남는 시간에는 맑고 청아한 집 주변을 산책하신다. 함께 나이 들어가며 추억을 공유한 정원수들과 따뜻한 눈빛만으로도 나누는 대화들. 이런 삶이 어찌 아름답지 않은가. 주어진 삶을 기독교 믿음 안에 감사하는 마음으로 아름답게 즐기시는 모습에서 진정한 사랑과 평화를 엿보았다.

남은 생애 끝까지 지금처럼 아름답고 평화롭게 지내다 가시기를 기원해 보며 아름다운 초대에 많은 생각과 함께 감사하는 마음을 갖는 하루였다.

샘물과 수돗물

이곳 금학동으로 이사를 온 후, 종종 혼자만의 산책길에 나서고
는 한다. 졸졸 흐르는 개울 길을 따라 수원지로 오르면 그때마다
초등학교 6학년 담임 선생님의 얼굴이 그리움으로 떠올랐다. 연보
랏빛 코스모스나 쑥부쟁이가 청초하게 핀 모습을 보면 더더욱 생
각나는 선생님.

그때가 아마 선생님이 서른쯤 되셨을 때일까? 조금은 외로워 보
이는 듯한 분위기의 은은한 아름다움에 매료되어 '아! 나도 빨리
선생님의 나이가 되었으면…'하는 생각을 했었던 아련한 기억이
있다.

그 선생님의 본가가 금학동 이쯤이었다는 생각을 하며 동네에
오래 살고 계신 노인들을 만나면 그 댁의 소식을 묻곤 했지만 근황
을 알 수가 없었다. 그러던 어느 날, 선생님의 조카 되는 분을 알고
있다는 노인이 계셔서 혹시나 하는 마음에 전화번호를 남기고 돌
아왔는데 며칠이 지났을까. 나에게 누군가를 확인하는 남자가 있
어 의아했더니 다름 아닌 그 담임 선생님의 조카였다.

그 일로 연결이 되어 이튿날 선생님과 통화를 할 수 있었고 한

달쯤 지난 후에는 부모님 산소에 성묘 오시는 선생님을 뵐 수가 있었다. 산에 계신 선생님을 찾기 또한 쉽지가 않았다. 서로 휴대전화로 작은 산을 숨바꼭질하듯 찾아 수원지 앞산에서 드디어 38년 만에 만나 뵐 수 있었다.

선생님도 나도 오랜 세월 탓에 길에서 스치고 지나면 몰라볼 정도였지만 기억을 더듬으며 우린 감격의 회포를 풀었다. 70이 다 된 나이셨지만 여전히 아름다움을 간직하고 서울에서 직접 운전을 하고 오실 정도의 멋쟁이 할머니셨다. 언니와 동생 세 자매분이 함께 부모님 산소에 성묘를 오신 것이다. 산소 주변 야산에서 밤도 줍고 옛날을 회상하는 자매 분들을 뵈니 얼마나 좋아 보이는지.

그 뒤 연결이 되어 서울 근교에 연락이 되는 초등학교 동창생 몇 명이 선생님을 모시는 자리를 마련했다. 친구들도 서로 너무 오랜만이라 이름만 생각나는 친구도 있었고, 전혀 생소한 듯한 친구도 있었지만, 기억을 더듬으며 반가움에 서로 어쩔 줄 몰라 했다.

미국 영주권을 갖고 태평양을 오가며 활기차게 살고 있는 친구가 있는가 하면 그때 가정 형편이 어려워 중학교를 못 가 그것이 끝내 원이 된다는 친구도 있었다. 또한 중학교를 못 갈 형편이었는데 선생님 덕택에 진학할 수 있었다며 그 고마움을 잊지 못하고 사는 친구도 있었다. 그 남자 동창생은 선생님께 커다란 꽃바구니까지 준비해 가지고 와서 안겨드리며 큰절을 올리기도 했다.

우리들의 기억과는 달리 선생님께서는 더 많은 것들을 기억하고 계셨다. 한 사람 한 사람 부모님의 안부까지 세세히 물어보시며 그 어려움 속에서도 이처럼 열심히들 잘 살아줘 고맙다는 말씀까지 해주셨다.

60년대 초의 이곳 시골에는 정말 어려운 환경의 아이들이 많았다. 점심을 못 먹고 있던 아이들에게 당신의 도시락을 종종 나누어 먹이고는 했었다는 선생님 말씀도 들으며 어렵던 그때 그 시절을 떠올려 보기도 했다. 학교에서 강냉이죽을 한 그릇씩 얻어먹던 때도 있었다.

연필 한 자루 노트 한 권도 아껴 써야만 했고, 글짓기나 운동회 때 받는 노트 한 권도 얼마나 소중히 사용했던가. 부모님께 명절에 운동화 한 켤레만 얻어 신어도 우린 기쁘고 흐뭇해서 부자가 된 듯 행복해 했다. 외출에서 돌아오면 새 신발은 잘 닦아 대청마루에 엎어놓고 잃어버리기라도 할까 봐 조심해서 아껴 신고는 했었지.

선생님께 식사대접을 하고 노래방에 모시고 가서 함께 교가를 부르고, 어릴 때 부르던 동요를 부르며 선생님의 여전히 아름다운 소녀 같은 모습으로 부르는 고운 노래도 들어가며 회포를 풀었다.

이튿날 선생님의 전화를 받았다.

"애, 너희들을 만나 얼마나 기쁜지. 내 친구들에게 너희들 자랑을 막 했단다. 그랬더니 제자들도 다 나름이라고, 샘물과 수돗물의 차이를 느낀다며 이곳 선생하던 친구들이 무척 부러워들 하는구나. 수돗물 먹고 자란 서울 제자들은 초등학교 선생님은 잘 안 찾는다고…"

지금은 서울에서 퇴직한 동료 선생님들과 그간 직장에 매여 하지 못했던 여행을 종종 하며 멋지게 생활하고 계시다는 선생님. 샘물 먹고 자란 세대의 제자들에게 따스한 정을 느끼며 기뻐하고 계신 활기찬 선생님의 목소리에 제자에 대한 사랑을 다시 한번 느낄 수 있었다.

요즘은 학교에 스승의 날조차 꽃 한 송이도 학생들에게 받지 않

도록 공문이 내려온다고 한다. 촌지를 주고받을까 봐 작년 스승의 날에는 아예 휴교를 하였다. 학생들은 선생님의 사랑의 매조차 거부하고 휴대폰으로 매 맞는 장면을 찍어 선생님을 폭군으로 매도하는 글을 인터넷에 올리기도 하는 요즘이다. 그런 제자들에게 선생님들이 정을 쏟고 싶을까.

선생님께서는 샘물과 수돗물의 제자들도 다르다 하셨는데 요즘 인터넷 세대의 제자들은 어찌 더 변할 것인가 심히 걱정이 되기도 한다.

담임 선생님께서 오래도록 건강하셔서 제자들이 종종 뵐 수 있기를 빌어보며 도시락 나누어 먹던 선생님과 제자들의 사랑을 오래 간직하며 살고 싶다.

노래방에서 불러보는 교가

무덥던 초여름 토요일 오후 장마가 시작되던 날, 굵다란 한줄기 소낙비는 서울역 앞 아스팔트의 열기와 먼지를 깨끗이 씻어주었고, 그날 우리는 역 앞의 자그마한 식당에서 중학교 동창회를 여자들끼리만 했다. 1년 전 공주에서 동창회를 했으나 졸업 후 30년 만에 처음이었고 주소들도 불분명해 연락이 잘되지 않아 근거리에 사는 친구들만 참석을 했었는데 이번에는 서울에 사는 친구들이 가장 많은 관계로 모임을 서울에서 하기로 했다.

먼저 도착한 친구들은 자리 잡고 앉아 한 명 한 명 식당 출입구의 문을 열고 들어서는 중년이 된 친구들의 이름을 알아맞혀가며 식당이 떠나갈 듯 큰소리로 환호를 하고는 했다. 얼마 만인가? 중학교 졸업 후 처음 만나는 친구들은 30년도 넘었으니 얼굴도, 이름도 아름아름한 것이 당연했다. 어떤 친구는 얼굴 모습이 별로 변하지 않아 금방 이름을 알아맞히기도 했고 어떤 친구는 전혀 몰라볼 만큼 변해서 자신이 이름을 댄 후에야

"그래! 이제 알겠어. 맞아, 너구나."

하기도 했다.

만나자마자 우린 모두 30년 전 중학생으로 돌아가 있었다. 분위기가 꼭 방학이 끝나고 개학 후의 첫날 같다고나 할까? 모두들 너무너무 반갑고 신이 나서 소리도 지르고 흥분이 되어 주위 시선은 아랑곳, 목소리 높이며 즐거워했다. 아직 결혼도 하지 않은 친구들이 있는가 하면 벌써 사위를 본 친구도 있었고 학교 때의 성품 그대로 얌전하고 조용하게, 혹은 씩씩하고 쾌활하게 나이 든 친구가 있는가 하면 학교 때하고는 전혀 다른 모습으로 변해있는 친구들도 있으니 어찌 새롭고 즐겁지 않으랴. 친구들 대부분 직장을 갖고 있었고 나름대로 열심히 살고 있었다.

꼭 참석한다는 발레리나였던 친구가 몹시들 기다려졌는데 뒤늦게 나타났다. 그러나, '아하 이게 누구야?' 우리의 예상과는 달리 그녀라고는 전혀 믿기지 않는 모습으로 변해있었다. 중학교 때는 예쁘고 뽀얀 얼굴에 날씬한 몸매가 꼭 인형 같은 모습이었다. 어느 영어 선생님은 교실에만 들어오면 그녀가 너무 예뻐 수업을 못하겠다고 농담까지 하시며 그녀의 책상 앞에서 넋 놓고 쳐다보는 시늉을 해 우리를 웃겨 주시기도 했었다.

발레리나의 꿈을 갖고 고등학교부터 서울로 진학을 했고 대학도 무용과를 거쳐 외국에 가서 결혼도 한 친구였기에 우린 날씬한 몸매의 발레리나를 상상하며 그녀를 기다렸는데 나타난 그녀 또한 우리와 다를 바 없는 뚱—한 모습의 중년 아줌마였으니. 동질감에서 오는 반가움일까? 더욱 친근하게 느끼며 모두들 그를 반겼다.

1번부터 60번까지 출석을 부르듯 한 명 한 명 모두를 기억해 보며 불참한 친구까지 서로 안부를 묻고 소식을 서로 전해주기도 했다. 또한 각 과목 선생님들의 안부까지 서로 전해 들으며 회포를 풀었다. 그때 우리 학교는 남자 한 학급, 여자 한 학급으로 3년간 같은 교실에서 공부를 했으니 다른 학교의 동창들보다 애정이 더했을 것이다.

모두들 반가움에 흥분이 되어 앞에 잘 차려진 진미는 먹는 둥 마는 둥 시간 가는 줄도 모르고 이야기를 나누었다. 아마 걱정 근심이 있는 친구가 있었어도 그 순간만은 모두 잊을 수 있었으리라.

헤어져야 할 시간이 다가와서야 모두 아쉬워하며 근처의 노래방으로 자리를 옮겼다. 스물세 명이 모두 돌아가며 한 곡씩 애창곡을 불렀다. 학교 다닐 때보다 어쩌면 그렇게 다들 잘하는지. 작별해야 할 시간에 아쉽게 일어나면서 발레리나만큼은 앙코르곡을 불러야 한다고 신청했다. 노래보다 노래 부르는 모습이 얼마나 애교스럽고 예쁜지… 남자 동창생들이 없었길 망정이지 그들이 있었다면 아마 그녀의 애교에 반해 발이 안 떨어졌으리라.

마지막으로 우리는 1년 뒤에 담임 선생님들을 모시고 대전에서 모이자는 약속을 하며 다 함께 교가를 불렀다.

~ 하늘과 마주 선 계룡에 씩씩한 숨결

　바다로 흐르는 금강은 노래 부르고… ~

　모두들 기억하며 씩씩하게 합창을 했다.

　노래방에서 불러보는 교가는 또 다른 느낌으로 우리에게 다가왔
다. 그리고 우리는 그날의 추억과 내년에 만날 기대만으로도 다음
동창회까지 1년을 아주 즐겁고 행복하게 보낼 수 있으리라는 생각
을 하며 각자 발길을 돌렸다.

외로운 사람

무더운 여름날 저녁 무렵, 자기 집 작은 앞마당에서 고통에 몸부림치며 죽어가는 한 중년의 남자가 있었다. 너무 아파서, 제초제에 타들어가는 혀 때문에 말도 내보내지 못하고 몸부림치며, 고통스러운 눈동자만이 아내를 향해 열심히 말하고 있었다. '여보 미안해요… 그동안 많이 미안했어요…'라고. 아니, '나 좀 살려줘요. 깜박 잘 못 생각하고 약을 먹었어요.'라고 말하고 있었는지도 모른다.

그분은 하얀 피부에 긴 목, 조용히 웃는 모습이 농부라고 믿기지 않을 만큼 멋져 마치 귀공자 같았다. 조용조용한 양반가에서 쓰는 말투 또한 국졸이라는 학력이나 농부라는 직업이 전혀 믿기지 않았다. 가난한 집안에서 태어나 많은 교육을 받지 못했지만 늘 책과 가까이했던 덕분에 모든 면에 해박했다. 농사를 지으면서 농민신문이나 농사정보에 관한 글들을 늘 읽고 연구를 거듭한 결과 남들보다 좋은 품종을 만들어 내어 그의 주변에는 자문을 구하러 오는 이들도 많았다 한다. 농사일을 하면서도 늘 옷도 깨끗하게 입어야 하는 그의 깔끔함 때문에 그의 아내는 농사일로 바쁜 중에도 옷 세탁 때문에 시집살이가 더 고되곤 했다.

농사일만 해도 그렇다. 밭을 일구어도 줄의 간격이 일정하고 반듯해야 했으며 늘 그의 밭에서는 모든 곡식들이 일등품만 나와야 했다. 품을 사서 일을 시키면 영 맘에 안 들어 해서 일꾼들이 그 집에서 일하는 것을 어려워했다. 그래서 그와 그의 아내는 몸이 더 고되었고, 온종일 둘이 밭에서 지내기 일쑤였다. 하지만 그렇게 열심히 살아도 두 아들을 대학교육까지 시키느라 농협에 진 빚은 쉽게 갚아지지가 않아 부부는 농사일이 재미가 없었다고 한다.

흔히 시중에서 딸기를 사 먹어 보면 겉에 한 겹은 좀 굵은 것을 놓고, 아래쪽에는 그보다 작은 것들이 들어있기 일쑤다. 상인들이 제값을 쳐주지 않자 돈을 더 받기 위한 농부들의 속셈이다. 하지만 그의 양심은 속이나 겉이나 크기가 똑같아야만 했다. 그런 그의 성품을 알기에 매입할 때 상인들이 그분의 상품은 남들보다 돈을 더 얹어준다는 이야기도 전해 들었다.

그렇게 양심적으로 열심히 육십 평생을 살아온 그분은 삶이 덧없고 외로웠나 보다. 술을 먹으면 이렇게 열심히 살아도 일 년에 그 적은 빚도 청산 못하니 더 살아 무엇하냐고 몇 차례 푸념을 했다는데, 농협에서 얻은 돈, 많지도 않은 그 빚 때문에 죽을 일은 전혀 아니었다고 한다.

그날도 밭을 매다가 '더운데 막걸리나 한 잔하고 오마'하고 가더니 영 안 와서 문득 불안한 느낌이 들었다고 한다. 부인이 하던 일 팽개치고 부랴부랴 집에 와보니 술과 함께 제초제를 타서 마셔버리고 마당에서 남편이 고통스럽게 뒹구는 것이 아닌가!

그 말을 전해 듣고는 얼마나 마음이 아팠나 모른다. 예술가적 기질이 다분한 분이 농부로 태어난 탓인 것만 같았다. 그분과 많은 대화는 안 해봤지만 식물들과도 하나하나 무언의 대화를 나누는 모습을, 그리고 진심으로 한 포기 한 포기 식물들을 사랑하는 그분을 가끔 보았기 때문이다.

복숭아도, 딸기도, 감자도… 그분의 손을 거친 것들은 모두 일등품으로 맛이 시중의 그것들과는 좀 달랐다. 아마도 그분의 지극정성으로 기른 결실이기 때문인 것을 알 수 있었다.

하지만 대답이 없는 식물들과의 사랑은 그의 외로움을 달래주지 못했을까?

아! 그분이 애교스러운 딸만 있었어도 괜찮지 않았을까? 대화의 상대가 무뚝뚝한 부인 말고 그 누군가가 곁에 있었다면 돌아가시지 않았을 텐데 싶은 때늦은 안타까움이 일었다.

겉과 속의 크기가 다른 딸기 상자를 보거나 황금빛 누런 들녘을 보면 미소 짓던 그분이 종종 생각난다. 그분이 떠난 이유는 분명 '외로움' 그것이었을 것 같은 애석한 마음이 함께 들면서.

참으로 아름다운 삶

 며칠 전, 문예회관에서 한비야 씨의 특강을 들을 수 있는 기회가 있었다. 저서를 통해 본 그녀의 삶이 훌륭했기에 꼭 만나보고 싶었던 사람 중 하나이다.

 종종 느끼는 것이지만 강의를 듣다 보니 훌륭한 사람 뒤에는 꼭 훌륭한 부모나 좋은 멘토가 있었다는 것을 알 수 있었다. 한비야 씨 또한 어려서부터 폭넓은 시야를 가질 수 있도록 영향을 준 부모가 있었다. 그녀가 어렸을 적 그의 어머니는 세계지도를 집안 잘 보이는 곳곳에 붙여놓고 심지어는 T셔츠에까지 세계지도가 그려진 옷을 구해 아이들에게 입혀주어 어려서부터 넓은 세계가 있음을 알도록 했다고 한다.

 기자였던 아버지는 자녀들에게 용돈을 주고 싶을 때는 각 나라의 이름이나 수도, 도시의 이름을 대도록 하여, 맞추는 아이에게 용돈을 주곤 했다 한다. 그러니 세계 곳곳의 지명은 저절로 외워졌을 것 같다. 또한 미지의 나라에 대한 동경과 여행의 꿈을 키울 수 있었을 것이다.

 그녀는 성장해서 우리나라는 물론 세계의 곳곳을 도보로 여행하며 수많은 산과 들, 마을과 사람들을 만나고 헤어지는 과정에서 외로움과 눈물 속에 참사랑과 나눔의 지혜를 배우고 실천하고 있다.

그녀는 한 손은 나를 위해 다른 한 손은 남을 위해 쓰라고 했고, 한국시민으로만 살기에는 너무 좁으니 세계인이 모두 함께 기뻐하고 슬퍼할 수 있도록 '우리'라는 범위를 넓히라고 말했다. 강의를 들을 때만큼은 겨우 자신을 위한 일로 하루를 살고 있는 보통 사람인 것이 부끄럽게 느껴지기도 했다.

한비야 씨 특강을 들으며 돌아가신 이태석 신부님의 생존 시 훌륭하셨던 활동 모습이 떠올랐다. 그분에 대해 다시금 세세히 알 수 있었던 것은 '울지 마 톤즈'라는 다큐를 보면서였다.

아프리카 수단의 슈바이처였던 이태석 신부님은 삶이 얼마나 아름다울 수 있는지를 많은 사람들에게 몸소 가르쳐 준 분이었다. 암투병 중에도 수단의 실상을 알리기 위해 책을 집필한 그의 죽음은 많은 사람들에게 뜨거운 눈물을 흘리게 했으며, 서점가에서 그의 책이 수없이 팔려나가고 수단을 돕는 장학 재단에도 회원 수가 늘어갔다고 한다.

그분은 장래가 보장되는 의사였지만 그 아까운 의사의 옷을 벗고 남을 위한 삶을 사는 신부가 되어 오지인 아프리카 수단으로 갔다. 전쟁으로 병들어가는 소년들 곁에서 그들의 마음과 몸을 치료하며 그들에게 총 대신 악기를 들게 했고, 밴드를 결성해 함께 어울려 사는 법을 가르쳤다. 그래서 아름다운 삶을 살아가도록 희망을 갖게 해준 분이었다. 그들에게 이태석 신부님은 신 이상이었다. 그분 때문에 그들은 웃음을 찾았고 희망과 기대를 가질 수 있었다.

그런 신부님의 뒤에도 자갈치 시장에서 삯바느질로 10남매를 키운 훌륭한 어머니가 계셨음을 알 수 있었다. 의사이기를 포기할 때에도 묵묵히 아들의 뜻을 존중해 주신 어머니가 계셨기에 가능했다.

이태석 신부님은 오직 어려운 이들만을 위해서 살며 자신의 몸은 돌보지 않아 늦게 발견이 된 암으로 젊은 나이에 세상을 뜨셔야만 했다. 신부님이 돕던 수단은 지난 7월에 남과 북의 내전을 끝내고 남수단공화국이 탄생했다고 한다. 신부님이 그렇게 바라던 종전이 된 것이다. 신부님은 그 소식에 지금 하늘나라에서 얼마나 기쁘실까.

한비야 씨나 이태석 신부님, 그리고 아름다운 봉사의 삶을 살아가는 많은 분들이 있기에 우리에게는 희망이 있다.

아름다운 삶을 사셨던 그분들을 생각하는 것만으로도 삶이 훈훈해진다.

강부자씨와의 대담

전문 MC도 아닌 내가 나이 70에 유명 탤런트와 대담을 한다는 것은 가슴 두근거리는 일이었다. 하물며 내 지역도 아니고 논산시 강경읍에서 열린 문화재 야행에서였다. 탤런트의 고향인 강경에서 강부자 씨와 문화원장님을 모시고 한 시간 정도의 대담을 갖는 행사였다.

아나운서 출신의 유명 MC들도 많을 텐데 나에게 섭외가 온 것은 10년도 더 전의 인연에서 비롯되었다. 나태주 시인을 모시고 공주에서 토크쇼를 진행한 적이 있었는데, 나 시인이야 내가 속속들이 잘 알고 있는 분이니 비하인드 스토리까지 유도해서 부드럽게 끌고 진행을 했을 듯하다. 그때 객석에서 보신 분 중에 시인이신 권선옥 선생님이 계셨는데, 내 진행이 맘에 드셨는지 마음에 담고 있다가 나를 추천해 주신 것이다.

유명 인사와의 대담이 처음에는 부담스럽게 느껴졌다. 몇 번의 사양 끝에 맡게 되어 탤런트 강부자 선생에 대한 자료조사에 들어갔다. 고향이 충청도라는 것만으로도 평소 친근감을 느끼던 분이었다. 내가 존경하는 M 시인이 강경여고 동기동창생이라면서 자랑삼아 하는 말씀을 들은 기억도 있었다. 강부자 선생이 바쁘고 잘나가는 탤런트임에도 만나면 티내지 않고 좋다고 했다. 그리고 동창생 10여 명을 1년에 한 번쯤은 꼭 자신의 별장으로 불러 손수 밥도 해주고 귀히 대접해 주어 시골 동창생들이 즐거운 시간을 갖곤 한다는 것이었다.

인터넷으로 그분의 지난 특강을 찾아 들어봤다. 생각대로 정직하고 바르게 사는 분이셨다. 시골 부잣집 딸이었지만 알뜰했으며 시집가서는 단칸방 셋방부터 시작해 그녀 또한 우리와 별다를 게 없이 결혼 초에는 고생도 하며 살았다. 다만 고등학교 졸업 후, 서울로의 진출이 오늘의 그녀를 만들었다. 연극인으로 시작해 방송국 탤런트로 도전했다. 어렸을 때부터 그녀의 끼를 발견하고 '넌 뭐가 되어도 될 거야'라던 부모님들의 칭찬에 힘입어 그녀는 성공을 한 것이다.

"그때 KBS 방송국 탤런트 2기 모집이 있었는데 못생긴 탤런트가 필요했었나 봐요. 그래서 내가 합격할 수 있었지요. 1기 때에는 예쁜 사람만 뽑아놓으니 엄마 역할이나 식모나 그런 못생긴 역할을 할 탤런트가 필요했지요. 그래서 스무 살 갓 넘은 처녀 때부터 엄마, 시어머니 역할을 늘 했어요."

겸손한 말씀이시다.

그래서 우리는 '강부자' 하면 '국민 엄마', '엄격한 시어머니' 같은 인상을 떠올리곤 한다. 지금은 80을 넘긴 할머니지만 나이에 비해 건강하셨다. 젊은 날, 남편의 외도에도 가정을 지켜야 한다는 생각으로 의연히 대처해 결혼생활을 잘 지키며 살아온 그녀. 젊은 날의 고충에 대해 솔직히 털어놓는 진솔한 말들도 다시보기 특강으로 들을 수 있었다.

나와의 대담이 있던 날은 서울에서 동행한 남편을 함께 뵈었지만 시종일관 마스크 쓴 모습만 뵈어서 탤런트를 같이 하셨었다는 그 분을 알아볼 수는 없었다. 안타까웠던 것은 행사가 끝나고 기념사진을 찍으면서 내 팔을 꽉 잡으며 기대시는 강부자 선생님의 모습이었다. 다리가 많이 불편해서 이동을 하려면 누군가가 부축을 해야만 했는데 나중에 M 시인께 들어보니 무릎 관절 수술을 하신지 얼마 안 되어서 회복이 덜되어 그렇다고 했다.

연극인과 탤런트, 국회의원까지 지냈으니 화려한 인생을 사신 것이 분명하다. 그 나이에도 인기 있는 연극 '엄마와의 2박 3일'을 아직도 계속해서 무대에 올리고 계셨다. 강경 문화제에 다녀가셔서도 며칠 뒤에 이화여대에서 연극이 예정되어 있는 것을 인터넷을 통해 알 수 있었다. 그렇게 나이에 관계없이 활동하며 경제적으로 부유하실 텐데 사는 것은 검소하다 한다.

그러면서도 모교인 강경고등학교(옛 강경여고)에는 틈틈이 거금

을 희사해 학생들에게 장학금이 전달된다고 한다. 대담 중에

"서울대 합격하면 내가 등록금을 준다고 했는데 아직 합격한 사람이 없어요."

라는 말씀도 하셨다. 참 잘 사시는 분이라는 생각이 들었다.

강경에서 기름집을 경영하셨다는 부모님. 비교적 부자로 사신 편이었던 평소 부모님이 주위 사람들에게 후하게 베풀며 사는 것을 보고 자랐고 어려서부터 대청마루를 무대 삼아 연극놀이를 하며 자랐던 그분, 그래서 학교 때는 웅변을 해서 날렸고, 연극에 꿈을 갖고 살 수 있었던 강부자 씨가 부러웠다.

내 어릴 때는 어땠는가. 가난한 초등학교 선생님이셨던 아버지, 늘 몸이 아파 짜증스럽게 자식들을 대하던 엄마. 우리 자매들은 예술적 기질을 다 갖고 있었음에도 칭찬보다는 "저년들~~~" 몰아서 혼나기만 하며 자랐다.

두 살 터울로 내리 태어난 우리 다섯 자매들은 그 환경에서도 틈틈이 노래를 부르며 지냈다. 설거지를 하면서도 빨래를 하면서도 부르던 노래는 시끄럽다고 부모님께 혼나면서 끝이 났다. 아픈 엄마를 대신해 초등학교 때부터 어린 딸들이 가사분담을 해야 했다. 동생들을 업어 키워야 했고 기저귀를 빨아야 했고 청소와 설거지를 해야 했다. 시골 살 때에는 토끼풀을 당번제로 뜯어와 토끼까지 길러야 했다.

가난했지만 꽃을 좋아하시던 아버지 덕에 마당가 화단에는 늘 명찰을 단 여러 종류의 장미와 아마릴리스 같은 갖가지 꽃들이 피어났다. 불길이 닿지 못했던 추운 윗방에서 언니들과 한 이불 속에서 코다츠*에 발을 녹이며 서로 껴안고 잠들어야만 했던 나의 어린 시절. 그래도 가끔씩 큰언니가 극장에 다녀오면 며칠은 같이 행복했다. 한 시간 반짜리 영화를 보고 오면 언니는 밤마다 세 시간씩이나 이야기를 해줬다. 영화의 줄거리며 윤정희는 어떤 장면에서 어떤 옷을 입었으며 문희는 어떤 의상이었는가. 신성일과 사랑에 빠진 장면 하나하나 표정까지 상세히 설명을 해줘서 우린 극장에 가서 본 것만큼 매 장면이 환하게 펼쳐지고는 했었다.

아마 우리 자매들도

"넌 뭐가 돼도 될 거야."

라는 칭찬으로 대우받으며 컸더라면 좀 더 자신감 있게 재능을 개발하며 컸으련만. 그러면 좀 더 잘 됐을 텐데 하는 아쉬움이 크다. 그래도 나는 지금 이 나이에 무대에서 시 낭송도 하고 시극도 한다. 수필집도 낼 수 있었고 부족하지만 문학인으로도 인정받았다.

이 나이에 아쉬움을 가지면 뭘 하랴. 이만큼 산 것에 대해 감사해야지.

---

* 예전에 이불 속에 넣고 쓰던 일본식 난방기구

하지만, 내 손주들에게는
"넌 이 다음 꼭 훌륭한 사람이 될 거야"
라는 칭찬을 만날 때마다 꼭 해주고 싶다.

드라마 '넝쿨째 굴러온 당신'을 보고

아들 집을 가게 되었는데 아이들이 외출을 해 우리보다 좀 늦을 듯하다며 집의 비밀번호를 가르쳐 줄 테니 들어가 기다리시라고 한다.

"싫어 아들아. 요즘은 시어머니에게 집 번호 안 알려주는 거란 다. 며느리들이 싫어한대."

"아이고 우리 엄마. 드라마는 또 보셔 가지고…"

아들과 전화 붙들고 이야기하며 한바탕 웃었다.

며느리들이 갑작스러운 시부모 방문을 싫어하는 것도 다 이해가 간다. 나 또한 며느리들이 예고 없이 갑자기 들어오면 좀 당황하게 될 것 같으니 서로 미리 약속을 하고 가는 것이 예의일 것이다.

어느 날, 우연히 주말 가족 드라마 '넝쿨째 굴러온 당신'을 보았 더니 그 내용이 며느리의 심리나 시어머니의 입장을 아주 잘 그린 듯했다. 그 드라마에서 시어머니가 며느리에게 반찬을 갖다 넣어 주고 싶어 비밀번호를 묻지만, 며느리는 결코 가르쳐 주지 않는다.

좀 얌체같은 성격의 며느리는 아주 열정적이고 능력 있는 커리

어우면으로, 외주 제작사 PD이다. 시부모 있는 집이 부담스럽던 참에 고아로 미국으로 입양된 남편을 만나 좋아라 결혼했다. 한국에서 의사로 근무하는 남편은 부인에게나 처가에 얼마나 잘하는지 100점짜리가 아니라 200점짜리 남편이다.

그런데, 우연히 세 들어가 살게 된 집 주인이 남편의 친부모님인 것을 알게 되었고 시부모만 생긴 것이 아니라 3명의 시누이며 시숙들이 넝쿨째 굴러와 가족이 된다. 그 서로 다른 가족들과 엮여 살며 하나씩 풀어가는 코믹 드라마다. 또한 자신의 직업을 위해 임신했던 아기를 낳지 않겠다던 며느리가, 유산이 되자 고아원에서 아이까지 입양하게 되는 마음의 변화까지도 드라마에서는 시대에 맞게 좋은 문화를 선호하도록 아주 잘 그렸다.

우리가 살며 흔히 겪게 되는 일들을 아주 코믹하고 명쾌하게 다룬 드라마로서, 시어머니 초년생인 나도 아하 그렇겠구나! 하는 공감과 함께 그럴 땐 나도 이래야겠구나 하는 생각이 들어 많은 공부가 되기도 했다. 그리고 같은 드라마를 우리 며느리도 본다면 며느리 또한 시어머니의 입장을 조금은 알게 되겠지 싶기도 했다.

드라마 속의 똑똑한 며느리는 시어머니와 자꾸만 입장 차이가 나 트러블이 생기자 시어머니를 찾아가 당돌하게도 둘이 서약서를 쓰자고 한다. 황당하게 생각하던 시어머니였지만, 막상 며느리가 내세운 그 조건이란 별 게 아니다. 서로 하루에 한 번씩 남에게 며느리와 시어머니 서로를 칭찬하기. 한 달에 한 번은 극장 함께 가기. 맘에 안 드는 거 있을 땐 본인에게 직접 말하기 등이다. 드라마 속 주인공들처럼 고부 사이도 서로 예의를 지키고 함께 노력한다면 좋은 관계를 갖는 것이 가능하지 않을까 하는 생각이 들었다.

나도 두 며느리를 맞이했지만 아직 미운 구석은 없다. 무엇이든 주고 싶고, 보고 싶고 아이들 교육 때문에 힘들까 안쓰럽고, 남편들 뒷바라지가 힘들겠구나 걱정스럽고 그렇다. 저희들 속마음을 다 알 수는 없지만, 만날 때마다 나를 별로 불편해하는 것 같지 않고 잘 웃어줘서 다행스럽고 고맙다.

따뜻한 사람들

아프다 보니 본의 아니게 참 많은 분들에게 신세를 졌다. 병원에서 한 달, 집에서 한 달, 두 달여 동안 고관절에 인공관절 넣는 수술과 회복기를 거치며 고통스러운 날들을 보내기도 했지만 그 기회에 많은 생각들을 하게 되기도 했다.

그나마 코로나 전파 우려로 병원 면회가 안 되니 주위 분들을 덜 귀찮게 해드린 것 같아 다행이었다. 서로 조심해야 하는 까닭에 왕래는 못했지만 많은 분들이 따뜻한 정을 보여주었다. 수술 잘 되기를 기도한다는 많은 문자가 오고, 전화를 주시기도 했다. 병원 밥 지겹다는 나의 엄살에 반찬을 전해주기도 하는 지인들. 몇 분은 김치를 담그고 반찬을 만들어 주어 퇴원 후에도 걱정 없이 오랫동안 그 밑반찬들로 밥만 해서 먹을 수 있었다.

나는 누구에게 선뜻 못 해본 일들이다. 내가 한 반찬이 입에 안 맞으면 어쩌나? 하는 생각이 앞서서이다. 또한 부지런하지도 못해서였을까. 나는 누가 아파도 반찬 날라다 줄 생각은 아예 못하고 살았는데 이번에 내가 고맙게 받아먹으면서야 나도 좀 누구에게 이렇게 베풀어 볼 걸 하는 생각을 하게 됐다. 참 따뜻한 사람들이다.

그 고마움을 오래 잊지 말아야 하는데….

평소에 남편에게 누가 먼저 세상 뜰지 모르니 이제는 밥이며 빨래, 청소 좀 스스로 할 수 있게 익히라고 누누이 잔소리를 하고는 했었다. 하지만 귀찮아만 하는 남편인지라 실천하지 못했다. 그러다 이번이 가사를 익힐 수 있는 좋은 기회가 되었다. 아마도 주방일이 어렵다는 걸 실감했을 게다. 지금은 내가 밥을 해 먹을 수 있을 정도로 회복되었음에도 '힘들면 나가 사 먹을까?' 하고 배려하는 걸 보면 말이다.

내가 퇴원한 후 종종 남편은 잔소리를 해댔다. 자기 혼자 먹으면 설거지가 별로 안 나오는데 마누라 퇴원 후에는 설거지가 많이 쌓인다고. 늘 대접만 받았지 마누라 밥상 차려 줄 기회가 어디 있었겠는가. 나는 40여 년 한 일이라고 되받기도 했지만 이해는 간다. 어느 남자가 주방 일을 즐거워하겠는가.

그래도 이렇게 서로 도우며 살아지는 것이 노부부인가 보다. 평소에 밖의 일로만 열심히 생활하는 남편을 보며 아내에게 자상하게 잘하는 남편들을 보면 내심 부러웠었다. 내 남편도 아내에게 못하는 편은 아니지만 마음에 차지는 않았었다.

주위를 살펴보면 대부분 아내가 몸이 약하거나 수술을 했거나 아파본 경험이 있는 남편들이 아내에게 자상하게 잘했다. 가사도 잘 도와주고 말이다. 아내들이 건강하면 믿거라 하고 대부분의 남편들은 무관심해지기 마련인가 보다.

그 자상한 남편들이 부러웠는데 이번에 아프면서 내 남편도 자상한 남편으로 돌아왔다. 세탁기 빨래나 청소는 무조건 자기가 한다. 내가 무슨 일을 하면 '도와줄까?'를 종종 묻는다. 내심 기분이 좋다.

"아내들이여! 그래도 안 아픈 게 더 좋아요."

그리고,

"남편들이여! 아내가 아프면 잘해주지 말고 아프기 전에 미리 잘해주소. 그래야 아내가 안 아프답니다. 뭐니 뭐니 해도 아내랑 오래오래 같이 사는 것이 행복이잖아요."

아끼는 남자들에게만 해주고 싶은 말이다.

엄마도 용돈 줘

"엄마! 진호네 아빠 엄마는 방학 때마다 해외여행을 하기로 했대요. 근데 이상하지 않아? 그렇게 부자면서 왜 진호 차는 안 사주나 몰라. 이제 개학해서 대전까지 버스 타고 다니려면 힘들 텐데."

"그 집 부모님들이 잘하시는 거야. 본인이 능력 있을 때 차를 사서 타는 것이 당연한 거야. 우리가 너희들을 잘 못 키운 것 같아."

아침 밥상에서 대학교에 다니는 아들과의 대화다. 부모와 똑같이 누려야 된다는 생각을 내 아들은 하고 있는 것이다.

부자도 아닌 집에서 남편은 나에게 결혼 20주년 기념으로 작은 차 하나를 선물했었다. 덕택에 고맙게 잘 타고 다녔고, 대학에 다니는 아들은 기회만 있으면 틈틈이 엄마 차를 몰고 다녔다. 그러다 대전까지 학원을 다녀야 될 일이 생겼다. 버스를 이용하려면 시간이 안 맞아 어쩔 수 없이 내 차를 타고 다녔다. 그 작은 차로 매일 밤에 통학을 하니 늘 불안했다.

버스비도 만만치 않았고 시간도 아끼려면 차는 가지고 다녀야 되겠기에 허락을 안 할 수도 없어 차를 내어주고 고민을 하다가 유지비가 덜 드는 경유 지프차를 하나 사 주기로 상의를 했다. 그래서 아들은 대학생 주제에 제 차가 생긴 것이다. 이제는 졸업을 했고 계약직이나마 취업을 하였으니 차를 갖고 다니는 명분은 선다. 하지만 어른들 돈으로 쉽게 차를 얻은 아들은 편리함을 너무 일찍 알아버렸고 결과적으로 우린 교육을 잘못 시킨 셈이 되었다.

그래서 제 친구가 버스 갈아타고 학교 다니는 것이 안타깝고 부자인 것 같은데 친구에게 차를 안 사주는 그 부모가 야속하다는 잘못된 판단을 하게 된 것이다. 참으로 어렵다. 좋은 부모가 된다는 것이.

얼마 전 몇몇 친구들을 만났다. 딸을 둔 친구들이라 벌써 직장 생활하는 이야기며 월급 받아서 엄마에게 용돈 주는 이야기까지 나누게 되었다. 한 친구는 그간 키워준 대가로 딸에게 십일조를 내라 했더니 꼬박꼬박 엄마 통장에 넣곤 한다며 웃었다. 저축했다가 저 결혼할 때 다시 주더라도 씀씀이를 줄이고 부모에게 보답하는 것도 가르쳐야 한다는 얘기다. 참 현명한 친구들이라는 생각이다.

아직은 월급을 한 번도 못 타온 아들에게,

"완아! 너도 월급 타면 엄마에게 십일조 줘. 엄마 친구 딸들은 그간 키워준 보답이라고 꼭꼭 엄마 통장에 넣는대."

"어휴, 할 일도 많다. 적금 들어 결혼도 해야 하고, 동생 용돈도 줘야 하고…. 자동차 세금에 보험에…. 엄마! 반으로 깎아줘요. 십일조는 너무 많아."

어쨌든 좋다. 어느새 아들이 벌어오는 돈도 만져볼 수 있다니….

어느 날의 식사 시간

이걸 아는 데 왜 30년이나 걸렸을까? 진즉에 알았더라면 서로가 좀 더 편하게 살지 않았을까?

결혼 후 30년이 넘도록 직장에 간 남편과 학교에 간 아이들을 기다리며 살았다. 어느 주부나 그럴 것이다. 그런데 나는 남편을 기다리는 동안 곧잘 화가 나고는 했다. 아내와의 약속은 종종 무시당하기 때문이다. 식사를 집에서 한다고 했다가 준비해놓고 기다리고 있는 아내 생각은 아니하고, 퇴근길에 전화 받고 다른 약속을 해버리기 때문이다.

그래서 종종 '오늘은 아내와 약속이 있어 안 됩니다.'라고 거절하면 안 되냐고, 마누라하고도 약속은 지켜야 하는 거라고, 잔소리를 하고는 했다.

어디 그것뿐인가? 퇴근길이거나 운동이나 낚시를 갔던 남편은 와야 할 약속 시간에 곧잘 늦곤 했다. 특히 집에서 밥을 먹는다 하고 늦게 들어오는 날은 화가 더 난다. 그냥 좀 늦는 것이야 어떠랴. 하지만 식사준비를 해놓고 기다리는 아내는, 음식이 식어가 반찬 맛이 떨어지는 걱정과 또 데워야 하는 수고로움, 그리고 배고픔 때문에 더 화가 나는 것이었다.

오늘도 점심 식사를 함께 하자고 했다. 한 시간 이상을 식사준비에 소비했다. 가지나물을 만들고 호박을 볶고, 생선을 구웠다. 보글보글 된장찌개는 물론이다. 아침식사를 대충 한 탓에 그 어느 날보다도 배가 고팠다. 전화로 확인을 했더니 30여 분이 더 지나야 도착할 듯싶었다. 모든 나물 반찬은 따뜻할 때 먹어야 제맛인데.

접시에 1인분의 반찬을 고루고루 담았다. 그리고 혼자서 먹기 시작했다. 싱싱한 재료들로 만들어서인지 참 맛있었다. 다 먹고 나니 포만감과 함께 남편은 아직 도착 전인데도 행복했다.

밥을 먹으며 생각해 보았다. 그간 남편을 기다리며 화가 난 까닭은 예전의 어머니들 교육 탓이 아니었을까 싶었다. 여자는 남자들 먹고 난 밥상에서 좀 늦게 먹도록 가르쳤다. 그들이 먹다 만 반찬들을 그야말로 먹는다기보다는 아까우니까 먹어 치우는 식사를 하도록 그동안 딸과 며느리에게 은연중 가르친 것이다. 찌개도 어른 (가장)이 먹기 전에는 먼저 숟가락을 담가도 안 되도록 배웠고 남자들이 잘 먹도록 시중을 든 다음에야 주부가 먹게 되는 식사방법이었던 것이다.

그런 어머니들에게 배운 대로 남편이나 아이들이 먹고 난 후에 했던 그동안의 내 식사법. 그런 것들이 나를 배고프게 했고 기다리는 나를 더 화나게 한 것 같다. 게다가 남편이 혼자서 먹는 밥을 싫어하니 기다렸다가 곁에서 꼭 같이 거들며 먹어야만 하는 걸로 내내 알고 살았다.

제때에 식사를 하면 이처럼 맛있는 식사를 할 수 있었는데 왜 이리 오랜 시간 미련을 떨고 살았을까? 남편이 오면 식사할 때 곁에서 조금 더 먹는 척해도 되고, 적어도 배고프며 기다리진 말았어야 했는데 말이다. 진즉에 누군가 가르쳐 주었더라면 좀 더 편한 삶을 살지 않았을까? 결혼 후 40년이 훌쩍 지난 다음에야 드디어 깨달은 이 미련한 주부는 며느리에게는 꼭 일러주리라 생각해본다.

이 수필 한 편을 다 쓰도록 남편은 아직도 돌아오지 않고 식탁의 반찬은 주인을 기다리며 식어가고 있다.

어느 효부의 이야기

어느 날 오후 오십 중반쯤 되어 보이는 평범하기 그지없는 시골 아주머니 한 분이 한의원 휴게실에 앉아 있었다. 아픈 곳이 많아 병원을 두 군데나 들렀다 간다는 그분은 얼굴빛이 누렇고 꺼칠한 외모에서 건강치 못한 것이 풍겼다.

시대에 맞지 않게 아직도 머리는 쪽을 지었고 검게 그을린 얼굴에는 화장기 하나 없었다. 집에서나 입음직한 허름한 몸뻬바지에 스웨터를, 그리고 조끼를 걸쳐 입고 내과에서 당뇨약을 타간다는 그녀의 약봉지는 여러 날 분량인 듯 두툼했다.

버스 시간이 좀 남아있어 앉아있다 가겠노라는 그분과 옆에 분이 함께 나누는 대화는 흘려듣기에는 너무나 안타까운 이야기였다.

그분이 열아홉에 시집을 오니 둘째 며느리였지만 시부모는 물론 중풍 걸린 시할아버지 시할머니까지 한집에 모시고 살아야 하는 대가족의 힘든 삶이 시작되었다고 한다. 결혼 후에야 남편은 군에 입대하였고 남편도 없는 시댁에서 자기 아이 하나 없는 새댁은 도 망간 윗동서가 남긴 조카 하나를 키우고 어른들 병수발을 하며 살아야 했다.

힘들게 생활하다가 나이 어린 윗동서를 새로 맞이하였다. 그래도 중풍이신 할아버지 밥은 끼니때마다 꼭 본인이 가서 떠 넣어드리고, 흘린 것조차 모두 다시 받아 넣어드렸다 한다. 잡숫던 밥이 남으면 안 버리고 먹었다 했다. 더러운 줄 모르겠더라고.

그 효부孝婦 아주머니는 열네 살 때 친정아버지가 돌아가셔서 홀어머니에게 엄한 교육을 받으며 살았단다. 시집가던 날도 가마 속의 딸 손바닥에 참을 인忍자를 써주시며 힘들 땐 이 글자만 쓰면 살아지는 거라고 어떠한 경우에도 후레자식 소리는 절대로 들어선 안 되는 거라고, 무슨 일이 있어도 참고 살아야 한다고 하셨다 했다. 힘들고 고달파도 친정어머니의 그 말씀 때문에 참고 살았다는 그녀였다.

율곡 이이의 어머니 신사임당 뒤에도 충실한 교육을 받은 친정어머니가 계셨듯이 이 효부孝婦 뒤에도 또한 그런 훌륭한 친정어머님이 계셨음을 알 수 있었다.

남편이 제대해서 오고 새로 시집 온 윗동서와 함께 아이 낳아 기르며 살았는데 이번엔 시아주버니가 갑자기 병을 얻어 돌아가셨다 했다.

몇 달 후, 혼자된 윗동서의 친정 여동생이 몇 차례 드나들더니, 동서가 친정에 다녀온다며 다섯 아이 중 3살 난 막내 하나만 등에 업고 가서는 몇 달이 지나도 함흥차사였단다. 사돈댁에 기별해 보니 그동안 딴 데로 시집을 가버린 후였다. 그제야 동서의 장롱을 열어보니 옷 한 가지 남기지 않고 이불 홑청까지 모두 벗겨가지고 가버린 걸 알았다고. 아이들 부탁한다는 말 한 마디 없이 가버렸으니 얼마나 어이가 없었겠는가.

남겨진 4명 아이만 해도 기가 막히련만, 이 효부는 물어물어 동서가 시집간 집을 찾아가서 업고 간 아이도 내가 기를 테니 내놓으라고 하였다. 왜 눈칫밥 먹이며 키우려 하냐고, 떳떳하게 전씨 집안에서 기르겠다고 빼앗아 자기가 모두 길렀단다. 자기 아이 여섯에 큰집 아이 다섯. 모두 열 하나를 서 마지기 다랑논밖에 없는 집에서 길렀다 하니 그 몸이 오죽 고달팠으랴.

아이들이 장성을 해서 혼인을 시킬 때도 자기 아이들은 뒤로 제쳐두고 큰집 아이들을 먼저 보냈다고 했다. 늦게 처져 결혼 못 시킬까 봐 겁이 나서였다. 그래서 자기 큰딸은 서른이나 되어서야 겨우 선을 보였다고 한다.

개가 했던 동서는 잘 살지도 못하고 서너 번이나 개가를 거듭하다가 병 얻어 죽었다는 연락을 받았단다. 정작 자식들은 받아들이지 않겠다고 하는 걸 어머니 없이 너희들이 어찌 태어났냐고 꾸중하며 혼백을 받아다 제사까지 지내준다 했다.

동서의 큰아들이 결혼하고 제 부모 제사를 모셔간다 했을 때에도, 네가 제사를 모셔가면 너희 형제들 모두 제사 때는 물론 명절에도 할아버지 할머니 뵈러 못 오기 십상 아니냐고, 할아버지 할머니 살아생전에는 내가 지낼 테니 집으로 와서 어른들 한번이라도 더 뵈라고 했다니 그분의 효심이 얼마나 대단한가를 알 만했다.

세월 지나 이제는 윗분들 모두 돌아가셔서 조카들이 제 부모 제사는 모셔갔고 장손이니 할아버지 할머니 제사도 조카가 모셔간다 하는 것을, 너보다는 작은아버지가 할아버지와 더 가까우니 작은아버지 생전에는 내가 지낸다 했다고.

지금 그 아이들이 그런 작은어머니에게 얼마나 잘하냐고 묻자,

"잘들 하죠. 잘하지만 내가 대우받으려 한 것이 아니니까요. 내게 잘 하려 하지 말고 너희들이나 잘 살렴. 너희들 잘사는 것이 내게 잘하는 거여."

라고 했다는 그분. 그런 숙모 밑에서 자란 아이들이라면 틀림없이 그들도 잘 컸으리라는 생각이 들었다.

향교에서 행하는 효부상을 받았다는 그녀의 모습은 나이보다 십년은 더 나이 들어 보일 정도로 늙고 지쳐 보였다. 할 노릇을 했을 뿐이라며 묻는 말에나 대답하지 결코 나타내고자 하는 것도 없는 그녀의 얼굴에서 그분의 심성을 그대로 읽을 수 있었다.

대부분 자기 아이 하나 둘 키우면서도 큰소리 내가며 속을 태우고 힘들어 엄마 노릇 못하겠다고 엄살하는데, 층층시하 어른들을

세 분이나 모시고 고만고만한 아이 열 하나를 키우며 행여 조카들이 서운해 할까 마음까지 써가며 얼마나 맘과 몸이 고달팠을까?

자기 자식 키워 놓고도 허전하고 대우받지 못해 속상해들 하건만 그토록 애쓰고도 공치사 하나 없이 어찌 그리 의연할 수 있는 것일까? 과연 효부상을 타고도 남음이 있었다.

아줌마 살아오신 것 소설책 두어 권 쓰시겠네요 했더니 왜 두 권만 써요. 방안 가득 써도 모자랄 거예요. 하며 웃는다. 이야기를 나누는 동안 나는 가슴이 에리며 흐르는 눈물을 몇 번이나 닦아내야만 했다. 고전에서나 만날 수 있던 효부! 이런 분이 아직도 우리 곁에 살아 계셨다니. 정말 공주는 효孝의 고장이 맞구나 싶었다.

'효부孝婦님! 제발 오래 건강하셔서 젊은 세대들이 당신을 보고 배우고 닮을 수 있도록, 그리하여 가족과 이웃과 사랑을 나누고 베풀 줄 아는 따스한 사회가 되게 해 주소서'라는 기도를 마음으로 잠시 해 본다.

어버이날 우는 노인

어버이날, 시골 주택에 사시는 할머니 한 분을 만났다. 가끔 만나는 나를 붙들고 한참을 흐느끼셨다. 오늘 같은 날, 가슴에 예쁜 꽃도 다시고 왜 우시느냐고 이유를 들어보니, 자식 놈을 일곱이나 키워 여의살이 시켰건만 너무 기가 막히고 서러워 운다고 했다.

노인께서 아침에 일어나 우물가에서 세수를 하고 있는데 어느 교회에서 왔다는 낯선 젊은이들이 꽃을 달아주러 왔더라고. 고마움에 앞서 내 속으로 낳아 기른 자식이 일곱이나 되건만 남에게 어버이날 꽃을 얻어 달다니… 내 신세가 어찌 이리 되었나 한심스러워 빈방에 혼자 앉아 1시간을 울다가 나왔노라고 했다.

어찌 7남매나 되는 자식들이 모두 그럴 수가 있나 싶었지만 그렇게 된 뒤에는 필시 곡절이 있을 듯싶었다. 80이 다 되어가는 나이에도 훤칠한 용모는 시골 노인 같지 않았고 뽀얀 피부에 색상 맞춰 입은 옷이며 오히려 귀티가 나기까지 하는 세련된 노인이었다.

그간 사연을 자세히 듣고 보니 이해가 되었다. 애초에 집안만 보고 시집을 온 탓에 좀 어두운 신랑을 만났고 그래서 평생 7남매를 혼자 키우다시피 안팎으로 모든 일들을 처리해 가며 살아야 했다

한다. 그렇게 힘들게 살아온 삶이거늘 늘그막에 자식들 덕도 못 보고 살게 된 까닭은 그녀의 전 재산인 땅 서너 마지기에 있었다.

남편은 1년 전 세상을 떴고, 남편 세상 뜨기 몇 해 전, 제일 착한 셋째 아들에게 재산을 몽땅 준 것이 탈이었다. 큰아들은 서울에서 직장 다니며 살기에 시골에 내려와 살 것 같지 않았고, 셋째는 시골에 남아 농장을 한다기에 자식들 모두 모인 자리에서 상의를 하고 엄마를 모시는 조건으로 땅을 그 아들에게로 상속을 해주었다.

몇 해 농사짓던 셋째 아들은 그 논을 팔아 더 싼 땅으로 옮겨 농장을 한다고 깊은 산속으로 들어갔고, 셋째 며느리는 자식들 공부 때문에 시내로 방을 얻어 나왔다고 한다. 아들은 농장으로 어머니를 모시고 가겠다고 하지만, 친구 하나 없고 사람 구경도 못하는 산속에는 갑갑해서 들어가기 싫고, 혼자 살자니 기력은 점점 쇠약해져 가고, 눈도 어두워져서 더듬더듬 연탄불에 밥 한 그릇 지어먹기가 힘들다고 했다.

할머니는 견디다 못해 서울 큰아들 집으로 찾아갔었다. 그간 틈틈이 모아놓은 전 재산 오백만 원을 큰며느리 주면서 엄마 죽으면 장례비에 보태 써라 하고 잠시 너의 집에 좀 있자 하니, 큰아들은 땅 받은 놈이 모셔야지 왜 올라와서 속을 썩이냐 하며, 틈만 나면 엄마를 나무랐다고 한다. 가는 날과 오는 날을 빼고 일주일을 있다 오는데 눈물로 세월을 보내고 왔노라고 했다.

네가 정 그러면 농약 먹고 죽겠다고 했더니 차라리 먹고 죽으라고. 엄니 죽으면 뒤따라가서 그놈도 내가 칼로 찔러 죽여 버리겠다고 했다. 그러니 그 착한 셋째 놈 죽일까 봐 약 먹고 죽지도 못하고. 면사무소에 찾아가 양로원으로 좀 보내 달라고 하니 자식이 있어서 안 된다고 하고. 난 어쩌면 좋으냐고 흐느끼는 할머니.

땅 서너 마지기가 뭐길래 그걸 재산이라고 형제들 간에 욕심을 부리고, 친부모에게 그리 대하며 살아야만 하는 것일까? 그 노인의 이야기를 듣고 며칠을 가슴에 커다란 덩어리가 맺혀 있는 듯 답답했다.

형이 그리 서운해하면 아우가 땅을 다시 내놓던지, 동생이 내놓을 형편이 못되걸랑 좀 봐주고 부모 좀 형이 모시던지. 왜 그것이 안 되는 것일까?

그 어렵던 시절, 우리 부모들은 자식들 조금이라도 더 먹이려고 숱한 날을 허리띠 졸라매며 굶주리고 살았건만 그 적은 재산에 눈이 어두워 부모형제 귀한 줄 모르고 살아가야 하는 것인지. 요즈음 어렵다고는 하나 예전에 비하면야 우리 모두 얼마나 잘들 살고 있는가?

재산 때문에 형제들의 다툼이 어찌 그들뿐인가. 주위에 눈에 띄는 부잣집들을 둘러봐도 상속문제로 흔히들 재판까지 하는 좋지 않은 광경을 보고는 한다. 재산이 많으면 많을수록 그 정도가 더 심각해지는 걸 볼 때 우리는 물려받은 재산이 없는 것이 어쩌면 다행이지 않았나 하는 생각도 하게 된다. 우리 형제들은 모두들 나누고 싶어 하며 정답게 살아가니 말이다.

차라리 적당히 먹고 살 만큼만 갖고 살다가 남는 것은 사회에 모두 환원하고 가는 것. 우리가 한번쯤 깊이 생각해 볼 상속의 방법인 듯하다.

5부
월반하세요

월반하세요

젊은 날, 나의 멘토 역할을 해주시던 지인께서 내게 '월반越班하라'는 말씀을 하신 적이 있다. 그땐 그 말의 의미를 제대로 이해하지 못하고 어렴풋이 짐작만 하며 지냈지만, 이 나이에 이르니 그 말의 의미를 다시금 떠올려 보게 된다.

월반의 사전적 의미는 '학습 능력이 높은 학생이 학년의 차례를 뛰어넘어 상급반으로 진급함'을 말한다.

그분께서는 나의 삶을 곁에서 보시고 어른의 눈으로 본 젊은 날의 내 모습이 안타까워 그런 말씀을 하셨던 것 같다. 좀 더 높은 목표를 두고 열심히 살았으면⋯ 싶어서였을 게다. 하지만 나는 학습 능력이 높지 못해 실수를 거듭하며 살았다. 나름 열심히는 살았다고 자부하나 월반하지 못하고 그저 보통 사람들처럼 물 흐르듯 살았을 뿐이다.

그 분의 말씀처럼 내가 월반했더라면? 어쩌면 나는 내 삶에 더 의미를 부여하며 살 수 있지 않았을까 하는 생각을 이제 와서 뒤늦게 해 본다.

우리에게는 이론적으로는 잘 알면서도 행동으로 실천하기는 힘든 일이 참으로 많다. 가장 쉬운 예로 '사랑이란 상대방이 원하는 대로 해주는 것'이라는 것을 잘 알지만, 사랑하는 남편이 즐거워하는 일이라고 집안을 등한시한다거나 그 일에 너무 장시간 집중할 때에는 이해는 하면서도 심통이 나기 마련이다.

더구나, 남편이 즐겁다고 해서 다른 여자를 좋아하고 있다면 세상천지 그런 일에 함께 기뻐해 줄 여자가 어디 있겠는가?

그러니 아무리 남편을 사랑한다 해도 상대방이 원한다고 다 이해해 줄 수는 없는 일이다. 모처럼의 주말을 가족과 함께하면 좋으련만 혼자만 골프를 치러 간다든지 자신의 취미생활에 골똘한 남편을 '당신의 행복이라면~'하며 선선히 보내줄 아내는 없을 것이다.

아마도 '월반하라'는 말은 작은 일에 괴로워하지 말고 초연한 마음을 가지라는 말, 더 나아가 자유로운 마음으로 자신의 한계를 뛰어넘어 보라는 말일 것이다. 그리고 작게는, 때때로 화가 날 때에도 슬기롭게 대처해서 가족과 더불어 행복하고 목표 지향적인 삶을 살라는 말일 수도 있을 것 같다.

살아가며 만나는 여러 이웃들을 살펴본다. 사는 것이 넉넉지 않아도 먹는 데는 돈을 아끼지 않아서, 무공해 식품만을 고르고 좋다는 음식들만 가려 먹으며 사는 집도 있고, 백화점의 고급 물건을 사들이거나 메이커옷만 입고, 집안 치장에 거금을 들이며 살아가는 사람도 있다. 혹은, 집안 치장은 안 해도 책값이나 학원비를 아끼지 않고 배움에 열심인 사람들도 있고, 여행을 즐겨서 외국 여행에 거금을 쓰며 살아가는 사람들도 있다. 그중에 누가 더 잘 살고 있다고 말할 수는 없을 게다. 나름대로 다 자신이 원하는 삶을 열심히 살아가고 있으니 말이다.

나에게 월반하라 하신 분은 이런 분이셨다.

작은 예로 그분은 집안에 도우미를 쓰셨다. 당신의 몸이 약한 탓도 있었고 손녀딸을 봐주고 있었기에 남의 손이 필요하기도 했다.

아침에 도우미가 집에 오면, 손수 차를 끓여서 함께 한 잔 나누며 가족들의 안부를 서로 나누고 걱정을 해준다. 그런 다음 집안일을 함께 하고는 했다. 파를 속껍질까지 아낌없이 벗겨 내는 도우미에게는 함께 파를 까며 알뜰한 모습을 손수 보여주었고, 보통 어머니들처럼 구석구석 살림을 알뜰히 사시면서도 보수는 섭섭지 않게 계산해줄 줄 아는 멋진 분이셨다.

"일하는 것과 시간에 비해 사람을 너무 비싸게 쓰시는 게 아니에요?"

하고 하루는 여쭈었더니,

"그분은 노동력이 있고 나는 그분보다 돈이 좀 더 여유 있으니 서로 나눈다는 생각으로 사람을 써야지. 꼭 계산을 하듯 쓰면 마음이 편치 않아요."

하셨다.

보통 사람들이라면 누구나 시세를 생각하고 계산을 하기 마련 아닌가. 하지만 말씀을 듣고 나니 그런 마음으로 사람을 쓴다면 서로 마음이 상할 일도 없고 오가는 정에 기분이 좋을 것 같았다.

그렇게 그분의 손을 거쳐 간 사람들은 거칠거나 수다스럽던 성격도 부드럽고 좋게 바뀌어 지내다 가곤 했다는 소식이 뒤늦게 들렸다.

나 또한 30분만 방문해야지… 하고 들렀다가, 좋은 말씀 듣다 보면 두어 시간이 후딱 지나가도 그 시간이 결코 아깝지가 않았었다. 말씀 하나하나가 가슴 깊이 들어와 맘 아프게 살던 그때의 내 삶을 치료해주고는 했었기 때문이다.

지금 그분은 자녀들과 함께 지내기 위해 공주를 떠나 서울 근교에 사시지만 그분을 좋아하는 사람들은 종종 전화를 드린다. 나 또한 가끔씩 그분의 안부를 묻는 핑계로 통화를 하며, 천주교 신자들이 신부님께 고해성사를 하듯, 내 속마음을 털어놓곤 한다. 크고 선한 마음을 지닌 사람은 저절로 사람의 마음을 변화시킨다. 그런 분이 가까이에 계시다는 건 커다란 축복이다.

힘들고 답답했던 젊은 시절, 나를 월반할 수 있는 사람으로 여기고 격려해 주셨던 그분을 생각하며, 월반은 못해도 낙제는 하지 말아야지 하고 나를 채찍질한다.

작은 이야기

신호등 앞에서 잠시 기다리는 동안 도로변의 크고 작은 간판들을 바라보았다. 한눈에 들어오는 「항문 전문 병원」이라고 큰 글씨로 쓴 간판을 보니 문득 지난일이 떠올랐다.

나는 친정 부모님이 가까운 곳에 살고 계시기 때문에 며칠에 한 번은 들러 별일 없으신지 여쭈어야만 할 일을 다 한 듯싶어 자주 들르는 편이다. 그날도 외출했다 돌아오는 길에 들렀더니 아버지 몰래 어머니가 작은 소리로 내일 아버지가 치질수술을 하신다고 말씀하셨다. 자식들 알면 또 걱정들 한다고 아버지께서는 살짝 하시겠다고 하는데 노인이니 걱정이 된다고 하신다.

그간 아프단 소리도 못 들었는데 얼마나 아프시기에 80세도 넘은 노인께서 수술까지 하실까 싶어 상태가 얼마나 심한지 여쭈어 보았다. 아버지 말씀이 심하지는 않으나 좀 불편하다는 것이다. 의사가 요즘은 레이저 수술로 간단하다고 해서 수술 날짜를 잡았다고 하셨다. 우리 아버지는 조금만 어디가 불편하면 병원으로 달려가고 그것을 일로 삼으신다. 그래서 병을 키우지는 않으니 자식들은 한편 다행스럽기도 하다.

말씀을 듣고 나니 심한 것도 아닌데 그 정도의 상태에 노인에게 수술을 하라 했다니 화가 났다. 그 정도면 요즘 피곤해서 일시적으로 안 좋아진 것일 수 있으니 며칠 참아보시길 권했다. 주위에 나이 들어 수술을 하고 고생하는 사람을 여럿 보았기 때문이다. 그리고 주변 사람들이 수술하고 후회하는 말들을 들은 대로 말씀드렸다. 더더욱 아버지께서는 연세가 많으시니 수술은 절대 안하는 게 좋다는 설명까지 해드렸다.

나이 오십쯤에 수술한 사람들에게 들은 이야기이다. 항문은 아주 미세한 주름으로 되어 있어서 나이가 든 다음에 수술을 하게 되면 회복도 늦을 뿐더러, 수술 후 회복이 되어도 잘려진 부분이 조리개 역할을 못하니 종종 실례를 범한다는 것이다. 어떤 사람은 외출 시에는 늘 긴장하며 실례할까 봐 맘껏 먹지도 못한다고 한다. 물론 사람마다 정도의 차이는 있겠지만 아주 심하지 않으면 나이 들어서는 수술보다 더 이상 진전되지 않도록 약물치료나 하는 게 더 낫다는 것이다.

그리고 어떤 사람은 몇 년 지나 또 재발이 되어 수술 안 한 것만 못하다고 불만스런 이야기를 종종 하곤 했다. 하물며 팔십이 넘으신 노인을 조금 불편한 정도인데도 수술하라고 날짜를 잡아놨다는 의사가 도대체 돈만 벌려고 하는 의사가 아닌가 싶어 괘씸한 생각이 들 정도로 이해가 가지 않았다. 자식들이 펄쩍 뛰어서 수술은 안 하겠다고 의사에게 이야기하고 연고만 처방받아 바르시라 말씀 드렸더니 그후 20여 년이 지나도록 아무 탈 없이 잘만 지내신다.

누구 탓을 하랴. 억울하면 아프지 말아야지.

지금의 노인들은 병원뿐 아니라 곳곳에서 이런 불이익을 당하며 살고 있다. 건강식품이나 건강에 좋다는 운동기구들을 노인들 상대로 팔고 있는 나쁜 상인들이 곁에 수없이 많이 있다. 화장지를 준다며 약품 선전장으로 모이게 하고, 관광버스를 대절해 그럴싸한 제조공장으로 유인을 하기도 한다.

교장선생님을 지낸 내 아버지도 판단능력이 흐려져 곧잘 속아서 물건을 사들이시며 당신 약으로도 모자라 자식들에게 먹으라고 권하다가 종종 핀잔을 받기도 하는데 다른 노인들은 어떠랴. 그래서 노인들은 젊은이들이 보살펴 드려야만 하나보다. 늙으면 아기가 된다는 말, 정말 맞는 말인 것 같다. 이렇듯 종종 아버지를 뵐 때마다 작은 일들을 겪으며 자꾸만 서글퍼진다.

변덕

아침에 일어나 창밖을 향하니 모처럼 눈이 내리고 있었다. 올 겨울엔 눈이 적어 가뭄 때문에 농사짓기가 힘들 것 같다고 걱정하는 것을 들었던 터라 더욱 반가운 생각이 든다.

잔잔하게 내리던 눈은 어느새 굵은 함박눈으로 변하여 앞산을 순식간에 새하얀 동화 속의 나라로 만들어 버렸다. 이대로 창밖을 향하며 언제까지라도 앉아 있을 수 있으면 얼마나 좋을까 하는 소망을 잠시 가져본다. 아침식사 준비도 출근도 아니 하고 그냥 이렇게 창밖을 향하며 눈발이 끝날 때까지만이라도 누릴 자유가 있다면 하고.

하지만 재깍재깍 쉬지 않고 돌아가는 시계바늘의 초침소리는 점점 크게 나를 구속하기 시작했고, 어느 사이 씽크대 앞에 와 서 있는 나를 발견한다. 순간 며칠 전 차 안에서 아이를 기다리는 자투리 시간에 읽었던 문구가 떠오른다. '진짜 부자는 돈 많은 사람이 아니라 시간이 많은(시간을 잘 쓸 줄 아는) 사람'이라는.

3년 전 마흔 다섯의 나이에, 남편이나 친구들의 만류를 뿌리친 채 직장에 다니기 시작했다. 남들은 다니다 그만둘 나이에 다시 시작하는 나를 보며 '건강관리나 할 나이에…'라며 걱정스러워 했다. 허나 그때는 매일 반복되는 전업주부의 일만으로 나를 늙히기에는 너무 억울하다는 생각을 했었고 더 늦기 전에 나를 필요로 하는 곳이 있다면 남은 능력을 발휘해보고 싶다는 생각이 가득했었다. 더군다나 컴퓨터를 배우며 이처럼 능률적으로 사무를 처리하면 직장 생활이 얼마나 더 즐거울 것인가를 생각하기도 했다.

때마침 조건도 좋은 지금의 직장이 생겼고 나는 기꺼이 새 생활에 적응하며 즐거워했다. 하루가, 일주일이 금방 지나가고 월급날은 왜 그리 빨리 돌아오는지 월급타기가 미안하기까지 했다. 내가 버는 돈은 완전히 덤이라는 기분에 가벼운 마음으로 쓰고 싶은 곳에 쓸 수도 있었다. 남은 돈은 저축도 하고 통장 불어나는 재미도 있어 한동안은 즐겁게 생활을 할 수 있었다.

하지만 날들이 지나며 또 변덕이 일었다. 집안 구석구석 정리되지 않은 잡동사니들을 보면 짜증이 나고 손길이 멀어지자 생기를 잃어가는 베란다의 화초들을 볼 때마다 민망했다. 3년이 지나는 동안 내 몸과 마음은 피로해지기 시작했다. 집에 있을 때나 마찬가지로 집안의 가사일 또한 모두 그대로 내 몫이었고 점점 체력으로도 한계를 느끼기 시작했다. 아마도 책 한 권 제대로 읽을 수 없는 목마름 때문에 더더욱 그랬으리라.

그제야 나는 직장 가진 주부들의 고충을 헤아릴 수 있었다. 가사

분담의 역할이 잘 이루어지는 가정이면 몰라도 나름대로 애로가 얼마나 많은지를.

더러는 환갑의 나이에도 즐겁게 직장생활에 임하는 여성들을 본다. 아이가 어릴 때부터 숱한 날들을 보내는 동안 고달픈 날들이 좀 많았으랴. 수많은 갈등을 겪으면서도 자신의 길을 곧게 걸어 온 그분들이 존경스러웠다. 나의 능력부족일까? 아이들도 모두 커서 할 일도 적어진 지금의 나를 보며 그분들은 웬 엄살이냐 그러겠지만, 아~ 그러나 나는 지금 하루에도 몇 번씩 변덕을 부리고 있다.

자유가 그립다고….

무엇이 우리를 행복하게 해줄까

모두들 나름대로 열심히 행복을 찾아 살고 있지만 삶에 비중을 두며 사는 스타일은 여러 가지이다. 어떻게 사는 것이 더 보람 있고 행복하게 사는 방식일까?

주위를 둘러보면 먹는 것에 많은 비중을 두고 사는 사람이 있다. 비싼 돈을 지불하면서 꼭 무공해 식품만을 고집하며 먹는다거나, 전국의 맛집을 순례하며 미각의 행복을 느끼며 사는 사람들이 있는가 하면, 운동을 열심히 하여 건강은 물론 아름다운 몸매를 갖기 위해 맛있는 음식도 맘껏 먹지 못하고 지내는 사람도 있다.

그리고 나이 들어서까지 대학을 몇 군데나 다니며 학구열에 최선을 다하는가 하면, 도서관에 가서 많은 시간을 보내고 특강이나 배움을 찾아 많은 시간을 할애하며 그 안에서 삶의 보람과 행복을 느끼는 사람도 있다.

또한, 맵시에 신경을 쓰며 비싼 옷과 명품 가방, 그리고 메이커 옷이 아니면 입지 않을 정도로 의상에 자부심과 행복을 느끼며 사는 사람도 있다.

그 여러 부류의 삶의 방식에 어떤 삶이 더 좋은 방법이라는 등식은 성립되지 않을 것이다. 나름대로 다 자기만의 잣대와 생각에 따라 옳은 방식일 테니까.

문예회관이나 문화원, 기타 공연 장소에서 갈 때마다 거의 마주치는 한 여성이 있다. 직장생활을 하며 아이들 셋 뒷바라지에 바쁜 시간을 보내면서도 꼭 공연장을 찾는 그녀는 늘 활짝 웃는 모습이 행복해 보였다.

그토록 바쁜 그녀를 공연장으로 끌어내는 것이 무엇일까?

아마도 예술 안에서의 맛과 멋을 진정으로 느껴 그 안에서 행복을 찾을 줄 아는 그녀여서일 것이다.

나는 가끔 가는 공연임에도 보러 떠나기 전에는 곧잘 갈등을 느낀다. 피곤한데, 혹은 귀찮은데 포기할까? 하는 생각이 들기 때문이다. 하지만 막상 공연장에 가서 앉아있는 동안은 내내 행복한 시간을 보내곤 한다. 그런 예술의 미를 그녀는 진정으로 느낄 줄 알기 때문에 우선순위에 두고 다닐 것이다.

누구나 음악에 대한 해석을 잘못해도 경쾌한 음악이 흘러나오면 박자에 맞추어 어깨춤이 절로 나오고 슬픈 음악이 흘러나오면 애수를 느낄 수 있다. 가사를 알아들을 수 없는 팝송이 흘러나와도 우린 흥겨움을 느끼지 않는가. 그림과 사진을 보거나 연극을 보면서도 우린 행복을 느끼거나 가슴이 아파 슬프고, 때론 눈물이 흐르기도 한다. 또한 문학작품을 가까이해보면 경험하지 못했던 많은 것들을 알게 될 뿐 아니라 그로 인해 아름다움을 느낄 수도 있고 마음이 울적할 때 치유도 되고, 위로도 되고 행복을 느끼기도 한다. 또한 반성을 하거나 바르게 사는 길을 터득하게도 된다.

글을 쓰면서도 같은 효과일 것이다. 좋은 글을 쓰기 위해 많은 책들을 읽어야 하고, 자연을 가까이 해서 순리를 터득하게 되기도 한다. 또한 깊은 관찰력을 기르기도 하고 내가 글로써 한 말 때문에 더욱더 정직하고 바르게 살기 위해 노력하기도 한다. 글과 말과 행동이 일치해야 하기 때문이다.

사람은 죽어도 남기고 간 예술은 영원히 남는다고 한다. 남길 만큼의 예술가는 못되더라도 사는 동안 보다 더 아름다운 삶을 살기 위해 모든 장르의 예술 활동에 적극 참여해 보길 젊은이들에게 권하고 싶다. 자주 예술을 접하다 보면 더욱더 깊이 있는 안목으로 그 안에 행복을 찾을 수 있고 향기로운 삶을 살게 될 테니까.

공연장을 자주 찾는 그녀처럼, 바쁜 중에도 더 여유를 가져보리라 생각한다.

맑은 날 보름달이 뜨는 밤에는 가족들과 공산성에 올라 금강을 내려다보기도 하고, 공주의 아름다움에 매료되면 멋진 몇 줄의 싯귀절도 흥얼거려질 것이다. 자연 속에 묻혀 피고 지는 꽃들과 대

화하며 미술관을 들러 보온병에 담아 온 차 한 잔 마시는 것으로도
마음에 부자가 되는 여유 있는 문화인이 되고 싶다.

그 안에 행복이 있을 테니까.

노후를 생각하며

   코로나19 확산으로 요즘은 실내 공연은 못하고 있지만 지난해만 해도 한 달이면 서너 번씩 우리 앙상블 멤버들이 요양센터나 양로 원을 방문해 봉사활동을 했다. 거기서 만나는 분들의 다양한 노후 모습을 보며 젊어서부터 평소에 참 잘 살아야 하겠구나 하는 생각이 짙어진다.

   대개는 요양센터에서 치매에 걸린 분들을 많이 만나게 되는데 노인성 치매가 대부분이지만 더러는 조발성 치매라 해서 젊은 분이 멍하니 앉아 있는 모습도 보게 되어 안타깝다. 가끔 잘 아는 분을 만나게 되면 마음이 더 짠하다. 젊어서는 큰소리치며 꽤 잘나가시던 분이 멍한 모습으로 앉아 있는 모습도 보게 되니 말이다.

   사람은 못 알아봐도 함께 노래를 불러보면 대부분 박수치며 잘들 따라 부른다. 그분들을 살펴본다. 만날 때마다 늘 얼굴이 밝고 즐거워 보이는 사람이 있는가 하면, 노래도 안 부르고 잔뜩 찌푸린 무표정의 모습도 있다. 시끄럽고 부산하게 떠들고 다니는 사람도 있고 집에 간다고 자꾸 짜증 부려 요양보호사들을 괴롭게 하는 사람도 있다. 참으로 다양한 모습들인데 최근 기억들을 못해서 그렇지 대부분 예전에 살던 그 모습들로 지낸다고 한다.

동생의 시어머님도 90이 넘어 치매가 왔는데 예쁜 치매가 왔다고 한다. 그분은 부잣집 마나님으로 젊어서부터도 집안일을 안 하고 지낼 만큼 대우만 받던 분이었다. 치매가 오니 더 공주처럼 지내신다고 한다. 밥도 반찬도 먹여주길 원하고 자기 손으로는 물도 안 먹을 정도로 까딱 안 하는 아기처럼 되셨다고 한다.

요양보호사로 지내는 분 말에 의하면 어떤 분은 계속 머리를 빗고 방을 닦으며 깔끔을 떠는 분도 있고 끊임없이 불평불만으로 소리를 지르는 분도 있다고 한다. 우리를 만날 때마다 상냥하게 미소 지으며 알아보지 못해도 웃으시는 편안하고 아름다운 표정의 예쁜 할머니를 보기도 한다.

이생에서의 삶이 행복해야 죽어서도 천국 간다고 어떤 책에서 읽었던 글이 생각난다. 그 말이 맞을 거다. 똑같이 치매가 와도 깔끔하던 분들은 계속 씻기를 좋아하고 노래를 좋아하던 분들은 노래만 나오면 들썩들썩 어깨춤을 추며 노래를 따라 부른다. 명랑하고 고약한 성격들은 더욱더 과격해지는 현상이 나타난다니 이 다음을 위해서라도 평소에 마음을 잘 다스리며 편안하게 살아야겠다는 생각이 든다.

그렇다면 과연 어떻게 사는 것이 잘 사는 것일까? 요즘 흔히 떠도는 말이 있다. 80세가 넘으면 돈이 있는 사람이나 없는 사람이나, 배운 사람이나 못 배운 사람이나, 예쁜 사람이나 못생긴 사람이나 똑같아진다는 말이다.

나이가 들면 지능은 아이 같아지고 겉모습은 추레하게 늙어가고 돈이 있어도 제대로 쓰지 못함에서 나온 말인 듯하다. 양로원에 가서 노인들 모습을 보면 그 말이 맞는 말이구나 하는 생각이 든다. 또한 건강을 잃으면 모두를 잃는다는 말도 맞구나 하고 실감한다.

그리고 사는 날까지 배우고 가꾸며 취미활동도 열심히 하며 살아야 한다는 생각을 갖는다. 원로원 실버타운을 가보면 복도에 멋지게 써놓은 누군가의 서예작품을 볼 수 있다. 좋은 문구의 한문 액자에 이해를 돕기 위해 한글로 해설까지 곁에 붙여놓은 여러 작품들을 읽으며 더러는 공유하고 싶어 사진을 찍어오기도 한다.

말년에 이런 작품을 남기는 분들은 아주 잘 사신 분이 아닐까? 비록 귀가 안 들리거나 다리를 절거나 혼자 지내기 어려워 원로원에 와계셔도 이처럼 귀한 작품을 남겨 후대에까지 읽게 해주니 말이다. 불편한 가운데 이런 붓글씨를 쓰며 노후의 시간을 보낼 수 있음은 그분의 가장 행복한 시간이 아니었을까. 참 잘 사신 분이라는 생각이 든다.

우리 봉사 단체의 실버앙상블 멤버 10여 명은 모두 65세 이상의 노인들이다. 최고령자가 80세이다. 같은 나이에 양로원에 계신 분도 있는데 위로 연주를 다닌다는 것이 얼마나 멋진 모습인가. 그 나이에 색소폰을 불며 음악과 함께 인생을 즐기니 말이다. 귀는 좀 어두워서 보청기를 하고 다니지만 젊어서부터 익혀온 색소폰 연주는 지금도 멋지다.

누구에게나 나이 들면 다가오는 모습들. 여기저기 불편한 곳이 생기기 마련이다. 설령 치매가 오더라도 평소 하던 모습들로 대부분 지내게 된다 하니 최대한 건강을 유지하며 욕심은 버리고 좋은 생각들과 아름다운 모습들로 가꾸면서 노후를 맞이해야 될 것 같다.

악기를 배우며

오래전부터 남편은 악기를 하나 배웠으면 좋겠다는 말을 했었다. 하지만 선뜻 시작할 기회가 없었는데 나이 들며 색소폰에 관심을 갖던 남편이 퇴직 5년 전쯤의 어느 날, 학원에 등록을 하고 악기를 구입했다.

짬만 나면 색소폰에 너무 열정을 쏟는 남편을 곁에서 보며 취미생활이니 슬슬하지 왜 그리 열심이냐고 한마디씩 던지곤 했다. 하지만 남편은 너무나 즐거워하며 거의 매일 컴퓨터로 인터넷 강의를 듣고, 좋은 연주곡들을 감상하곤 했다. 그 때문에 드라마도 맘대로 볼 수가 없다고 나는 투덜거리곤 했다. 하지만, 색소폰을 하기 시작한 뒤로는 그 좋아하던 낚시를 자주 안 가는 것 또한 내겐 대단히 환영할 일이었다.

그러던 중, 알토에서 테너로 바꾸더니 얼마나 자기가 즐거웠으면 나더러 같이 하자며 학원에 등록을 시켜줬다. 나는 문학 활동도 제대로 못하고 있는 터라 그럴 시간 있음 책이나 더 읽지… 하고 별로 마음이 내키지 않았는데 나이 들며 함께 놀아야 한다고 한사코 권유를 했다.

하는 수 없이 하루에 한 두 시간씩 짬날 때마다 학원엘 나갔다. 젊은 아가씨 선생님이 멋지게 부는 모습을 보니 너무나 아름답고 한편 부럽기도 했다. 하지만 내가 불어보니 처음엔 입술도 아프고 운지 또한 서투니 힘을 안 줘야 할 곳까지 힘이 들어가 손가락도 몹시 아팠다. 본래 기계치인지라 끝내 못할 듯도 싶고, 멋지게 연주하는 사람을 보면 언제 저처럼 할까? 하는 생각에 갈 길은 멀고, 이리저리 핑계를 대며 꾀를 부렸다.

하지만 학원에 등록해 놓는 남편에게 미안하고 학원비도 아까우니 짬날 때마다 나가는 수밖에 없었다. 그럭저럭 몇 달 연습을 하다 보니 목소리로는 낼 수 없는 노래들을 악기로 연주할 수 있는 것이 신기해졌다. 그리고 나름대로 희열을 느끼게 되었다.

패티김이 부른 「가시나무새」처럼 높아서 부르지 못했던 노래들을 연주하며 얼마나 기뻤던지. 그제서야 포기하려 할 때마다 등 떠밀어 배우게 해준 남편이 고마웠다.

색소폰이라는 악기는 부는 사람의 감정에 따라 슬픈 날 불면 슬프게 들리고 기쁜 마음으로 불면 기쁘게 전달된다는 강사의 설명을 듣고 보니 더욱 매력있게 다가왔다. 또한 시간 넉넉할 때, 혼자서도 얼마든지 즐길 수 있으니 퇴직을 준비하는 중년들에게는 추천할 만한 악기이다.

이제는, 가끔씩 전원주택에 사는 지인이 불러주면 남편과 함께 가서 그분들과 색소폰을 교대로 불며 담소를 나누다 오기도 한다. 학원에서도 음악을 사랑하는 많은 분들을 만나게 된다. 현재 공무원이거나 퇴직한 분, 택시운전이나 자영업 하는 분들, 자장면집 주방장 등 직업도 다채롭고 부는 모습들이나 수준도 제각각이지만 음악을 좋아한다는 이유만으로도 모두들 친근하다.

　오늘도 남편 앞에서 색소폰을 두어 곡 불었더니 흐뭇해하며 '이만큼 부는게 다 내 덕이지?' 한다. 정말 색소폰에 관해서는 모두 남편 덕이다. 악기 사주고, 학원비 내주고, 종종 악기를 점검, 손질해주고 리드도 미리미리 사서 준비해준다.

　며칠 전에는 시낭송 모임에서 색소폰을 연주했다. 서툴러도 다 이해해 줄 친구들이니 초보임에도 선을 보였다. 와! 하며 부럽다고도 하고 잘했다고 칭찬도 해준다. 근데, 사실은 민망했다. 색소폰 음색을 구분할 줄 아는 분들이라면 잘 분다는 말은 아직 안 나오는 실력인데, 모르기 때문에 잘 분다고 생각한 거다. 내가 그걸 노리고 초보임에도 그분들 앞에서 연주한 것도 아마 모르실 게다.

　하지만, 그 정도 실력이라도 한 가지 악기를 다룰 수 있다는 게 뿌듯하다. 어디선가 읽은 '행복할 수 있는 조건 20'이라는 내용에 '악기 하나쯤 다룰 수 있는 것'이라는 말이 거짓이 아님을 실감한다.

　색소폰 소리에 묻혀 행복해 하는 남편과 나를 위해 이제는 전원주택을 하나 마련하거나, 적어도 맘껏 악기를 불 수 있는 작은 연습실을 마련하는 꿈을 다시 꾸어야 할까 보다. 그래서 지인들과 종종 만나 함께 즐길 수 있는 아름다운 노후를 위한 꿈을.

명품 인간

경주를 관광하다 보면 천마총 근방에 있는 최 부자 고택을 둘러보게 된다. 그 최 부잣집 마당에 가면 그 댁의 가훈인 육훈과 육연이 액자에 새겨 세워져 있는데, 그곳에 들른 많은 사람들이 그 앞에서 오래 머무는 것을 보게 된다. 다들 좋은 글귀에 끄덕이며 많은 생각들을 하고 발길을 돌리리라.

최 부잣집은 12대에 걸쳐 300년 내려오는 만석꾼 집이었다. 대부분 재산은 3대를 가기 힘들다 했는데, 그 부잣집이 12대까지 내려올 수 있었음은 자신을 다스리는 육연과 가정을 다스리는 육훈으로 집안과 자녀를 엄히 훈육한 덕분이었을 게다.

과거를 보되 진사 이상은 하지 말라 하였고, 만석 이상의 재산은 환원하라 일렀다. 흉년기에는 땅을 늘리지 말며 주변 100리 안에 굶어죽는 사람이 없게 하라는 엄한 교육은 그 시대에도 자손들에게 나눔에 대해 철저히 교육을 한 것이다. 그 훌륭한 가르침으로 만석꾼의 재산이 12대까지 내려와 최준이라는 분에게까지 내려왔을 때, 전 재산을 교육 사업에 기부해서 대학을 세웠다 한다. 과연 명문 중에 명문가라는 생각이 든다.

지금의 60~70대 중년들은 대개가 보리밥에 배가 고파가며 자란 세대들이다. 그리하여 열심히 돈을 모으고 절약하며 내 자식에게 만은 절대로 가난을 대물림하지 않으려고 재산을 모았다. 또한 그 재산들을 자식들에게 아낌없이 물려주려고 증여세를 물지 않으려는 편법들을 총동원하면서까지 증여하고 있는 것을 매스컴을 통해 보곤 한다.

그런 거금의 재산을 받은 자녀들은 과연 옳게 살아갈 것인가? 우리는 생각해 보아야 한다. 재산보다는 최 부잣집 명문가처럼 좋은 가훈을 내려줌이 훨씬 명문가를 만드는 길임을 깨닫게 한다. 왜 냐하면, 종종 매스컴에서 떠드는 재산 싸움하는 가문들을 보면 더욱더 절실히 느낄 수 있지 않은가.

요즘은 대학 등록금도 너무 비싸고 취업도 힘들고 취업을 해도 연봉이 낮고, 게다가 불안하게 계약직으로 시작해야 한다. 다시 젊은이들에게 닥쳐진 이처럼 많은 일들이 그들을 일찍 철들게 하는 것도 같다. 명품 가방과 눈꺼풀 성형에만 신경 쓰던 젊은이들이 요즘은 거품 뺀 실질적인 간략한 결혼식을 선택하고, 사회봉사를 하는 젊은이들도 해마다 늘어난다고 한다. 각 사회봉사 단체에서 열심히 봉사단을 모집하고 해외까지 떠나는 것을 매스컴을 통해 종종 볼 수 있다. 건전한 생각을 가진 젊은 학생들이 많아 매년 봉사자의 숫자가 늘어난다는 통계는 매우 반가운 일이다.

한동안 조용한 듯하더니 재산 싸움에 다시 불이 붙었다는 어느 명문가 형제들의 뉴스를 씁쓸하게 들으며 명품인간에 대해 다시 한번 생각해 보는 날이다. 젊은이들보다 우리 중년 이상 어른들의 문제가 더 큰 것은 아닐는지.

비록 한 가문의 가훈이며 세상이 많이 변했다 하더라도, 우리 모두 새겨둘 교훈인 것 같아 최 부잣집 육훈과 육연을 옮겨본다.

육훈
1. 과거를 보되, 진사 이상은 하지 마라.
2. 재산은 만석 이상 지니지 마라.
3. 과객을 후하게 대접하라.
4. 흉년기에는 땅을 사지 마라.
5. 며느리들은 시집온 후 3년 동안 무명옷을 입어라.
6. 사방 백리 안에 굶어죽는 사람이 없게 하라.

처세육연,
자처초연自處超然－스스로 처신함에 초연하게 지내고
대인애연對人靄然－남을 대할 때는 온화하게 대하며
무사징연無事澄然－일이 없을 때는 마음을 맑게 갖고

유사감연有事敢然 — 일이 있을 때는 용감하게 대처하며

득의담연得意淡然 — 뜻을 얻었어도 담담하게 행동하고

실의태연失意泰然 — 실패했을 때도 태연히 행동한다

한 해 차이의 생각

올해에는 하나 모자라는 70을 산다. 곧 내가 70이 된다는 생각은 여러 날 나를 심란하게 했다. 그래! 벌써 70이라니…

60대만 해도 아니 얼마 전만 해도 열정이 있었다. 시낭송을 즐기면서 시낭송가와 지도사 자격증도 따고 무대에 설 때 신을 높은 구두도 준비해 놓고, 기회가 주어지면 기꺼이 무대에 서면서 지냈다. 그러나 곧 70이 된다는 사실은 나를 많이 슬프게 했다. 10년 후에는 80이 된다는 명확한 사실 때문이다. 그리고 그 10년이라는 세월이 너무도 빨리 지나가 버린다는 사실을 실감했기 때문이다.

지금 사는 새 아파트로 이사를 온 것이 엊그제 같은데 벌써 10년이 되었다. 이사 온 후로 결혼시킨 두 아들의 손주들이 벌써 지난해 학교를 들어가 9살이 되었으니 말이다. 그처럼 후딱 10년이 지났다는 사실이 나를 슬프게 따라다녔다.

부모님도 그러셨고 주변의 노인들을 보면 80부터는 대부분 내과나 정형외과로 그리고 한의원으로 아픈 몸 치료하러 다니기 바쁜 듯했다. 어찌 아니 그러랴. 지금도 종종 몸에 오는 신호에 긴장이 되고는 하는데.

그렇다면 그 귀중한 10년 동안 무얼 하며 보내야 후회가 없을까? 내 머리는 많은 생각들로 바빠지기 시작했다. 우선 내가 소유하고 있는 것들을 가볍게 정리하는 일이 시급할 것 같고, 하고 있는 일 중에 꼭 해야 하는 일 외에는 정리를 해야 할 것 같고. 그 다음은 뭘 하지?

가까이 사는 언니를 본다. 직장 생활을 하며 힘들게 딸 셋을 잘 키워 시집보내고 이젠 퇴직 후, 손주들을 돌본다. 언니의 고달픈 말년이 안타깝기는 하지만 친정엄마 노릇을 아니 할 수도 없는 노릇이니 어쩌랴.

지난 언니의 생일날 가족들 모두 모인 자리에, 손주들 여럿이서 할머니께 편지를 써왔다고 한다. 돌아가며 읽었는데 내용을 들으며 눈물겨웠다고 카톡에 편지를 사진 찍어 보내며 자랑을 해왔다. 대충 내용이 '학교에서 끝나고 집에 가면 할머니가 기다리고 계셔 주셔서 행복했다. 고마운 할머니' 그런 내용이었다.

그런데 둘째 딸네 손녀딸 하나에게는 언니의 손길이 미치지 못했다. 딸이 피아노 학원을 했기 때문에 직접 육아가 가능했던 때문이기도 했다. 그 손녀딸은, '저는 할머니와의 추억이 없어 편지를 못 썼어요.' 라고 해서 되레 미안했다고 한다. 다 공들인 만큼 돌아오는 거라며 함께 웃었다.

나는 우리 손주들에게 어떤 할머니로 기억에 남을까? 하는 생각을 해본다. 손주 어렸을 때 몇 달씩 돌봐주느라 두 아들 집에 드나들긴 했지만 그건 기억에 남지도 않았을 것이고, 이 다음 할머니 생각하면 좋은 기억이 떠오르도록 뭘 해줘야 할 텐데 하는 생각이 들었다. 그래! 이제부터라도 손주들과 추억거리를 많이 만들어보자. 앞으로의 10년 중 그게 1순위 아닐까? 하는 생각이 짙어졌다.

요즘은 자주 만나지는 못해도 꼬마들에게 휴대폰이 생겨 할머니한테 문자도 보내온다. 손자는 좀 멋이 없지만 손녀딸에게서는 아주 정감 있는 문자가 온다.

"할머니 사랑해요. 보고 싶어요." 이 보다 더 듣기 좋은 말이 어디 있겠는가.

"할머니도 보고 싶어." 문자를 주고받으며 손녀딸이 좋아하는 풍선초가 조금씩 가지를 벋어나가 열매가 맺힐 때마다 과정을 사진 찍어 보내기도 한다. 어제는 계속되는 장마로 며칠 만에 농장에 갔더니 일찍 맺힌 풍선이 아직 아이들과 만나지도 못했는데 벌써 누렇게 변색이 되어있었다.

"풍선이 민정, 민지 보고 싶어 울었나봐, 누렇게 미워졌네."

사진과 함께 문자를 보냈더니

"ㅠㅠ"라는 답장이 왔다. 꼬맹이가 벌써 그런 표기로 마음을 표현할 줄도 안다. 그래! 이제 2학년이니 이런 추억은 남길 수 있겠지? 그 어떤 대화보다 손주들과 주고받는 대화는 마음 가득 미소 지을 수 있는 기쁨으로 다가온다.

이 다음 손주들이 올 때에는 어떤 추억을 만들까? 같이 갖고 놀다 가도록 면실을 사다 작은 인형들을 떠볼까? 인터넷으로 뜨개 인형 사진들을 검색해 본다.

이렇게 나의 노년을 맞이하고 천천히 보내면 되겠지. 나이 때문에 서글퍼지는 마음을 달래본다.

장례식 축하

"축하해! 고생 많았어. 이제야 다리 뻗고 잠 자겠구나."

겨우 70살도 못살고 간 어느 사내의 장례식에 친구들이 문상 가서 상주인 그 아내에게 한 첫 인사말이다. 오죽하면 그런 말이 고인의 명복을 비는 말보다 먼저 나왔을까.

어쩌면 그 사내도 참 딱한 사내였다. 30도 넘은 노총각이 열여덟 순진한 아가씨를 사랑한 게 죄라면 죄였다. 막 중학교를 졸업하고 엄마 대신 살림을 하며 동생들을 뒷바라지해야 하는 아가씨였다. 건들면 톡 터질 듯 어여쁜 처녀애를 어른들이 없는 틈을 타서 그만 자기 여자를 만들어 버린 것이다.

40여 년 전이니 그때만 해도 처녀가 몸을 버리면 그 남자한테 시집을 꼭 가야만 하는 사고방식을 갖고 살 때였다. 겁이 나 울기만 하는 처녀애를 보며 어른들께 허락을 맡기는 글렀다고 판단한 사내는, 보따리 하나 싸서 처녀를 데리고 충남에서 제일 먼 부산으로 야반도주를 해버렸다.

결혼식도 올리지 못하고 아이를 셋이나 낳아 기르며 살았다. 사내는 양복기술이 있어 양복점을 하면서 인건비를 줄이려 아내를 보조로 써먹었다. 양복점이니 남자들이 늘 들랑거리는 곳이었고 젊고 예쁜 아내가 그들과 인사라도 나눌라치면 영락없이 그날 밤은 술 먹고 아내를 때리고 가구를 부수고는 했단다.

사내의 술버릇과 의처증은 세월이 흐를수록 점점 더 심해가고 급기야 일도 못해 아내가 벌어 아이들을 양육해야 할 처지가 되었다. 의처증 있는 사내와 살려니 남자들이 드나드는 양복점은 안 되었다. 하는 수 없이 여자들만 드나드는 홈패션으로 업종을 바꾸고 배운 바느질로 커튼이며 수선도 마다않고 열심히 해서 아이들 교육시키고 남편 술값까지 대며 살아야만 했다.

그러기를 여러 해. 알콜 중독자가 된 그 사내와는 도저히 가정생활이 어려워져 병원에 입원을 시키고 병원비를 대야만 했다. 면회를 가면 멀쩡한 사람이 되어있어 다신 안 그러겠다 약속하고, 그래서 퇴원시키면 며칠 못가 또 술 먹고 심지어는 칼까지 빼들고 죽일 듯 덤비고는 했다 한다.

웬수같은 남편이라도 아이들 아버지이니 몰라라 할 수 없고, 그 오랜 뒷바라지에 얼마나 애를 썼을까? 자식들조차 허구한 날 속썩으며 고생하는 엄마 모습을 보며,

"엄마! 이제 그만 아버지랑 이혼하고 편케 사셔요."

했다고 한다.

어쩌다 친정 오는 길에 잠깐 만나면 그늘진 그녀의 얼굴에서 고

생하며 산 흔적을 말 안 해도 읽을 수 있었다. 친정에도 한동안은 왕래를 못하고 살았단다. 아버지께서 받아주지 않아서였다. 부모님이 연로하셔서야 겨우, 그것도 혼자서만 아주 가끔씩 다녀갈 수 있었다.

그렇게 속 썩이던 남편이 갔다. 그 사정 다 아는 친구 입장에서 저절로 나온 것이 '장례 축하한다'는 엽기적인 인사말이다.

이제는 남편에게 보낼 병원비만큼은 덜 벌어도 되니 다행이고 아이들도 자립할 만큼 모두 컸다고 한다.

한숨 돌린 친구는 새롭게 운전도 배우고 아직도 열심히 일하며 지낸다. 그 환경에서 아이들 잘 교육시킨 그 친구가 참 대견하다. 이제는 아무하고나 맘 놓고 인사도 할 수 있는 내 친구!

다음 동창회 때는 좀 더 밝아진 얼굴로 나오기를 기대하며 뒤늦게나마 고인의 명복을 빌어본다. 그 사람 또한 아내에 대한 자신의 행동이 옳다고 여겨서 한 일은 아니었으리라.

한낮의 비상벨 소리

 햇살 따가운 날, 욕실에서 빨래를 헹구고 있는데 앞집 문을 두드리는 소리가 요란하게 들렸다. 또 위층에서 할머니가 내려오셨나 짐작하는 사이, 응대가 없는지 이젠 우리 집을 두드리며 뭐라 하는 다급한 목소리가 들려왔다. 물 묻은 손을 성급히 닦으며 나가보니 짐작대로 눈이 안 보이는 윗집 할머니였다.

 "아이고, 나 좀 살려줘유… 어쩐 대유… 우리 집 좀 가봐유. 뭔 소리가 요란하게 자꾸만 나는디 아무도 없슈… 아이고 어쩌면 좋아. 그래도 다행히 아줌니가 있었네. 아이고… 고마워라. 우리집 좀 빨리 올라가 봐유. 불이 나서 다 타버리는 건 아닌지 몰라…."

 집에 있는 날, 가끔씩 문을 두드리곤 해서 나가보면 그 할머니였다. 그냥 심심해서라고 하시곤 했다. 우리 앞집은 더 자주 두드리곤 했는데, 그분은 교회 다니는 착실한 신자였고 심성이 착해서 할머니께 친절을 베풀었더니, 더 자주 문을 두드리곤 한다는 사연을 들어 알고 있었다. 다른 이웃들도 마음이 나빠서가 아니라 나를 비롯해 다들 바쁘게 사느라, 이 할머니와 시간을 보내드릴 만큼 여유로운 사람은 아파트에 별로 없었다. 그래서 늘 외로운 할머니였다.

할머니는 어떤 사고로 인해 눈이 안 보이게 되셨다는데, 아들들도 잘 되어 공무원이고, 부모 유산 덕택인지 집집이 차를 두 대씩이나 굴리고 산다고 한다. 그런데, 할머니는 막내딸네 집에서 지내고 계셨다.

전해 들으니 딸이 모시게 된 이유인즉, 딸이 결혼 후 직장 생활을 하게 되어 어머니가 딸집에서 아기를 키워주었고, 그 이후 계속 함께 사신다고 했다. 앞이 안 보이는 어머니를 모시는 일은 누구에게든 쉽지 않을 것이다. 그러니 며느리들은 이런저런 이유를 들어 모시고 가지 않고, 딸도 종종 힘들어하는 것을 곁에서 느낄 수 있었다. 오죽하랴. 하지만 경제적인 이유 때문인지 딸이 그런 환경에서도 짬짬이 직장에 나가곤 했다.

며칠 전부터 딸이 또 직장에 나가게 되었고 그날도 집에 혼자 계시다가 뭘 잘 못 건드렸는지 비상벨이 울리는 사태를 맞고는 그리 당황하고 애를 태운 것이었다.

할머니를 부축하고 엘리베이터를 이용해 할머니 댁으로 올라갔다. 화재가 나거나 가스가 누출되었을 때 홈오토에서 알려주는 비상벨 소리가 요란하게 들리고 있었다. 겨우 몇 층 차이인데 이처럼 요란한 벨소리를 들을 수 없었다니… 왜 관리실에서는 올라와보지 않았을까? 일단 전원을 꺼서 시끄러운 것을 제거했다. 둘러보니 온 집안의 전깃불이 모두 켜져 있었고, 물건들이 흐트러져 있었다. 앞이 안 보이는 노인이 얼마나 당황하여 더듬고 다녔을지 짐작이 갔다. 다행스레 가스나 전기 누출은 아닌 듯싶었다. 하지만 전원을 껐다 다시 넣으니 무슨 이유에서인지 비상벨이 또다시 시끄럽게 울리기 시작했다.

그때 마침 앞집 아저씨가 외출하려고 나오다가 내가 당황하는 모습을 보고, 홈 오토에 방범불이 들어와 그런 듯하니 확인하라고 알려주었다. 맞았다. 그분 덕에 비상벨의 근원을 찾아 쉽게 해결할 수 있었다.

이젠 괜찮으니 걱정마시라고 할머니를 안심시켜드렸더니, 지금 그 남자가 아줌마네 아저씨냐고 묻는다. 아니라고 앞집 아저씨였다고 말씀드리니,

"아까 아무리 두드려도 대답이 없었는데… 집에 있었어, 그럼? 아무도 없는 줄 알았는데…"

그래 생각하니 나도 섭섭한 마음이 들었다. 적어도 앞집에서는 이 비상벨 소리를 들을 수 있었을 것 같은데. 문 두드리는 소리를 아마도 평소에 종종 심심해서 문을 두드렸던 할머니의 방문쯤으로 알았을까? 아니면 샤워 중이라 그 소리를 못 들었을까? 하여간 해결이 되었으니 고마운 일이다.

내 손을 꼭 잡고 놓지 않던 할머니는 정신을 가다듬고는,

"나 좀 울어도 돼요? 지금 좀 실컷 울기라도 해야 할 것 같아요. 그래야 풀릴 것 같아요."

"네, 할머니. 실컷 우세요. 괜찮아요. 풀릴 때까지 우셔요."

그 할머니가 내 손을 힘주어 잡고 울고 있는 동안 내 가슴에는 돌덩이가 들어앉은 양 무겁도록 짠하게 그분의 마음이 전해왔다. 눈물 콧물로 범벅이 된 할머니에게 화장지를 연신 바꿔주며, 노인의 등을 아기 달래듯 다독이고 쓸어 주며 한참을 이야기를 들어주고 앉아있어야 했다.

"죽었으면 좋겠는데 죽어지지 않아. 어떡한대유. 왜 그리 오래 산대유. 어떡해야 빨리 죽는 대유. 생으로 죽으믄 애들이 안 좋다면서요. 그래서 죽두 못하것구 어쩐대요. 엉엉… 엉엉엉. 나 차라리 병원 가야 될까유? 거기 가믄 빨래두 해줘유? 그럼 큰아들한티 돈이라도 대달라구 해야 하나… 죽으믄 좋겠는디… 이 질긴 목숨 어쩐대유…"

노인의 푸념은 끝날 줄을 몰랐다.

곧 외출해야 할 일이 있어 대충 진정시켜드리고 내려왔다가 나가는 길에 잠시 다시 들러보았더니 이번에는 뭔가 당신의 소지품 속을 열심히 뒤지고 계셨다. 뭘 찾느냐고 물었더니 청심환을 찾고 있다 했다. 머리가 너무 아프고 떨림이 가라앉질 않는다고. 왜 안 그렇겠는가?

　그런 할머니를 보니 다시 화가 나고, 부모를 이대로 방치하고 있는 자식들이 모두 미웠다.

　"할머니! 자식들 전화번호 알고 있는 거 있으면 말해보세요. 아들, 며느리들 불러 야단 좀 치게요."

　"그러지 말아요. 잠자코 못 있는다고 나만 되레 혼나요. 우리 애들 다들 잘해요. 내가 답답해서 그러지…"

　"딸 전화번호라도 알려줘요. 이런 엄마를 혼자 두면 어떡해?"

　"그럼 작은아들 번호 알려 줄 테니 전화 좀 걸어줘요. 작은아들은 야단 안쳐요. 여기 전화번호 적은 거 있어요."

　소지품을 더듬거려 찾아서 작은 수첩 하나를 꺼내준다. 펼쳐보니 자식들 이름 곁에 휴대폰 번호와 사무실 전화번호가 모두 적혀 있었다. 점심시간이어서인지 사무실 전화로는 통화가 안 되고 휴대폰을 하니 쉽게 통화가 되었다.

　"어머니가 전화 걸어 달라서서 하는데요. 오늘 무척 많이 놀라셨어요. 자식들이 상의해서 어찌 좀 해봐요. 이런 분을 혼자 계시게 하면 어떡해요. 식사 중이신 듯하니 좀 이따 어머니께 전화 좀 드리세요."

　핀잔 투의 말을 일방적으로 혼자 해버리고는 끊어버렸다. 그도 죄인인 듯 나의 핀잔을 다소곳이 받아들이고만 있었다.

이런 걱정들이 요즘 노인을 모시고 있는 많은 집들의 현실이다.

부모의 재산이 있으면 서로 더 많이 갖고 싶고, 그 일로 형제들과 다투고, 심지어는 재판까지 하면서 부모의 부양은 서로 외면하고 싶은 것이다. 오히려 재산이 없는 집 형제들이 재산가의 형제들보다 더 다정하게 지내는 것을 주위에서 흔히 볼 수 있다.

'생으로 죽으문 자식들이 안 좋다면서유…' 귀에서 그 말이 사라지지 않는다. 죽을 때까지 자식 걱정에, 자식이 잘못될까 싶은 생각 때문에 생으로도 못 죽는다는 딱한 노인네들…

한낮에 아파트가 떠나갈 듯 울려대던 그 비상벨은 요즘 노인들의 외로움을 말해주는 비명소리가 아닐까 싶었다.

세 아이 엄마를 보며

도서관 도우미 봉사를 하고 있을 때였다. 문 닫기 30분 전, 정리 정돈을 하고 있는데 세 아이를 데리고 젊은 엄마가 들어왔다. 손에는 장을 본 듯 검정 보따리도 들려있다.

"책 빌려 가시게요?"

"아니요. 아이들하고 책 좀 읽다 가려구요."

"네. 시간이 얼마 안 남은 건 아시지요?"

"네. 6시까지 읽다 가겠습니다."

아이들은 온순히 엄마 말을 따르고 있었다. 아이들이 좀 더 편하게 앉아서 볼 수 있도록 방바닥에 전원을 켜 따뜻하게 해주고 편히 책을 읽도록 해줬다.

모두 초등학생인 듯 그만그만한 세 아이들이 볼수록 예쁘다. 가운데가 딸이었다.

"엄마가 전업 주부이신가 봐요?"

"아니요. 저도 일을 합니다. 좀 있다가 애들 아빠 퇴근하면 만나서 함께 가려고요."

일을 갖고 있는 엄마가 아이를 셋이나 낳았다는 것이 요즘 엄마들 같지 않게 여겨졌다. 친근감이 생겨 말까지 건네졌나 보다.

아침 내내 저출산에 따른 뉴스가 이어졌었다. 출산 장려는 하면서 무료로 지원해 주던 우유가 끊겨서 다자녀를 둔 가정에서는 생활이 어렵다는 것이다. 늘 이렇게 뉴스에서 떠들어대서 젊은이들이 더 출산을 겁먹는 것은 아닐까 싶기도 했다.

우리가 아이를 기르던 1980년대에는 어땠는가. 인구 정책상 한 가정 둘만 낳기 운동이 전개되고 그걸 장려하느라 셋 낳은 가정은 세금 혜택에 불이득을 준다거니 의료 혜택도 안 준다거니 하고 떠들어, 셋 낳을 생각은 엄두를 못 냈다. 시어머니께서는 딸 하나는 더 있어야 하는데… 하고 아들 둘만 둔 우리를 보며 아쉬워하셨다. 하지만 경제적으로 힘든 우리 부부는 셋에 대해서는 고민할 필요도 없이 국가의 시책에 순순히 따랐다.

좀 넉넉한 가정이나 장손 집안에서 딸만 둘을 둔 집은 하나쯤 더 낳아 아들을 갖기도 했다. 불이익을 받을까 봐 겁먹어 가면서 말이다. 그때 '딸을 둔 부모들이 비행기 타고 여행을 다닐 수 있다'는 유행어가 나돈 것 또한 딸만 낳아도 괜찮다는 두 자녀 갖기 장려의 말이었을 게다. 그때만 해도 남아선호사상이 좀 남아있을 때였으니까.

아닌 게 아니라 딸만큼 아들은 세심함이 없으니 그 말이 맞는 말인지도 모른다. 아들만 둔 부모들은 대부분 노후가 쓸쓸하다. 잔정이 없기에 효자라고는 해도 부모 입장에서는 늘 먼산바라기가 된다. 이제나 저제나 기다리다가 대부분 먼저 전화를 걸게 되기 때문이다.

그때 시국에 따르지 않고 자녀를 더 낳아, 서너 명의 자녀를 둔 부모들은 말년이 훨씬 풍요롭다. 자녀들이 몰려다니며 가족 모임을 갖기도 하고, 번갈아 부모집을 드나드니 외롭지 않고 남들이 보기에도 부럽다. 물론 키울 때는 당연히 더 힘들었지만 말이다.

나는 아이를 키우며 느낀 것이 있다. 서너 명이 같이 크는 자녀들은 경쟁 때문인지 식성들이 좋아 밥도 잘 먹고 씩씩했다. 식탁에 밥만 차려주면 안 먹을 걱정은 안 하고 키우는 것을 봤다. 하지만 둘만 둔 가정의 아이들은 대부분 식성이 까탈스러워 밥 먹이는 것조차 힘들게 달래가며 키우고는 한다.

그래서 내가 젊은이들에게 세 자녀 두기를 권장하고 싶다고 말하면, 젊은이들에게 혼날 말일까? 옛말에 '자녀 셋을 키워봐야 부모 공을 안다'고 했다. 둘 키우기보다 셋을 키우기가 많이 힘들어서 생긴 말일 거다. 하지만 '저 먹을 거 갖고 태어난다'는 말 또한 옛 어른들이 하시고는 했다. 더구나 요즘은 출산에 대해 국가의 지원과 혜택도 꽤 든든해져 가니 힘이 좀 나지 않을는지.

셋이 함께 크며 어려움 속에 부모 공을 느껴보면 효심도 저절로 생기지 않을까? 또한 여럿 속에서 함께 자라며 성격도 모나지 않게 둥글어지겠지. 그렇지만, 자신들의 삶에 충실하느라 결혼도 기피하는 세상에 맞지 않는 말이겠지?

설레는 봄

또 밤새 어떤 변화가 있을까? 늘 아침이면 나에게 두근두근 기쁨을 주는 것들이 농장에서 기다리고 있다. 가장 많은 변화가 이뤄지는 계절이 봄이다. 오랜 겨울을 견디고 서로 다투어 나오려고 땅속에서 새싹들이 두런거리는 소리가 들린다. 이런 때 함부로 땅을 밟으면 안 된다. 까딱하다가는 어느 놈 목이 부러지기 때문이다.

신기하게도 아직은 추운데 따스한 햇살만 믿고 바들바들 떨면서 복수초가 맨 처음 노란 고개를 내밀어 피기 시작한다. 그 다음 영춘화가 피기 시작하고 그리고 따뜻한 양지쪽에 보랏빛 프록스가 하늘하늘 피어나기 시작했다. 이어 핑크빛 앵초와 노란 수선화가 하나 둘 피기 시작하며 나의 설렘은 아침마다 두근두근 시작된다. 수선화도 여러 종류가 차례차례 피어난다. 내 삶에 언제 이처럼 여유롭게 자연과 오래 눈 맞추며 함께할 수 있었던가.

아파트에서 10분 거리에 밭을 일구며 드나들기 시작한 지는 벌써 5년이 넘었나 보다. 그 동안은 그저 이것저것 실수를 거듭하며 조금씩 심어보기에 바빴다. 마음이 너무 앞서가 성급히 어릴 때 모를 옮겨 심어 싹을 얼려 죽이기도 종종 했다. 그래 여러 번 사다 심어야 하는 번거로움도 있었고 너무 늦게 심어 별 소득이 없을 때도 있었다.

그간은 농장에 나와도 밭이나 화단에 물을 주거나 풀을 뽑고 돌보다 보면 이런저런 일정에 쫓기느라 일하다 말고 호미 던져버리고 집으로 돌아가기 바빴다. 하지만 좀 여유로워진 시간에 정성을 들이다 보니 실수를 거듭하기도 했지만 이제는 좀 노하우가 생기기도 했다. 그리고 당연히 모종을 사다 심어야만 하는 줄 알았는데 이제는 씨앗을 받아 직접 뿌리기도 하고 상토 포토에 심어 발아시키는 과정도 해볼 만큼 농사일이 조금은 늘었다. 그리고 봄에 먹을 상추나 시금치는 겨울에 미리 씨를 뿌려놓아, 겨울 난 상추가 밑동이 튼실해서 빨리 먹을 수 있다는 것도 알았다.

씨를 뿌려 새싹이 나고 하루하루 크는 것을 보는 재미에는 두근거리는 설렘과 기쁨이 있다. 몇 가지 안 되는 곡식들과 꽃나무들. 풀과의 전쟁이 힘도 들지만 보살피는 재미 또한 크다. 식물은 발걸음 소리를 듣고 큰다는 말이 맞는 말이다. 여러 날 돌봐주는 걸 거르다 보면 어느새 풀들이 끼어들어 크는 걸 방해하고 있다.

우리에게 꽃을 종종 선물해 주는 지인 부부가 있다. 대전에 사는 지인 부부는 퇴직 후, 공주 근교에 작은 농장을 갖고 취미로 꽃과 나무를 기른다. 꽃을 좋아하고 우리보다 먼저 시작했기에 그 덕을 많이 본다.

가끔씩 우리 밭을 방문할 때마다 좋아하는 꽃나무들을 나누어 주고, 더러는 내것을 나누어 가기도 한다. 심고 남는 씨앗을 전해 주는 농사 선배에게 우리는 많은 걸 배운다.

5년 전, 남편의 퇴직을 앞두고 밭일을 처음 시작할 때만 해도, 농부 초년생이니 뭘 알겠는가. 그저 남들이 하면 따라 하니 마늘도 1~2주 늦게 심고, 무엇이든 늦게 하게 된다. 그러니 자연히 수확량도 적었다. 삭막하게 시작하던 그때, 좋아하는 꽃이나 심어보자며 화단을 만들었다. 여기저기서 꽃을 나누어 주시는 분들이 무척 고마웠다. 조금씩 사다 심어봐야 꽃밭이 채워지지 않았기 때문이다.

그 빚을 갚느라 나도 부지런히 내가 좋아하는 꽃들을 잘 늘려서 지인들에게 나눔을 하고 있다. 그 재미가 쏠쏠하다. 받은 분들이 예쁘게 꽃이 피었다며 사진을 찍어 보내오면 그 또한 얼마나 즐거운지. 허리도 아프다며 맨날 구부리고 앉아 심었다 날랐다 한다고 가끔씩 남편에게 핀잔을 받기도 하지만 이제는 누가 왔다 가면, '뭘 나누어줄 게 없나?' 하고 남편도 챙기게 되었다.

경험 부족은 여기저기 나타난다. 조그만 마당에 잔디를 심고, 화단을 돌로 둘렀더니 돌 틈 사이로 잔디 뿌리들이 비집고 들어가 꽃나무들을 못살게 군다. 여기저기 파내다 보니 이래선 안 되겠다 싶었다. 며칠 쉴 틈에 화단 정리를 다시 하기로 했다. 돌들을 모두 빼내고 틈새 없게 긴 나무로 방부 페인트를 발라 칸막이를 단단히 해버렸다.

덕택에 조금 더 넓어진 화단을 또 다른 꽃들로 채워 나간다. 나누어 심기나 자리를 잘못 잡은 것들을 옮겨 심으며 이것들이 다시 자리를 잡아 피면 얼마나 더 예쁠까 기다림과 설렘만으로도 행복하다.

오늘은 기다리던 비가 촉촉이 와주니 그동안 나누려 했던 화초 모종들을 담아 차에 싣는다. 카톡으로 꽃 피었을 때의 사진도 찾아보냈다. 차 트렁크 속에서 노란 미나리아재비가 이별을 하면서도 방긋 웃는다. 잘 살려야 할 터인데. 옮겨심기에 까탈스러운 나비바늘꽃을 조심스레 담는다. 내 꽃모종들이 가서도 많은 이들에게 사랑을 받겠지. 나누는 기쁨이다.

편비 片碑

병자년丙子年 섣달 추운 겨울날, 나의 백부님이 돌아가셨다. 88세에 세상을 뜨셨으니 누가 봐도 호상이라 하겠지만 우리 가족에게 그분의 죽음은 남달랐다. 자손들은 물론 사위며 조카사위까지도 그분을 늘 의지하고 존경했기에 아까운 분이 가셨다며 눈물로 애도했다.

학식이 깊으셨고 집에서 혼자서도 늘 시조를 읊으시던 학자이셨다. 그러나 유교를 고집하지 않으셨고, 일본에 가서도 지내셨던 만큼 신·구를 겸한 분이셨다. 민주적인 사고방식으로 늘 아랫사람들의 말에 귀 기울이셨고, 옳고 그름을 잘 판단하셨다.

그분께서 하시는 말씀 한마디 한마디는 모두 교훈이었고, 나무람이 없어도 그분 앞에서는 모두들 매무시를 한 번 더 고치고는 했었다. 흩어져 가는 신세대들의 품행이며 언행을 보시면서도 호통보다는 부드러운 말씀으로 깨우쳐주시던 분이었다.

어쩌다 문안드릴 때 작은 선물을 드리면, 크게 고마워하며 오랫동안 아끼고 기념하셔서, 도리어 민망스럽기까지 했었다. 언젠가는 플라스틱이 막 나오기 시작했을 때 뚜껑이 있는 휴지통을 하나 사다 드린 적이 있었다. 그후 10년도 더 지난 어느 날, 말씀 중에 곁에 있던 휴지통 아래를 들어 보이시며 빙그레 웃으셨다. 그곳엔 '몇 년 몇 월 정란 증'이라고 못으로 파서 새겨놓은 글씨가 있었다. 별로 값도 안 나가는 휴지통 하나에도 그리 소중히 여기셨음이 놀라웠다.

늘 고향에 가면 온화한 미소 속에 우리를 맞아주시는 그분이 계셨기에, 어릴 적부터 고향 마을 어귀에만 들어서면 우리는 발걸음이 저절로 가벼워지곤 했었다. 머물다 떠나는 우리를 배웅할 때에도 마을 모퉁이에서 우리가 안 보일 때까지 굽은 허리 지팡이에 의지하고 서계시다가 우리가 뒤돌아보면 한참 동안 손을 흔들어 주시던 그분. 친정어머니 산소에 한참을 못 가도 늘 그 백부님이 곁에 계셨기에 걱정이 아니 되곤 했었다.

그렇게 고향에 계시며 많은 자손들에게 편안함을 주며 베풀기만 하던 그분이 실은 많은 아픔을 안으로만 새기며 사셨음을 뒤늦게야 알게 되었으니 그 안타까움이 컸다.

임종하신지 이틀 후 발인하는 날이었다. 우리는 모두 그분의 상여 뒤를 따랐다. 당신이 묻힐 곳을 손수 고르고 미리미리 모든 준비를 해놓으셨다고 했다. 장지에 오르자 자손들 성묘 다니며 찾기 좋으라고 그랬는지, 묘 바로 위에 아담한 백송 한 그루를 심어 키워놓으셨다. 올라서니 시원스레 당신 사시던 마을을 한눈에 볼 수 있고, 앞서 간 두 제수씨가 묻힌 곳도 모두 내려다볼 수 있는 그런 곳이었다. 이 다음 당신의 사랑하는 두 동생들이 제수씨들 곁에 묻히면, 살아 있을 때처럼 다정스레 곁에서 보고 싶은 뜻이셨으리라.

백부님의 산소는 이제야 봉분을 만드는데, 봉분 바로 앞에 작은 비석이 하나 눈에 띄었다. 6.25 때 전사한 작은아들의 비석이었다.

백부님께선 4남매를 두었었는데 차남을 6.25사변에 잃으셨다. 해마다 6월 6일 현충일이면 시에서 행하는 추도식에 백부님 내외분을 아버지께서 모시고 참석하시는 것을 보아 왔었다. 그로 인해 매달 연금을 타고 계시다는 것은 어렴풋이 들어 알고 있었다. 하지만 나는 그 오빠를 본 기억도 없을 뿐더러 까마득히 먼 옛일로만 생각되었기에 백부님께서 지금까지도 그토록 가슴에 아픔을 새기며 사셨으리라 미처 생각지 못했었다.

故 次子 中尉 在洙 碑라고 새겨진 碑의 뒷면에 백부님이 친필로 쓰신 한시가 새겨져 있었다.

그 시詩의 뜻을 새기면 다음과 같다.

수야 수야 재수야

아무리 불러도 대답이 없고

너는 오지 못하고

허공에 메아리만 전해 오는구나

13세에 일본에 유학하여 16세에 해방

귀국 후 18세에 입대하였다

본래 의지가 굳고

용기가 출중하였던 너

그때

중위로 26세 좋은 나이에

남북 분열 6.25 사변이 났다

가운이 불행하여 참사를 당했구나

일을 당한 지역은 강원도 양양지역이다.

네 아비와 어미는

저물어 가는 싸리문 밖에서

너를 사방으로 부르고 기다리고 있었지만

너는 오지 않고 허규만 있고

오직 뜬구름만 우리를 바라보고 있었다.

다행히 국가에서 매월 보훈금으로

우리를 위로코자 지급하여 주었으나

그로 더욱더 절실히 비통하여

한스럽고 민망스러움을 십분지 일이라도 보답코자

부모 묘정 앞에 片碑나마 명시하고

영원히 명복을 기원하노라

— 단기 4324년 80노부 자서

그 비문을 읽으며 우리 자손들 모두 흐르는 눈물을 주체할 수 없
었다.

백부님께서 한번도 그 아들에 대한 이야기를 하신 적이 없었고,
우리 또한 그분의 아픔을 들추는 것 같아 대화에 올리지 않기에,
차츰 우리들에게는 잊혀가던 일이었다. 하지만 그분께선 그 보훈
금을 매달 받아, 생활에 보태 유용하게 사용하신 몇만 배의 무게로
아들에 대해 민망해하며 사셨던 것이다.

남은 자손들은 모두 공무원들이었으니 각자 자기 생활하기 바빴
을뿐더러, 아버지의 통장에 매달 들어오는 보훈금이 있기에 안심하
고 용돈을 덜 보내드렸을 것이다. 아니, 그 돈을 모아 자손들 등록
금도 보내주신다는 이야기를 전해 들었다. 어찌 한 푼인들 그 돈을
헛되이 쓰실 수가 있었겠는가.

그 돈을 요긴히 쓰면서도 아들의 목숨값으로 내가 사는구나 하
고 민망하고 한스럽게 여기셨을 것이다.

돌아가실 때만 해도 그리 쉽게 돌아가실 것은 생각도 못했다. 몸

이 불편하시면 인근 병원에도 혼자 다니실 정도였는데, 그때 일흔이 된 큰아들이 병원에 입원 중이었다. 천식 해소가 심해져서 중환자실에서 몇 번이나 사경을 헤매기도 하였다. 모두들 그가 아버지보다 앞서가면 어쩌나 싶어 병원을 드나들며 걱정을 했었다. 조금 회복이 되어 사람을 알아본다는 소식을 전해 듣고는, 백부님께서 가서 만나보기를 원하셨다.

아들의 참혹한 모습을 보여 드리기가 송구스러워 나머지 식구들이 극구 말렸지만, 얼굴 한번 보자고 끝내 고집을 피우셔서 백부님을 병원으로 모셨다. 아들을 붙들고 우시면서 "빨리 회복하게나" 하고 돌아오셨다는데 다녀오신지 불과 며칠 만에 세상을 뜨신 것이다.

큰어머님과 함께 점심 잘 드시고 차까지 한 잔 나누시고는, 큰어머님이 마실 다녀오시는 사이 낮잠 주무시듯 편안히 가셨다고 했다. 모두들 애통해 하면서도, 자청이라도 하듯 아들보다 앞서가신 것을 다행으로 여기기도 했다.

당신의 임종을 예견이라도 하신 듯 약상자와 소지품들이 모두 정리되어 있었고, 오전 내 당신 몸을 닦으시고 틀니까지 깨끗이 닦아 정리해놓고, 마나님과 자식들 마음 아파할까 봐 혼자 살그머니 가셨다며, 깔끔하신 큰아버님의 성품을 큰어머님은 끝까지 칭송했다.

더군다나 평생을 애통해 하던 아드님의 비석까지 늘 바라다볼 수 있는 당신의 묘 앞에 손수 준비해 놓으셨으니, 마음 가볍게 가셨을 것이다.

그분의 묘소 위에는, 그분이 늘 바라보셨을 듯한 뜬구름이 두둥실 떠돌고 있었다.

월반하는 기쁨이 있기를

나태주 시인

|발문| 월반하는 기쁨이 있기를

나 태 주 시인

박정란 작가는 내가 1979년도 공주로 이사 와서 살면서 가장 가깝게 지내온 글벗 가운데 한 분이다. 분명히 공주 태생이고 공주에서만 산 분인데 성격이 화끈하고 열정적이어서 매작지근하고 은근짜인 공주 사람과는 많이 구분되는 분이다.

사는 것도 적극적이지만 문학 하는 자세도 적극적이어서 늘 앞에서 구성원들을 이끄는 역할을 했고 또 자청해서 타인을 돕고 봉사하는 일에 앞장서고 있다. 애당초 박 작가는 산문 분야의 글인 수필을 주로 쓰고 있었다. 수필은 오후의 문학이라서 그녀의 나이 때와 잘 어울리는 장르란 생각을 했다.

그런 그녀가 요즘엔 시를 쓰고 있고 시인으로 등단도 해서 활동하고 있다. 하지만 그녀의 본령은 수필이다. 수필은 자기 인생을 자분자분 정겨운 말로 표현하는 글. 그 어떤 장르의 문장보다도 인간성과 내면의 향기를 담아낼 수 있는 글. 그러기에 나는 그녀에게 보다 적합한 글은 시보다는 수필이 아닌가 생각해 온 것이다.

박 작가는 이미 볼륨 있는 수필집을 한 권 낸 바 있는, 저력 있는 작가다. 그런 그녀가 이번에 두 번째 산문집을 낸다고 해서 원고를 잠시 읽어보았다. 첫 번째 수필집에서와 마찬가지로 그녀의 수필은 그녀 삶의 진솔한 고백이란 점에서 매우 친숙한 느낌을 준다.

무엇보다도 솔직함이 장점이다. 그리고 열정적인 자기 고백이 또한 상쾌함을 선사한다. 오래되어 묵은 말이긴 하지만 '글은 곧 사람이다'란 말이 있다. 이 말이 딱 박 작가에게 적합한 말이 아닌가 싶다. 독자들 모두 그녀의 글 속에서 뜨겁게 인생을 사는 한 여성의 영혼을 만나게 될 것이다.

그녀는 공주의 여성이기도 하고 공주의 여성이 아니기도 하다. 기질적으로 그렇다는 말이긴 하지만 이제는 공주의 경계를 넘어서 보다 넓은 세상으로 자신의 능력을 펼치란 뜻으로 하는 말이기도 하다. 원고를 보내올 때 박 작가는 제목도 좀 생각해 보라고 부탁했다. 몇 편 글을 읽어보건대 '월반하세요'란 글이 보인다. 바로 이 제목이 지금 박 작가에게 가장 합당한 책의 제목이며 인생의 이정표가 아닌가 싶다.

월반합시다. 지금 우리 나이가 많기는 하지만 공부도 열심히 하고 글도 열심히 쓰고 인생도 뜨겁게 살아 월반하는 사람이 다 되어

봅시다. 두 번째 아름다운 책을 내는 박 작가에게 축하의 말씀을 전하며 내일 날에 변모될 우리 자신의 모습을 함께 상상해 보며 기쁨도 역시 함께 합니다.

열심히 산 사람이 맞이한 명랑한 노년
― 박정란 제2 수필집 『월반하세요』

양애경 시인, 평론가, 전) 한국영상대 교수

|작품론| 열심히 산 사람이 맞이한 명랑한 노년
— 박정란 제2 수필집『월반하세요』

양 애 경 시인, 평론가, 전) 한국영상대 교수

박정란 선생님처럼 부지런한 분을 본 적이 없다. 제자들에게 존경과 사랑을 받는 교수님의 완벽한 아내, 잘 키운 두 아드님의 자애로운 어머니, 100세 넘으신 친정아버님과 가장 많은 시간을 보내는 딸…. 이것만으로도 차고 넘칠 텐데, 공주문인협회, 금강여성문학회, 시낭송협회를 이끌며, 색소폰 연주 봉사를 정기적으로 하고 전원주택지 텃밭에 꽃과 야채를 가꾸신다. 굉장한 에너지를 지닌 여걸인가 보다 하겠지만, 사실은 특유의 약간 낮고 정감 어린 음성을 가지고 눈길에 따스한 미소가 풍기는 아담한 여성이다. 그 많은 일들을 하면서도 자투리 시간에 뜨개질을 하고 계시다. 주변 대부분이 박정란 선생님이 떠주신 꽃장식 수세미로 설거지를 하고 있을 정도다. 그렇다. 박정란 선생님은 작은 태양처럼 주변에 빛과 온기를 나눠주는 분이다.

필자도 박정란 선생님 곁에서 따스한 볕을 쬐고 있는 많은 사람들 중 하나이지만, 이번 제2 수필집 원고를 받아 읽으면서 선생님에 대해 다시 알게 되는 것이 많다.

　박정란 선생님은 2007년 수필시대로 등단하였고, 2017년에 첫 수필집『짧은 시간 긴 여행』을 출간하였다. 나태주 선생님이 그 발문에서, '매우 솔직하고 담백한 글, 경험한 그대로를 썼고 생각한 그대로를 쓴 글'이며, '이렇게 굴절 없는 글을 쓴다는 것이 쉬운 것 같지만 결코 쉬운 일이 아니'라고 하셨는데, 공감한다. 박정란 선생님은 2022년에『애지』를 통해 시인으로 등단하기도 했다.

　첫 수필집인『짧은 시간 긴 여행』이 유년과 중년을 거쳐서 온 세월 동안의 가족과 이웃과의 희로애락을 담았다면, 이번 두 번째 수필집『월반하세요』도 그 연장선상에 있다. 그렇지만 노년에 대한 사색이 더 깊어져 있는 점이 돋보인다. 백세시대, 베이비붐 세대의 은퇴가 절정에 달한 요즘, 우리나라에서도 노년에 대한 연구가 시작되고 있지만, 아직 많은 면에서 필요를 따라가지 못하고 있다. 누구에게나 닥쳐오는 노년을 어떻게 살아가야 할 것이며, 질병과 경제적 위기, 외로움이라는 위험요소들을 어떻게 극복해야 할 것인지 걱정이 많다. 이런 시기에 박정란 선생님의 소박하면서도 현명함을 담은 글들이, 많은 시사점과 위로를 줄 것이라고 생각된다.

이 글에서는 첫 수필집 이후 작가의 생활과 마음이 어떻게 변화했는지, 그것이 삶에 어떠한 의미를 가지는지에 대해 짚어보고자 한다.

1. 가족 안에서

1) 자매와 아버지

수필을 읽는다는 것은 한 사람의 마음과 삶을 있는 그대로 들여다보는 일이다. 수필은 시나 소설처럼 비유법이나 허구라는 보호막이 없다. 그래서 쓴 사람의 인품이 그대로 드러난다. 이 책은 기분 좋게, 때로는 뭉클하는 감정으로 읽힌다. 고개를 끄덕이며 책 속에 끌려 들어가게 된다.

박정란 선생님의 수필에 가장 많이 등장하는 것은 가족이다. 첫 작품 「뭐해 뭐해」는 박정란 선생의 친정의 가족사가 한눈에 읽히는 작품이다. 딸을 다섯 낳은 후에 2명의 남동생이 태어났다니, 그 자매들의 관계가 얼마나 아기자기할지 상상만으로도 흥미롭다.

우리 자매들의 카카오톡 단톡 채팅방 알림음이 '뭐해 뭐해'이다. 자매들이 톡방에서 대화를 시작하면 한참을 가야 끝이 난다. 외출 시에나 혹

은 누굴 만나는 자리에 이 알림음이 켜져 있으면 시끄러워서 당황하게
된다. 그래서 나는 급한 연락을 서로 해야 할 때를 제외하고는 알림음을
무음으로 해놓는다.

　어느 날은 한두 시간 후에 카톡을 살펴보면 40여 개가 와 있거나 60
여 개가 와 있어서 친절한 안내, '여기까지 읽으셨습니다'부터 천천히
읽어 내려가야 한다. 오늘은 또 뭔 일이 있었지?

　―「뭐해 뭐해」 중에서

충남의 각 지역에 흩어져 사는 다섯 명의 자매들이 단톡방에 모
여 있다. 그 채팅 알림음이 '뭐해 뭐해'다. 자매들이 대화를 시작하
면 단톡 알림음이 연속으로 '뭐해 뭐해'하고 울리기에, 일이 있을
때는 잠시 알림음을 꺼놔야만 한다. 결혼하여 각자 자기 가족을 이
룬 모든 자매가 이렇게 사이좋게 소통하는 일이 쉽지 않다는 것은
주변에서 보아 안다.

　자매들의 가장 큰 공동 관심사는 100세가 넘은 아버지의 신상이
다. 치아가 좋지 않은 아버지의 식사를 위해 아버지가 드실 수 있
을 만한 음식에 관한 아이디어를 나누고, 오늘 아버지가 어떤 음식
을 드시고 싶어하시는지 알린다. 그러면 음식솜씨 좋은 자매는 음
식을 만들고, 가까이 사는 자매는 아버지께 음식을 날라다 드린다.
그리고 얼마큼, 얼마나 맛있게 드셨는지, 다음에는 어떤 음식을 마
련해야 할지를 의논한다.

박정란 선생님이 모임을 주선하고 이끌어 나가는 능력이 특출하신 것이 어디서 왔는가 했더니, 어려서부터 5자매가 협력했던 경험에서 비롯된 듯하다.

  작품 「일요일의 외출」은, "매주 일요일, 우리 형제자매들은 아버지 교회에 간다"는 문장으로 시작된다. 여기서 '아버지 교회'란 말은 종교에 관한 말이 아니다. 독실한 교인들이 일요일마다 교회에 가듯, 모든 형제자매가 일요일이면 아버지를 찾아뵙자는 말이라고 한다. 아버님이 장수하시다 보니 어머니 두 분을 차례대로 떠나보내시고 혼자 남으셨다. 7명의 형제자매가 일요일마다 같이 또는 번갈아 찾아뵙는 것으로는 마음이 놓이지 않아, 아버님은 본인이 가보고 고르신 실버타운으로 들어가셨다. 그렇지만 일요일의 외출은 계속된다. 모시고 나가 병원 순례, 이발, 식사대접, 필요한 물건 사드리기 등 도와드려야 할 일이 많다.

  아버님의 건강 상태는 모두의 가장 큰 관심사다. 건강이 좋으신 편이지만, 고장 나는 곳이 있기 마련이다. 「얼굴이 후끈」에서는 아버님 눈 밑에 뾰루지가 나서 낫지를 않는다. 뭔가 심상찮다는 느낌이 들어 병원에 가니, 피부암이라고 한다. 수술을 할 것인지 그대로 두는 게 나을 것인지 갑론을박한다. 아버지께서 수술을 겁을 내시기 때문이다.

"아버지! 힘들게 수술 같은 거 하지 말고 그냥 한 5년 사심 안 될까
요?"

"나도 그게 좋겠다. 무서워"

　―「얼굴이 후끈」중에서

　아버지 모시고 여러 개의 병원에 가 상담하고 시간차를 두고 고
민한 후, 마지막으로 만난 의사에게, '선생님! 노인이시니 수술이
무척 걱정됩니다. 선생님의 아버지셨어도 저 연세에 수술하시라고
권하실 건지요?'하고 묻고는, '네. 그럼요.'하는 자신 있는 대답을
들은 후에야 수술을 결심하게 된다.

　다행히 수술이 성공하여 당시 80세이셨던 아버님은 이제 101세
가 되셨다 한다.

　이렇게 20여 년이나 더 사시는 아버지께 한 5년만 더 사시라는 말
씀을 드렸었으니 얼마나 죄송스러운 말이었나. 그때를 생각하면 지금
도 얼굴이 후끈하다.

　―「얼굴이 후끈」중에서

　이 부분에서 푹~ 웃고 만다. 아이러니다. 고통을 겁내시니 덜
힘들게 할 방향을 찾으려는 것이었지만, 결과적으로 향후 20년 이

상을 더 사실 아버지께 '한 5년만 더 고통 없이 사시는 게 어떠냐'고 한 자식은 자다가도 이불을 찰 정도로 민망하고 부끄럽다. 인간적으로 공감이 간다. 사실 부모에게 잘한 자식일수록 나중에 돌아가신 후에 후회도 많고 반성도 많은 법이지 않은가.

백세시대라고 하지만, 실제 100세가 될 때까지 사는 분은 흔하지 않다. 사람은 얼마큼 사는 게 적당할까? 몸과 마음이 온전한 상태로 나이 든다면 100세가 아니라 120세를 살아도 좋겠지만, 세월에는 예외가 없다.

노인의 컨디션이 확 나빠지는 변곡점이 있다. 그중 하나가 고관절 골절이다. 박정란 선생의 아버님도 100세의 나이에 고관절 골절을 당하셨다 한다. 코로나 시국이니 입원, 수술, 회복, 재활 등의 과정은 더욱 복잡해진다.

매일 전화와 영상통화로 아버지 회복 상태를 체크해 보며 자칭 간병 달인이라는 분에게 일당도 정해진 가격보다 더 주며 부탁했건만 10여 일이 지나 퇴원한 후 확인해 보니 수술 부위보다도 더 아파하시는 곳이 기저귀 때문에 아래에 생긴 습진이었다.

"기저귀를 막 잡아 빼, 인정사정 없이."

"잠깐 나갔다 온다더니 다섯 시간은 걸렸나벼."

설마 돈 받고 일하는 분이 그리 오래 비웠으랴만 얼마나 고통스러

운 시간을 보내셨으면 그리 길게 느끼셨을까. 말씀 하나하나가 마음
을 아프게 했다.

　　―「효도 참 어렵다」 중에서

　병원에서 노인환자를 돌보는 간병인이나 요양원 또는 요양병원
의 요양사들에 대한 불만과 우려가 많다. 노인환자는 몸만 못 쓰는
게 아니라 섬망과 치매 등으로 인해 간호하기가 몇 배나 힘들다.
자식도 못하는 일을 타인이 돈 받고 하려니, 게다가 요양사는 한꺼
번에 10~20여 명을 돌보기도 하니 문제가 생기기 마련이다. 그런
줄 알면서도 맡길 수밖에 없는 자식들은 죄인일 수밖에 없다.

　박정란 선생의 아버님은 그런 점에서 최고의 보살핌을 받는 분
이다. 고관절 골절 수술을 마치면 요양병원으로 모시는 게 보통이
지만, 막내따님이 집으로 모시겠다고 한다. 남자어르신이니 키도
크고 몸도 무겁다. 자매들 서너 명이 함께 일으키고 씻기고 먹이고
입히고 한다. 그래도 대소변 시중과 아버님의 섬망은 버겁다. 섬망
이 오면, 헛것을 보고, 자신이 다쳤다는 것을 잊고 링겔과 관들을
뽑아버리는가 하면, 부러진 다리로 뛰쳐나가기도 한다. 박정란 선
생의 아버님도 이런 과정을 거쳐 간신히 회복되신다.

　그렇지만 이런 부상은 원상복구되지는 않는다. 아버님은 휠체어
상태로 실버타운으로 돌아오셨지만 오전에는 주간보호센터에서,

야간엔 개인 간병사를 들여서 급한 불을 껐다. 딸들은 급한 연락이 오면 달려가야 하는 대기조 상태다.

> 한 달 동안 녹초가 된 실버 딸들은 다가올 자신들의 모습을 클로즈 업해 보며 각자의 노후를 더 걱정하고 있다. 아버지는 7남매나 두셨으니 가능한 일인데 자식을 하나 둘 둔 우리들은 이 다음 어쩌나 걱정이다.
>
> 그나저나 효도하기 참 어렵다.
>
> ―「효도 참 어렵다」 중에서

아버님이 100세면 자식들은 70이 넘은 나이다. 우리보다 먼저 고령화된 일본에선 이미 오래전에 '노노케어老－老care'가 사회문제로 대두되었다. 노인이 노인을 돌보는 시대라는 말이다. 자기 몸도 겨우 지탱할 나이에 윗세대 노인을 돌봐야 한다. 박정란 선생님네는 7남매나 되고 드물게 사이좋은 남매이니 가능한 일이지만, 우리 세대의 노후는 어떻게 될지 걱정하고 있다. 사실, 우리나라의 복지시스템이 좋아진 것은 사실이지만, 노인 문제의 해결은 갈 길이 멀다. '효도하기 참 어렵다'는 고백이 마음에 와 닿는다. 한편으로, 이 사이좋은 대가족에 부러움도 느낀다.

2) 부부

수필 「내게 소중한 것」은 문정희 시인의 시 「남편」의 인용에서부터 시작한다. '나와 전쟁을 제일 많이 한 남자'라는 구절이다. 처음부터 잘 맞는 부부가 있을까.

> 우리 부부도 그렇다. 침대의 온도부터 다르다. 나는 따뜻한 걸 좋아하지만 더우면 못 자는 남편은 겨울에도 시원해야 한다. 나는 단 커피를 싫어하는데 남편은 달달한 커피를 좋아한다. 어디 그뿐인가. 새로운 걸 좋아하는 남편은 여행이나 쇼핑도 좋아하고, 나는 꼭 필요할 때 외에는 사람 많은 곳은 피곤해서 돌아다니길 즐기지 않는다.
> 급하고 직선적이어서 화가 나면 참지 못하고 누가 있거나 말거나 화를 내서 가끔은 자존심도 상하고 한바탕하고 싶지만 대부분 참고 산다.
> ─「내게 소중한 것」 중에서

박정란 선생님과 부군이신 김학수 교수님이 함께 색소폰 연주를 하거나 모임에 함께 하신 모습을 뵈면 참 이상적인 부부라는 생각이 들었다. 바깥분보다 안사람이 더 씩씩한 결합이 아닐까 얼핏 생각하기도 했다. 하지만 이번 책을 보면서 의외로 진짜 부부를 이끄는 사람은 바깥분이었구나 하는 생각이 들었다. 전원주택지를 사서 텃밭을 일구게 된 것도, 색소폰 연주를 부부 함께 시작한 것도, 젊으실 적 스포츠용품 상점을 차린 것도 그렇다. 물론 자잘한 일들은 아내의 의사에 따르셨을 것이나, 큰일은 남편분이 결정하셨고, 아내는 맡은 일에 최선을 다하려 노력하신 것 같다.

두 분이 결혼하게 되었던 즈음의 사연도 재미있다. 결혼 전, 신랑 자리가 홀어머니에 가난한 집 아들이란 이유로 부모님의 반대가 있었다 한다. 고민 끝에 용한 점쟁이를 찾아가 궁합을 보니 다음과 같이 말했다.

"같은 해 같은 달에 태어났으니 둘이는 볼 것도 없이 좋은 사주이고 남자는 장관 자리까지 올라갈 사주니 결혼하시는 게 좋겠소. 그리고 아가씨가 남편을 잘 보필해 앞으로 큰사람이 되게 해 줄 사주니 걱정하지 말고 해요."

"겨우 시골 학교 선생인데 뭔 장관까지 가요?"

"문교부 장관도 있잖소."

─「새해에는」 중에서

대화가 소설처럼 재미있다. '장관까지는 바라지 못해도 이 남자 나쁘게 풀리지는 않겠거니 희망을 걸고' 부모님의 반대를 무릅쓰고 결혼을 강행했다는 것이다. 여기에 설명은 **빠졌지만** 신랑감이 훈남이신 것도 작용했을 것 같다. 결과는 좋았다. 본인의 노력과 아내의 뒷바라지로 남편은 후에 존경받는 대학교수가 되신다.

그래도, 부모님이 걱정하셨던 대로 결혼생활이 쉽지만은 않았던 것 같다. 경제적 이유로 아이들을 기르며 가게를 운영했는데, 나중엔 병드신 시어머님을 집에 모시고 여러 해 간병해야 했다.

그런데 사람의 마음은 묘해서 힘든 것보다 더 참기 어려웠던 것이 남편과의 불협화음이었던 듯하다. '화성에서 온 남자, 금성에서 온 여자'라 할까.

「아들아! 넌 그러지 마」에서 아내가 남편과 함께 먹을 점심밥을 준비하려 하는데 남편에게서 전화가 온다. 남편은 점심약속이 생겼으니 밥을 하지 말라고 한다. 아내는 부부 동반 초대인 줄 알고 점심 먹으러 온다는 아들까지 오지 말라고 연락을 하고 외출 준비를 하고 있는데, 집에 돌아온 남편은 외출준비를 하며 자기만 가는 약속이라고 한다.

　"뭐라구요? 그럼 왜 밥을 하지 말래? 난 뭐 먹으라구요? 그럼 괜스

　레 큰애만 집으로 오지마라 했잖아요."

　"그런가? 난 내 밥 하지 말란 뜻이었지."

　— 「아들아! 넌 그러지 마」 중에서

남편에게 악의가 있었던 것은 전혀 아니다. 그냥 남편과 주부의 생각 회로가 달랐던 것뿐이다. 다음 에피소드도 그렇다.

어느 날은. 불판에 고기를 구워 먹었다. 알맞게 구워진 고기를 먹을 수 있도록 남편 식사를 곁에서 돕고 있는데 열심히 먹던 남편은

"그만 구워. 이제 됐어."

라고 말한다. 나는 고기를 한 첨도 안 먹었는데 말이다. 아무 말 없이 고기를 더 구웠다.

"그만 구우라니까…"

"난 안 먹어? 나도 좀 먹으려고."

―「아들아! 넌 그러지 마」 중에서

남편은 아내의 볼멘소리를 듣고 나서야 '아 참! 마누란 안 먹었지'하고 민망해한다. 돌보고 베푸는 역할과 받는 역할이 오래 계속되면 이런 일이 벌어진다. 남편과 아내만이 아니라 부모와 자식 간에도 그렇고 형제간에도 그렇다.

차이는 이런 갈등에 대처하는 태도에서 발생한다. 부정적인 사람이라면 부부 사이에 갈등이 갈수록 쌓여만 갈 것이다. 그렇지만 박정란 선생님은 긍정적 마인드를 가졌다.

"문정희 시인의 시에서처럼 그래도 나와 제일 많이 밥을 같이 먹은 남자이고, 내가 제일 사랑하는 내 아이들의 아빠이고 내가 아플 때 제일 먼저 달려와 줄 남자가 남편일 것 같아서다. 그래서 좀 맘에 안 들어도 되도록 '좋은 것만 생각하며 살자' 그러며 산다.

— 「내게 소중한 것」 중에서

이렇게 남편에 대한 기본적 믿음이 있다. 그래도 한편으로는, 아들이 결혼해서 자기 아내에게 그럴까 봐 걱정이 된다. 그래서, "아들아! 너희들은 마누라에 대한 배려를 늘 생각하고 말해 주렴!"하는 충고로 글을 맺는 것이다.

'내가 아플 때 제일 먼저 달려와 줄 것 같은 남자'라는 작자의 예상은 맞았다. 건강했던 박정란 선생도 나이 들어가며 아픈 곳이 생긴다. 「남편의 바람」에서 아내가 손목 골절을 당하자, 남편이 집안일을 도와야 하게 된다. 남편이 설거지를 하면서 아내에게, '왜 물 마신 컵에 커피를 마시지 않고 새 컵을 꺼내 마셔서 설거지거리를 늘어나게 하냐'는 불평을 한다. 입장이 바뀌게 된 것이다. 아내는 말없이 쾌재를 부르며 '진즉에 그래주지'하고 생각한다.

이 기회에 남편에게 집안일을 좀 가르쳐야겠다고 생각하지만, 쉽지가 않다.

부부 중에 누가 먼저 갈지 모르니 남자들도 주방 일을 가르쳐야 남자가 혼자 남게 되어도 자식들 덜 귀찮고 무엇보다 자신이 덜 당황스럽다고 나이 든 세대들이 종종 말하는 걸 전해도 절대로 자기가 먼저 갈 거니까 그런 걱정은 말라 한다.

이번 기회에 남편에게도 가사 일을 가르쳐 보려던 것이 모두 허사로 끝난 채 나는 깁스를 풀고 말았다. 아직은 부기와 통증으로 재활치료가 남아있지만 나보다 깁스 풀은 팔을 보며 더 기뻐하는 남편을 본다. 곧 다가올 주방으로부터의 탈출의 기쁨일 거다.

어쩔 수 없이 내가 남편보다 더 오래 세상에 남는 방법밖에 없나 본데 남편의 뜻대로 될까?

— 「남편의 바람」 중에서

남편에게도 위기가 있었다. 교통사고로 중상을 입은 일이다. 「간호 선생님」은 간호사가 된 이질녀를 보며 남편이 다쳤던 때를 회상하는 구조로 된 글이다. 때는 1988년 여름, 남편이 '이토록 많이 다친 사람은 처음 본다'고 생각할 정도의 부상을 입었다. 늑골이 부러지고, 장 파열로 내출혈이 의심되니 물 한 모금도 주지 말라는 의사의 엄명이 떨어졌는데, 남편은 갈증으로 '물 한 모금만 달라'고 보는 사람에게마다 사정을 하는 것이었다.

차마 볼 수가 없을 만큼 고통스러워하는 그이를 옆에서 지켜보기가 안타까워 견디기 힘들 때, 나에게 의사 선생님은 물론 간호사, 조무사들까지 하나님같이 보였다. 얼굴은 뚱뚱 부어서 알아볼 수조차 없게 되었고 코에는 호스와 산소 호흡기로 줄이 여러 개 달려있었다. 몸은 움직이지 못하도록 침대에 두 팔과 다리까지 묶여져 있는 형편이었다.

갈증에 견딜 수가 없던 남편은 간호사가 나타날 때마다 붙들고 사정을 했다.

"간호원 아가씨! 나 물 좀 한 컵만 주세요."

"아가씨가 뭐예요. 좀 참으세요."

저럴 수가⋯ 저토록 온몸이 부서진 환자에게 쌀쌀맞게 핀잔을 하다니. 인정머리 없는 간호사가 너무너무 괘씸했지만 표현조차 할 수가 없었다. 목이 말라 통사정을 하던 남편은 물론 옆에서 지켜보는 나도 '간호원 아가씨'란 말이 왜 잘못되었는지 몰랐다. 이제껏 다들 그렇게 부르며 지내지 않았던가?

—「간호 선생님」 중에서

중상을 입어 갈증을 호소하는 남편에게, '아가씨가 뭐예요. 좀 참으세요'라고 쌀쌀하게 대꾸한 간호사에게 아내는 괘씸함을 느낀다. 하지만 남편이 회복되어 중환자실에서 일반 병실로 옮긴 후에야 간호사가 화내던 까닭을 알게 된다. 때는 '간호원', 또는 '간호원 아가씨'라고 불리던 직업 명칭이 '간호사'라는 전문직 호칭으로 막 바뀐 때였다. '간호사 선생님'이라고 불러야 했던 것이다.

아픈 사람이 뭐라고 호칭하든 그게 무슨 상관일까. 그 아픔에 대한 연민과 배려가 선행되었으면 좋았을 것이다. 그렇지만 간호사도 사람이니 자신이 하는 일에 대한 존중을 원했다는 걸 알게 된다. 남편을 살리는 일이 간절했던 아내는 그후부터 '간호 선생님! 이것 좀 부탁합니다.'라고 꼭꼭 존칭을 했고, 간호사들이 상냥하고 친절하게 처리해 주어 병원 생활을 큰 어려움 없이 해 나갈 수 있었다 한다.

필자는 여기서 사랑하는 사람을 살리려는 간곡한 마음을 읽었다. 간호사도 환자 보호자도 환자를 살리기 위한 최선을 원한다. 그 과정에서 의료진에게 최대한의 예의와 성의를 보이는 것은 자존심을 넘어 당연한 일이다. 박정란 선생은 종합병원 간호사가 된 이질녀에게, "너만은 힘들더라도 항상 친절함을 잃지 않는 간호사가 되어주렴. 혹 아가씨라 부르는 환자가 있더라도 화내지 말고." 하는 격려와 부탁을 전한다. '성심성의를 다한다'는 말은 박정란 선생의 삶의 자세에 잘 어울리는 말이다.

세월이 더 흘러 최근에 남편은 아내의 믿음에 보답하게 되었다. 박정란 선생님이 고관절 인공관절 치환술을 받게 되었다. 수혈이 필요하고 중환자실에 들어가야 할 정도의 대수술이다. 수술이 끝나고 회복실로 나왔을 때, 남편이 기다리고 있다.

"정신이 드세요?"

"이름 좀 말씀해 보세요"

"네… 수고하셨습니다. 수술 잘 끝나셨고요. 입원실로 이동하시겠습니다."

침대에 눕힌 채 회복실 문을 나서니 초조히 기다리던 남편이 반갑게 맞이한다.

"수고했어요."

남편의 손이 따뜻했다.

— 「긴 외출」 중에서

산소호흡기까지 달아야 할 정도의 위급 상태였던 모양이다. 코로나로 인해 면회도 자유롭지 못할 때였지만 환자 상태가 걱정스러워서 남편이 곁에 머물며 하룻밤 간호하는 것이 허락되었다. 그리고 고통스러운 회복 기간을 거쳐 목발을 짚고 그리웠던 집에 돌아가게 되기까지는 무려 한 달이 걸렸다.

「따뜻한 사람들」에서는 퇴원 후의 이야기가 나온다. 주방에 들어가기를 그렇게 싫어하던 남편이 가사를 도맡고, 지인들은 김치와 반찬을 나른다.

　　주위를 살펴보면 대부분 아내가 몸이 약하거나 수술을 했거나 아파

본 경험이 있는 남편들이 아내에게 자상하게 잘했다. 가사도 잘 도와

주고 말이다. 아내들이 건강하면 믿거라 하고 대부분의 남편들은 무

관심해지기 마련인가 보다.

　　그 자상한 남편들이 부러웠는데 이번 아프면서 내 남편도 자상한

남편으로 돌아왔다. 세탁기 빨래나 청소는 무조건 자기가 한다. 내가

무슨 일을 하면 '도와줄까?'를 종종 묻는다. 내심 기분이 좋다.

　　―「따뜻한 사람들」 중에서

　'아! 그렇구나!' 하는 깨달음을 주는 글이다. 아내에게 특별히 잘

하는 남편이 따로 있는 줄 알았는데, 사실은 아내가 몸이 약하거나

크게 아팠던 경험이 있는 남편들이 아내에 대한 배려가 많았다는

사실이다. 그야말로 필요는 성공의 어머니다. 박정란 선생도 아프

고 나서 남편이 자상하게 바뀌었다. 그렇지만 아내가 아프기 전에

남편이 미리 잘하면 더 좋지 않을까? 라고 이 글에선 결론을 내린

다. 부부가 함께 건강해야 함께 오래 행복을 누릴 수 있을 것이기

때문이다.

　박정란 선생님 부부를 보면, 남편을 지극정성으로 뒷바라지하는

아내와, 아내에게 더 크게 될 기회를 열어주고 격려하고 응원하는 남편의 모습이 보인다. 일방적인 희생이 아니라 상생相生이라 더 좋고, 그렇게 얻어낸 서로의 성공이 더욱 빛나 보인다.

 3) 자녀

 아이들은 자기만의 눈으로 세상을 본다. 그래서 어른들은 종종 내 아이가 천재가 아닌가 놀라면서, 때로 이 아이가 세상에 잘 적응할까 걱정도 하면서 아이를 기르는 것 같다.

「문 없는 집」은 박정란 선생이 자녀를 기르면서 짠했던 에피소드를 담고 있다. 생활비에 보태기 위해 스포츠용품점을 하던 때의 이야기다. 아이가 어린이집에 다녀오면 맡길 곳이 없어 가게 안에서 아이를 돌보면서 장사도 해야 했다. 아이에게 동화책을 읽어주다가 손님이 오면 손님을 상대하고, 다시 책을 읽어주다가 손님을 맞이하고….

> 그렇게 지나기를 여러 날, 아이는 그만 지쳐 버렸나 보다. 하루는
> "엄마! 우리 문 없는 집으로 이사 가자"
> "문이 없으면 어떻게 사람이 드나들어?"
> "사람 오는 거 난 싫어. 문 없는 집이 좋아."
> 아! 그제야 나는 아이의 맘을 헤아려 볼 수 있었다. 얼마나 실망을

거듭했으면 네 살짜리 어린아이가 문 없는 집을 상상했을까.

— 「문 없는 집」중에서

엄마에겐 손님의 방문이 반갑지만, 네 살짜리 아이에겐 손님이 엄마와의 오붓하고 편안한 생활을 방해하는 존재일 뿐이다. 장사를 하지 말란 말을 하지는 못하고, 아무도 들어오지 않게 집에 문이 없으면 좋겠다고 푸념하는 것이다. 마음을 쿡 찔린 엄마는 아들에게 미안하다.

여러 해가 지난 후에 병으로 쓰러지신 시어머님을 모시기 위해 가게를 접었다. 장난감을 사 달라 조르는 아이에게 엄마가 장사를 그만둬서 돈이 없다고 하니, 아들은, "엄마! 장사는 그만두더라도 금고는 가져오셨어야지요." 하며 나무란다. 이 부분에서 웃음이 쏟아졌다. 역시, 아이디어가 반짝거리는 아드님이었던 것 같다. 지금 그 아드님은 잘 성장하여 두 아이의 아빠가 되었고 아이들을 지극정성으로 잘 키우고 있다는 해피엔딩이다.

부언하면 박정란 선생님은 두 아드님을 두었다. 위 에피소드에서처럼 생활에 바빠 보살핌이 적지 않았나 미안해하기도 하고, 혹시 경제관념을 잘 못 가지고 자랄까 봐 걱정도 하지만 (「엄마도 용돈 줘」), 두 아드님 모두 잘 자라서 모두가 부러워할 만한 직업을 가지고 잘 맞는 짝과 결혼도 했다. 작품 「시어머니가 되던 날」에는 큰아드님을 결혼시키던 날의 설레임과 분주함, 하객에 대한 고마움, 둘째아드님을 곧이어 결혼시켜야 하기 때문에 갖는 하객들에 대한 미안함 등이 진솔하게 담겨 있다. 말미의, "햇살 맑은 날, 나는 행복한 시어머니가 되었다."라는 1줄 술회에서, 아들을 낳아 소망을 담아 길러 마침내 골라인에 안착시킨 어머니의 만감이 읽히는 듯하다.

이제 엄마는 시어머님이 되어 며느리와의 좋은 관계가 주 관심사가 되었다.

얼마 전부터 인터넷에 떠도는 신조어 중에 미친년 시리즈가 있다. 그중에 하나가 '며느리를 딸처럼 여기며 지내고 싶은 시어머니'라고 한다. 그런 걸 보면 며느리가 절대로 딸은 될 수 없다는 말일까? 가끔씩 누가 그런 말을 지어 유행시킬까 쓸쓸하다. 그만큼 고부 사이는 어렵다는 말일 거다. 피가 섞인 딸이랑은 다르다는 말이겠지.
―「고부姑婦 사이 2」중에서

젊은 여성들 사이에선 '며느리를 딸처럼 여기며 지내고 싶은 시어머니'가 기피 순위에 들어 있다는 것이다. 사실, 아들만 둘이니 며느리를 맞이하면 딸처럼 아껴주고픈 로망이 있었던 작자는 그런 인터넷 유행어가 쓸쓸하게 여겨진다. 그런데, 자신의 며느리 시절을 돌이켜보면 역시 며느리와 시어머니의 관계는 처음 먹었던 마음만큼 쉽지만은 않았었다. 지나고 나서야 더 많이 이해해 드렸더라면 좋았을 것을 하는 후회가 든다.

그래서 저자는 아들과 며느리에게, '최대한 내 마음을 표현하고 애들 말도 존중하며 지내는' 현명함을 가지기 위해 노력하고 있다고 한다. 그리고 또 과거시대의 시어머니들보다 깨인 부분은, '자신의 아들이 처가에서 맘에 들어하는 사위로 잘 살아주기를 바라는' 점이다.

> 나의 좋은 며느리에 대한 기대만큼 내 아이 또한 처가에서 맘에 들어 하는 사위로 잘 살아줘야 할 텐데 그도 가끔은 걱정이 된다. 나이를 먹어도 엄마 앞에서의 아들은 늘 철없음으로만 보이니 말이다. 그러나 가끔은 안사돈께서 '아드님을 어쩜 그리 잘 키우셨어요' 라는 전화를 받게 되니 아들 또한 장모님께 인정받는 것 같아 흐뭇하다.
> ―「고부姑婦 사이 2」중에서

안사돈에게서 '어쩌면 아들을 그렇게 잘 키우셨냐'는 말씀을 듣는 것은 제일 맘이 놓이는 칭찬일 것이다. '처가 사랑은 마누라 사랑'이라는데, 역시 아들이 며느리에게 잘한다는 뜻이다. 그 보답으로 며느리도 정성껏 고른 스카프를 시어머니께 선물하여 마음을 표현한다. 가족의 교감이 행간에서 읽힌다.

2. 이웃 안에서

모두의 중심이 되는 사람, 인기 있는 사람을 요즘 유행어로 '인싸'라고 한다. 공주 지역사회 문화계의 인싸라면 박정란 선생을 빼놓고 말할 수 없다. 고향이 서울이고 어려서 대전으로 이사 와서 이 학교 저 학교 전학 다니며 어린시절을 보낸, 어쩌면 '자발적 아싸'인 필자는 공주에 가서 박정란 선생과 만나면, 눈이 휘둥그레지고 만다. 박정란 선생님께 남녀노소 할 것 없이 건네오는 인사들이며, 여러 세대(조부모-부모-본인-자녀)에 걸친 안부가 오가는 것을 듣게 되기 때문이다. 아마 이것은 공주 지역사회의 유지들만이 가진 특징이기도 할 것이다. 앞서 박정란 선생님이 수술을 하고 회복 중일 때 김치를 담그고 반찬을 만들어 날라 주었다는 지인들의 돈독함이 이해가 간다. 모든 관계는 상호적인 것이니 그만큼 그동안 이웃에게 베푼 것이 많다는 뜻도 된다. 이 책 속에는 그러한 다정한 이웃과의 관계가 많이 담겨 있다.

또한 이 책 속에는 이웃의 가슴 아픈 사연들을 통해 삶의 여러 국면을 읽어내는 통찰이 들어 있다. 특히 함께 나이 들어가는 노년의 문제들에 주목한다.

예를 들어 「장례식 축하」는, 제목이 눈에 번쩍 뜨인다. 장례식을 축하하다니 무슨 말일까. 사연인즉 이렇다. 40여 년 전 18세 나이의 처녀를 30 넘은 가진 것 없는 총각이 건드렸고, 처녀를 데리고 먼 곳으로 야반도주를 한다. 그리곤 그 처녀에게는 친정부모와의 절연, 생활고, 남편의 알콜중독과 의처증이 닥쳐온다. 자식들까지도 '그만 아버지와 헤어지고 마음 편히 사시라'고 하였지만 버리지 못했던 남편이 병이 깊어 세상 뜨자, 그녀를 걱정하던 고향의 친구들에게서는 조문보다 먼저, '그동안 애썼다. 축하한다'는 말이 저절로 나온다. 참으로 인간적이라고나 해야 할까.

「한낮의 비상벨 소리」는 이웃 노인의 사연이다. 성공한 아들들을 두었지만 막내딸과 살고 있는 할머니다. 눈이 안 보여서, 딸이 출근하고 나면 집안에서 혼자 더듬더듬 지내신다. 어느 날 낮에 할머니가 황급히 아파트 앞집 문을 두들긴다. 종종 있는 일이라 그런지 아무도 나와보지 않는다. 급히 나가보니 할머니는 집안에 비상벨이 울렸는데 왜 그런지 모르겠다고 패닉에 빠져 계시다. 할머니를 부축하고 몇 층 위인 할머니 댁으로 올라가자 화재가 나거나 가스가 누출되었을 때 홈오토에서 알려주는 비상벨 소리가 요란하게 나고 있다. 관리실도, 이웃집도 모두 외면하여, 몇 층 아랫집까지 내려와 문을 두들기는 동안 눈도 안 보이는 그 할머니가 겪었을 두려움이 안쓰럽다. 홈오토를 꺼서 해결을 해드린다.

할머니는 빨리 죽어서 자식들의 부담을 덜어주고 싶지만, 생으로 죽으면(자신이 자살 같은 걸로 죽으면) 자식들에게 나쁘다고 하니 어쩌면 좋으냐고 푸념을 하며 우신다. 저자는 '한낮에 아파트가 떠나갈 듯 울려대던 그 비상벨은 요즘 노인들의 외로움을 말해주는 비명소리가 아닐까' 하고 술회한다.

「어버이날 우는 노인」도 자식들에게 외면당한 노인에 대한 이야기다. 7명의 자식을 키웠으나 얼마 안 되는 땅을 그중 못사는 아들 하나에게 몰아주었다는 죄로 자식들에게 버림받은 할머니다. 어버이날, 자식들은 아무도 오지 않고, 인근 교회에서 나온 모르는 젊은이들이 어버이날 꽃을 달아주기에 서러워 울고 있다는 것이다. 재산 물려준 아들은 자기 사정으로 멀리 떠나고, 다른 자식들은 돈 받은 놈이 엄마를 맡으라면서 매몰차게 군다. '재산이 많으면 많을수록 상속 문제로 형제간 의 상하는 일이 많은 요즘, 우리 형제자매는 상속받을 재산이 없어서 오히려 더 사이좋게 지내고 있는 것이 아닌가'하고 작가는 글을 맺는다. 상속은 매우 민감한 문제다. 부모 부양도 그렇다. 그러나 자식들은 오로지 노쇠한 부모님의 현재의 행복에 초점을 맞춰 생각해야 한다고 생각한다. 작은 잇속 때문에 부모에게 박정하게 대하면 나중에 남는 것은 후회뿐일 것이라고 박정란 선생님은 말하고 있다.

그렇지만, 노년이 다 이렇게 어두운 것만은 아니다. 바쁘고 어려웠던 세월을 젊음으로 견디고 극복해왔고, 이제 인생의 과업을 마무리할 시점에 도달하였다. 좀 쉬며 좋은 것을 누려도 될 나이다. 아름다운 풍경을 보고, 좋은 사람과 교류하고 맛있는 음식을 나눠 먹으며, 좋은 강연을 듣는다. '참 좋은 세상!'이라는 감탄이 저절로 난다.

「아름다운 초대」의 주인공처럼 80 넘어 90이 가까워가는 나이에도 모습과 생활을 아름답게 가꾸고 젊은 세대와 휴대폰 카톡과 문자로 교류하며 사는 분도 있고, 「강부자 씨와 대담을 하며」에서처럼 보람 있는 노후도 있다고 저자는 말한다.

「노래방에서의 교가」는 중학교 동창회에 대한 이야기다. 동창들이 많이 사는 서울에 일부러 올라갔고, 여학생들만 모였다니 과연 어떤 장면이었을까?

먼저 도착한 친구들은 한 명 한 명 식당 출입구의 문을 열고 들어서는 중년이 된 친구들의 이름을 알아맞혀가며 큰소리로 환호를 하고는 했다. 얼마 만인가? 중학교 졸업 후 처음 만나는 친구들은 30년도 넘었으니 얼굴도, 이름도 아름아름한 것이 당연했다. 어떤 친구는 얼굴 모습이 별로 변하지 않아 금방 이름을 알아맞히기도 했고 어떤 친구는 전혀 몰라볼 만큼 변해서 자신이 이름을 댄 후에야 '그래! 이제 알겠어. 맞아, 너구나.' 하기도 했다.

만나자마자 우린 모두 30년 전 중학생으로 돌아가 있었다. 분위기가 꼭 방학이 끝나고 개학 후의 첫날 같다고나 할까? 모두들 너무너무 반갑고 신이 나서 소리도 지르고 흥분이 되어 목소리 높이며 즐거워했다. 아직 결혼도 하지 않은 친구들이 있는가 하면 벌써 사위를 본 친구도 있었고 학교 때의 성품 그대로 얌전하고 조용하게, 혹은 씩씩하고 쾌활하게 나이 든 친구가 있는가 하면 학교 때하고는 전혀 다른 모습으로 변해있는 친구들도 있으니 어찌 새롭고 즐겁지 않으랴.

— 「노래방에서의 교가」 중에서

읽기만 해도 즐겁고, 재미있고, 벅차고, 설레었을 그 자리가 눈에 선하게 보인다. 결국 이 모임은 23명의 동창이 근처 노래방에 가서 흥겨운 시간을 보내는 것으로 마무리되었고, 마지막 노래는 중학교 때의 교가였다.

「할머니들의 외출」은 노래방에서 교가를 불렀던 중학교 여자 동창생들의 후일담인 것 같다. 위에서보다 더 시간이 흘러, 12명의 여자 동창들이 1박2일 여행을 간다. 살림엔 도가 텄다고 자부하는 젊은 할머니들이 각자 자신 있는 요리를 해 가지고 와서 풀어놓는다. 산해진미가 따로 없다. 과거의 추억과 현재의 안부를 서로 나누기엔 하루밤낮이 부족하다. 다음엔 2박3일로 모이자고들 한다.

각자의 걱정거리가 없을 리는 없으나 이 하루만이라도 중학생 때로 돌아가 즐거움에 넘치는 모습은, 열심히 산 당신들에게 주어진 상이라고 할 만하다. 독자에게 한번 꼭 읽어볼 것을 권한다. 그러면, 노년을 맞는다는 것이 꼭 두려운 일만은 아니라는 것을 알게 될 것이다.

3. 월반越班하세요

지금은 여자아이들에게도 많은 기회가 주어지는 시대다. 한 집에 1명 또는 2명의 아이가 있고, 그 아이들에게 부모가 지원할 수 있는 최대한의 교육을 제공한다. 우수한 여자아이는 알파걸(모든 면에서 탁월하게 우수한 여자)이 될 수도 있다. 그런데 베이비붐 세대인 필자의 시대에만도 이렇지 않았다. 교육의 기회가 남자아이에게 집중되었다. 남자형제의 학비를 대기 위해 여자형제들이 공장이나 버스 차장, 가정부로 가야 하던 시대가 그리 오래 전도 아니다.

박정란 선생님은 교사 집안의 7남매 중 하나다. 누구보다 총명하고 재능이 넘쳤지만 넉넉지 않은 살림 탓에 꿈을 펼칠 기회가 충분치 못했던 것 같다. 결혼 후에는 또 아내로 어머니로 며느리로 해야 할 역할이 늘어났다. 아마 오랜 기간 마음 속에 눌러놓기만 했던 재능과 끼에 대한 목마름이 있었을 것이다.

필자는 이 책에서 특별히 「월반하세요」라는 글에 주목하게 된다. '월반'이란 무엇일까. 특별히 우수한 학생을 그보다 학습능력이 떨어지는 학년이나 학급에 두지 않고 상급반으로 진급시키는 것을 말한다. 한 단계 상승하는 것을 뜻한다. 어린 천재를 일반학교에 두지 않고 일찍 명문대학에 입학허가를 내준다거나 하는 사례가 있지 않은가.

젊은 날, 나의 멘토 역할을 해주시던 지인께서 내게 '월반越班하라'는 말씀을 하신 적이 있다. 그땐 그 말의 의미를 제대로 이해하지 못하고 어렴풋이 짐작만 하며 지냈지만, 이 나이에 이르니 그 말의 의미를 다시금 떠올려 보게 된다.

월반의 사전적 의미는 '학습 능력이 높은 학생이 학년의 차례를 뛰어넘어 상급반으로 진급함'을 말한다.

그분께서는 나의 삶을 곁에서 보시고 어른의 눈으로 본 젊은 날의 내 모습이 안타까워 그런 말씀을 하셨던 것 같다. 좀 더 높은 목표를 두고 열심히 살았으면… 싶어서였을 게다. 하지만 나는 학습능력이 높지 못해 실수를 거듭하며 살았다. 열심히는 살았다고 자부하나 월반하지 못하고 그저 보통 사람들처럼 물 흐르듯 살았을 뿐이다.

그 분의 말씀처럼 내가 월반했더라면? 어쩌면 나는 내 삶에 더 의

미를 부여하며 살 수 있지 않았을까 하는 생각을 이제 와서 뒤늦게
해 본다.

　　—「월반하세요」중에서

　젊었던 한때 고민이 많았던 박정란 선생이 찾아가서 지혜를 구
하자, 인생의 선배는 '월반하세요'라고 한다. 이 충고에 대한 답을
평생 찾으며 작가는 살아왔다고 한다. '월반하라'는 말의 뜻은 무엇
일까. '작은 일에 얽매이지 말고 멀리 앞을 내다보세요'일까. '한 단
계 뛰어넘으세요'일까. '당신은 그렇게 작은 일에 고민하기엔 아까
운 사람이니 다른 쪽으로 노력해서 한 단계 상승하세요'일까. 그러
고 보면 우리 모두는 월반을 꿈꾸며 살고 있는 것이 아닐까.

　그때로부터 꽤 긴 세월이 흐른 지금, 저자는 원하던 것을 거의
모두 이루신 것 같다. 가정의 안정과 자신의 성취가 다 이루어졌
다. 그러니, 박정란 선생은 이미 월반에 성공하셨다고 할 수 있다.
그렇지만 월반에 끝이 있을까. 인생이 끝나는 날까지 사람들은 한
차원 더 높이 올라가고자 하는 꿈을 지니고 산다. 어찌 보면 이제
작가의 '월반'을 방해하는 것은 작가 자신뿐이라고 할 수 있다. 사
실, 자신의 한계를 극복하는 일이 가장 어렵지 않은가.

　「어느 날의 식사시간」에는 갈등과 해소에 얽힌 작가의 특별한
경험이 들어 있다. 계기는 식사를 준비하고 남편을 기다리는 사소

한 일에서 비롯된다.

> 이걸 아는 데 왜 30년이나 걸렸을까? 진즉에 알았더라면 서로가 좀
> 더 편하게 살지 않았을까?
> 결혼 후 30년이 넘도록 남편과 아이들을 기다리며 살았다. 어느 주
> 부나 그럴 것이다. 그런데 나는 남편을 기다리는 동안 곧잘 화가 나고
> 는 했다. 아내와의 약속은 종종 무시당하기 때문이다. 식사를 집에서
> 한다고 했다가 준비해놓고 기다리고 있는 아내 생각은 아니하고, 퇴
> 근길에 다른 약속을 해버리기 때문이다.
> ― 「어느 날의 식사시간」 중에서

음식 만드는 사람이 제일 싫어하는 것이 먹을 사람들이 밥상 앞
에 제때 앉지 않는 것이다. 음식 만드는 일은 잔손이 많이 가는 중
노동이다. 손맛이 있다는 사람들은 특별한 재능이 있다기보다는
그만큼 음식 만드는 과정에 더 시간과 노력을 쏟는다는 쪽에 가깝
다. 박정란 선생님도 손맛 빼어난 주부다. 식사 준비에 많은 공을
들일 것이 분명하다. 그런데, 밥상을 차려놓고 아무리 기다려도 먹
을 사람이 오지 않는다면 어떻게 될까? 애써 준비한 음식이 버려지
는 것도 아깝지만, 함께 먹으려고 기다리며 배를 곯다보면, 음식은
식어버리고 식욕마저 달아나버린다.

「어느 날의 식사시간」은 그런 일이 생겼던 많은 날 중의 하루이지만, 이 날은 달랐다는 점에 차이가 있다.

> 접시에 1인분의 반찬을 고루고루 담았다. 그리고 혼자서 먹기 시작했다. 싱싱한 재료들로 만들어서인지 참 맛있었다. 다 먹고 나니 포만감과 함께 남편은 아직 도착 전인데도 행복했다.
> ─「어느 날의 식사시간」중에서

유난히 배가 고팠던 날이기도 했지만, 몇십 년 만에 처음으로 남편 오기 전에 먼저 밥을 먹은 것이 그 이유는 아니었을 것이다. 그냥 뭔가 마음속에서 달라진 것이다. 사실 남편도, 아내가 자기만을 기다리며 밤늦게까지 굶는 것을 원하지는 않을 것이다. 사회생활을 하다 보면 불가피하게 예정보다 귀가가 늦는 일이 종종 생기는데, 집에 왔을 때 아내가 배고픈 상태로 화가 나 있다면 난감할 것이다.

사실, 이 모든 일의 뒤에는 '남자들이 잘 먹도록 시중을 든 다음에야 주부가 먹는다'라는 가부장적 관념이 있었다. 누가 뭐라 하는 것도 아닌데 마음속의 금기가 평생 남편 오기 전에 숟가락을 들지 못하도록 막은 것이다. 그러니, 먼저 숟갈을 들고 맛있게 먹은 이 날의 일은 큰 의미가 있다. 박정란 선생은 '결혼 후 40년이 훌쩍 지난 다음에야 드디어 깨달은 것을 며느리에게는 꼭 일러주리라 생각해 본다'라고 독백한다. 내가 행복해야 반려도 행복할 수 있다는 것을 깨달은 날이다. 오래된 자신만의 금기를 깨는 것, 이 또한 '월반'의 순간 중 하나다.

이렇게, 박정란 선생님의 두 번째 수필집 『월반하세요』는 앞선 책보다 눈부시게 성장한 지은이의 마음의 풍경을 보여준다. 특히 눈에 띄는 것은, 누구나 맞이할 노년에 대한 통찰을 담고 있되, 세계관이 훨씬 밝아졌다는 것이다. 이 책의 테마를 한마디로 요약하면 이렇게 될 것 같다. '어려운 시절을 성공적으로 살아낸 세대가 맞이한 명랑한 노년'. 후속 세대에게, 닥쳐올 노년에 대한 희망적 메시지를 전달하는 책이다.

박정란

저자 박정란 작가는 충남 공주에서 태어났고, 2007년『수필시대』와 애지신인 문학상 시부문(2022년)으로 등단했다. 저서로는『엄마와 걷던 길』(2012년)과 수필 집『짧은 시간 긴 여행』(지혜, 2017년)이 있으며, 공주문인협회와 금강여성문학회 회장을 역임한 바가 있다. 충남문인협회 수필분과 이사, 풀꽃시문학회 회원, 애지문학회 회원이며, 금강FM방송 '시 머무는 시간' 진행자, 풀꽃문학관 운영 위원으로 활동하고 있고, 충남문학발전대상 신인상(수필부문, 2008년)과 충남문 학 작품상(수필부문, 2022년) 등을 수상한 바가 있다.

『짧은 시간 긴 여행』에 이어서 두 번째 수필집인『월반하세요』는 양애경 교수 의 표현대로, "첫 수필집인『짧은 시간 긴 여행』이 유년과 중년을 거쳐서 온 세 월 동안의 가족과 이웃과의 희로애락을 담았다면, 이번 두 번째 수필집『월반 하세요』도 그 연장선상에 있다. 그렇지만 노년에 대한 사색이 더 깊어져 있는 점이 돋보인다. 백세시대, 베이비붐 세대의 은퇴가 절정에 달한 요즘, 우리나 라에서도 노년에 대한 연구가 시작되고 있지만, 아직 많은 면에서 필요를 따라 가지 못하고 있다. 누구에게나 닥쳐오는 노년을 어떻게 살아가야 할 것이며, 질병과 경제적 위기, 외로움이라는 위험요소들을 어떻게 극복해야 할 것인지 걱정이 많다. 이런 시기에 박정란 작가의 소박하면서도 현명함을 담은 글들이, 많은 시사점과 위로를 줄 것이라고 생각된다."

박정란 수필2집

월반하세요

초판 1쇄   2023년 9월 20일
지은이   박정란
표제글씨   나태주
표지사진   김홍희

펴낸이   반송림
펴낸곳   도서출판 지혜
주　소   34624 대전광역시 동구 태전로 57. 2층 (삼성동)
　　　　 도서출판 지혜
전　화   042-625-1140
팩　스   042-627-1140
이메일   eji@ji-hye.com
　　　　 ejisarang@hanmail.net
애지카페   cafe.daum.net/ejiliterature

발행처   (재)공주문화관광재단

ISBN   979-11-5728-520-4   03810
값   15,000원

* 본 도서는 (재)공주문화관광재단(대표이사:이준원) 사업비로 제작되었으며, 「2023 공
　주 문학인 출판사업」 '이시대의 문학인' 선정 작품집입니다.